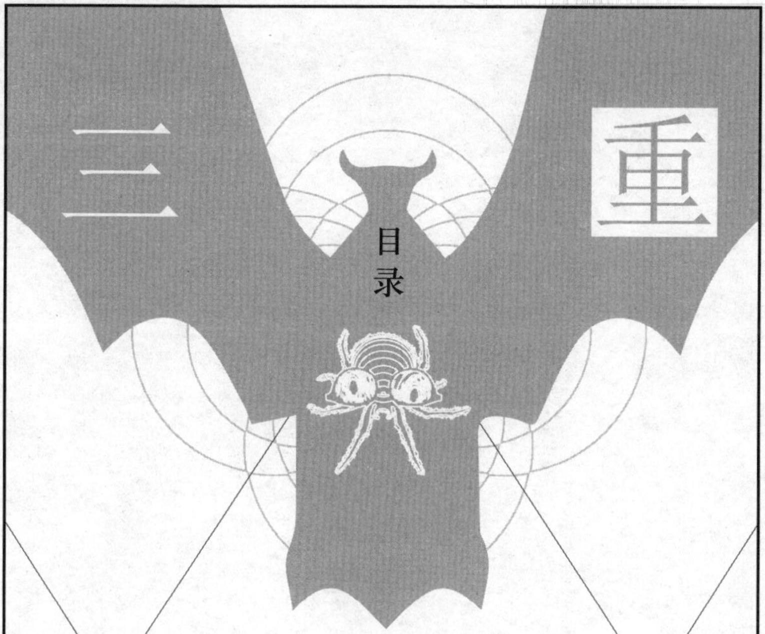


# 目录



旋
涡

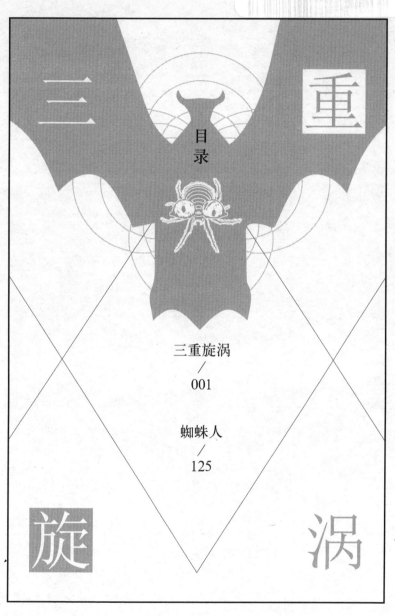

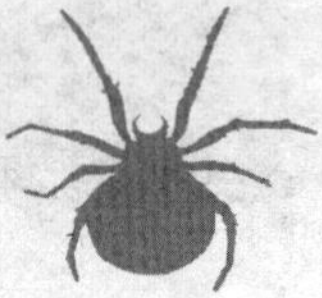

# 三重旋涡

# 助理殒命

在东京丸内附近，高楼大厦数不胜数。

其中的一个区域有很多三层小楼，这些楼房的外墙都由红砖砌成，造型古朴典雅，如同保存完好的古代建筑群。现在这些楼房全租出去了，大部分都做了事务所。

其中一栋三层小楼的右边入口处，即 103 室，门上悬挂着一块黄铜招牌，上面写着“宗方研究室”。听说此处是一个侦探事务所，租住的主人是宗方隆一郎，他在法医界可是赫赫有名的。

这时候，有一个年轻人到了侦探事务所门前。

他看起来也就二十七八岁，一身普通职员打扮。不过让人百思不解的是，若是正常人，蹬蹬几步就能登上这几个台阶，而他却好像地上的爬虫，费了很大的劲才爬到事务所门前。他脸色灰白，额头和鼻尖布满了汗珠，看起来似乎得了什么急病。他呼哧呼哧地喘着粗气，好不容易爬到了最高处的台阶。门半掩着，他推开大门爬了进去。

随后，他费劲地爬到左侧的屋子。可是忽然间，他如一摊烂泥似的摊在了地上。

这间屋子是宗方博士特地为会客准备的客厅。有三面墙壁从上到下都是书架，摆满了侦探方面的专业书籍，由此可见宗方博士的博学多才。

“先生呢？先生在哪里？天啊，好难受！叫先生……快点……”

年轻人大口大口地喘着气，躺在地上大喊大叫着。

许是听到扑通倒地的声音和异常的叫声，旁边实验室的门砰地被推开，一个男人从窄窄的门缝中探出头来。他看起来像是办公室的工作人员，大约三十岁。

“天哪，这不是木岛君吗？你的脸色这么难看，到底发生什么事了？”

他急慌慌地跑到客厅门口，想把地上这个呼哧呼哧直喘的年轻人拉起来。

“啊，你就是小池君吧……我要找先生，先……先生在哪里？……我必须马上见他……不得了……今晚上要死人啦……就今晚……命案……天哪……太吓人了……先生……我要见……”

小池闻之色变，紧盯着木岛那张近乎癫狂的脸。

“先是川手的女儿……接着就该我了。我们……都得被杀……先生……快叫先生……赶快……这个交给他……这上面什么都有……赶紧给先生……”

木岛挣扎着将手伸进胸前的口袋里，摸索了老半天，掏出来一个厚厚的信封。他耗尽全力把它抹平，又从口袋里拿出一个方方正正的小纸包，紧紧攥在手里。

“先生出去了！还得半小时左右才能回来。看你疼得如此难受，究竟发生什么事啦？”

“那家伙骗了我！我喝了毒药！天哪，疼死我了！快拿水，水……”

小池赶紧跑到旁边的实验室，拿一个平时做化学实验用的玻璃杯接满水，急急地跑回来，把水杯凑到他嘴边：“你可得坚持住，木岛君！我这就帮你叫医生！”

他从桌上拿起电话，拨打最近的一家医院的号码，请求医生马上过来抢救。

“医生马上就到，你要挺住！天哪，谁骗了你？到底是哪个家伙给你喝的毒药？”

木岛瞪着已经半翻眼白的眼睛，一脸的惶恐。

“三重旋涡……是那个人……我有证据……他是杀人恶魔！天哪，我怕！我怕！”

他的牙齿咬得咯吱作响，显得痛苦不堪，眼神却不住地看向手中的小纸包。

“嗯，我知道了！这里面的东西很重要，这是线索对不对？可是，谁是凶手？”

木岛的眼神一片涣散，半天也没声音。

“木岛君！赶快回答我！木岛君，那个浑蛋叫什么？”

小池猛烈摇晃着木岛的身体，然而他已经毫无知觉，慢慢地，木岛的身体如海蜇一样瘫软了下来。木岛——宗方研究室的助手，年纪轻轻的，在查案的过程中，却因为误饮了有毒的液体，死于非命，真是不幸。

医生接到电话，在大约五分钟后赶来了，然而木岛早已没有了任何生命体征。

## 无字信笺

木岛死后过了将近四十分钟，宗方博士才回到研究室。

他看起来四十五六岁的光景，黑亮的头发自然地在两耳边卷曲着垂下来。上唇与鼻尖之间蓄着小胡子，下巴上也留着三角形的胡须，黑黑的，十分浓密。

他戴着黑色玳瑁边框的眼镜，镜片下那双鹰隼般的眼睛，显得凌厉无比，仿佛能洞穿你的心底。他身材高大魁梧，穿着笔挺的黑色西装，行走时昂首挺胸，有点像德国古代的名医，给人一种无形的威慑力。

法医学是学术界的一个分支，是用医学理论来研究犯罪的一门学问。宗方博士在日本的法医学界早就鼎鼎有名。他的侦探事务所——宗方研究室，在丸内地区已经设立多年，是集破案与探究为一体的研究机构。

不过，宗方博士和别的侦探并不一样，他只解决警察解决不了的疑难大案，决不参与警察平时的侦破工作。宗方博士设立研究室的那一年，就一举破获了两起警察无法破解的疑案，惊动了世人，他也因此声名鹊起。

随后，宗方博士又侦破了几起在社会上反响很大的要案，使他在侦探界有了更好的发展。人们真正认可的大侦探，只有明智小五郎和他——宗方隆一郎。这两个名字日本的老百姓早就耳熟能详。

明智小五郎确实是侦探界的奇才，但是他的个人习惯与“奇才”二字实在搭不上边。若遇到他感兴趣的案件，即使身处国内，但只要受到委托，不管是来自美国的还是印度的，他都会应允下来，然后不远万里赶到案发现场，因此他常常“神龙见首不见尾”，就算在事务所里也难得一见。

与他不同的是，宗方博士主要接手东京及附近地区的案件，而不参与外地或外国犯罪案件的侦破工作，他大多数时间都待在自己的事务所里，所以，东京的老百姓对他越来越信赖。

近来，只要案件中出现疑难，警视厅的那些破案专家，就会虚心地前来向宗方博士请教。

明智小五郎和宗方博士对侦探事务所的态度截然不同。前者工作起居都在事务所里，后者却只把那里当作纯粹的工作场所。宗方博士在市内工作，家却在郊外，每天起早从郊外的家里赶到市内的事务所上班。

另外，宗方博士的夫人从不到事务所来，只在家里操持家务。他的两个年轻助理，也从未去过他家。

宗方博士赶回事务所，从助理小池的口中了解了整个事情的经过。他半晌没言语，只是一脸悲戚地盯着小池忧伤的面孔。

“太令人痛心了！通知他的亲属了吗？”他问。

“早就通知了，他的亲属很快就会赶来。我也向警视厅汇报过，中村警长尽管颇感意外，但还是答应尽早赶到。”

“哦，没想到川手案件如此复杂，这是我和中村警长都未曾预料到的。中村警长还说可能是恶作剧，这简直是一派胡言。单凭木岛君被毒杀的事件来判断，这就绝对不是一般的凶杀案。”

“木岛君似乎被吓得魂不附体，他临死前一直不停地喊着‘我怕，我怕’。”

“看来我的推断是准确的，凶手竟然事先发出通牒，真是狂妄！小池君，你先把手头其他案子放一放。从今天开始，我们一起尽心竭力侦破木岛的案件。决不能让凶手逍遥法外，我们一定要让他血债血偿，也好为木岛君报仇雪恨。”

他们正说着，门外传来噔噔噔的脚步声，十分急促。然后，门被中村警长推开了。

一见到木岛的尸体，中村警长一脸骇然，连忙脱帽哀悼。他扭头对宗方博士说：“竟然会出现这样的事情，是我们大意了！让你的助理无辜丧命，真是抱歉！”

“是的，木岛之死，你我都负有重大责任。倘若知道凶手如此凶残，我一定不会单独派木岛君出去侦查。”

“小池君在电话里跟我说，木岛君留下了线索。”

中村警长把目光投向小池。

“没错，他死前告诉我信封里有关于凶手的证据。”

小池准备把桌上的信封交到中村警长手里。

宗方博士却先一步接了过去，他翻看信封的两面，自言自语道：“哦，这信封是黑蔷薇花咖啡馆内部专用的！木岛君难道是在那里借的信封和信纸？”

果不其然，信封的下侧，有黑蔷薇花咖啡馆的店名、邮编、电话和地址。

宗方博士用剪刀小心翼翼地拆开信封，倒出一些信纸。

“你是不是搞错了，小池君？难道你曲解了他的意思？或者在木岛君倒下之后，曾有人溜进事务所，但你却没发现？”

宗方博士的表情很怪异，他盯着小池问道。

“怎么会呢，我不曾见到有人进来，也未曾走出事务所一步。究竟出什么事了？那信封的确是木岛君从口袋中拿出来，然后放到桌上的。”

“你们看！”

信笺被递到了中村警长和小池面前，宗方博士逐张往后翻。但是，令人疑惑不解的是，这只是一打空白信纸，上面半个字都没有。

“真是蹊跷！木岛君怎么可能把空白信纸宝贝般地装在信封里，还拼命带回了事务所？”

中村警长一脸疑惑。

宗方博士紧闭双唇，半天没出声。突然，他把那些空白信纸扔进了垃圾桶，干脆利落地说道：“小池，你赶紧到黑蔷薇花咖啡馆去！查一下木岛君写信时有没有接触过谁，再查一下当时在他附近有没有出现什么可疑的人。若真出现了可疑人物，那他没准儿就是凶手，或是犯罪同伙。那人趁木岛君大意时，把信封里的信纸掉了包。那个下毒的人，没准儿也是这个人。你可得费心把这些情况查仔细了。”

“嗯，我马上去查。此外，木岛君的右手中还有样东西，他一直紧紧抓着不松开，应该是很重要的东西……那我先去咖啡馆啊！”

小池是个利索人，他风一般地出去了。

小池离开后，宗方博士便蹲下来查看木岛的尸体。他发现木岛的右手紧紧攥着个小纸包，似乎在誓死保护它。

宗方博士无奈，只能一个个掰开他的手指，把那个叠了好几层的纸包取出来。纸包顶端系着挂绳，有棱有角的，像是一块小木板。宗方博士走进旁边的实验室，拿来一块玻璃，平铺在小纸包下，接着拿钳子夹住那挂绳，再用小刀割开，然后一层一层地慢慢打开纸包。

做这些动作的时候，宗方博士一直没出声。中村警长也静静地站在一边注视着宗方博士。整个事务所里安静得如同手术室一样，只有实验室中小刀和钳子在玻璃上发出咔咔的声音。

“天哪！怎么会是鞋拔子？”

中村警长惊叫了一声。这还真是平时常见的鞋拔子，不过是象牙色的，体积不大，表面还有一层赛璐珞。不明白木岛为什么把它包得那么严实。

难道木岛受到了什么刺激？他千辛万苦带回的信封中，出现了一沓空白信纸；他不厌其烦地包了这么多层纸，里面却只是一个普通的鞋拔子。这些东西，究竟有什么含义？

宗方博士把鞋拔子提了起来，借着窗外的光仔细地查看。然而，夜色渐深，根本看不真切。因此他打开灯，借着灯光继续观察。

“有指纹？”中村警长揣摩着宗方博士的想法。

“嗯，不过……”

似乎是在鞋拔子上发现了什么，宗方博士背着中村警长答道：“这上面的指纹很多都重叠着，看不真切。可是在靠近里侧的地方，指纹很清晰，像是拇指的指纹。真是难以置信！中村啊，我看这指纹有些奇怪，以前从未看见过，是不是妖精留下的？唉，我难道是眼花了吗？”

中村警长立刻凑了过去：“你说的那怪指纹在哪儿？”

“喏！瞧这儿！指纹是囫囵的，也没有和别的重合在一起。真怪啊，怎么有三个旋涡呢？”

“还真是如此。只是还是看不清楚啊！”

“我们可以放大了看！跟我来！”

宗方博士带着鞋拔子走进了旁边的实验室，中村警长赶紧跟过去。

实验室靠窗处，摆着一张很大的化学实验台，上面的玻璃器皿有大有小，还放着显微镜。另外几面是盛放着药品和玻璃瓶的橱架。

其中一面墙的角落里，摆放着一架大型相机和常用的紫外线检测仪、红外仪、X光照射仪等。在这些仪器之间，放着一个三脚架，看样子十分结实。一架黑色幻灯机摆在上面，可以在银幕上呈现出物体被放大了的清晰影像，以便于观察。

幻灯机可以将非常微小的东西放大无数倍，更不用说指纹了，更能让人在银幕上清清楚楚地观察到。

这架幻灯机一直让宗方博士引以为傲。利用它，能观察到纸上和板上的指纹，就算遇到玻璃器皿、门环、玻璃杯和手枪上的指纹，也不在话下。

中村警长以前来过不少次，他一直认为这里的设备有些寒酸，毕竟这里简直小得可怜，无法和警视厅那种正规的鉴定科相提并论。可是他今天却有种截然不同的感觉，宗方实验室里的不少精妙仪器，竟然是警视厅里不曾有的，而且据悉还是宗方博士自创的。

宗方博士用黑色粉末把有指纹的地方染黑，然后把鞋拔子放到实验台上。他又拉上了窗帘，室内立刻变得漆黑一片。他插上电源，把鞋拔子放到一倍和二倍焦距之间。

在对面墙壁的银幕上，顿时出现了放大后的指纹。大拇指原本长不足六厘米，但经过放大，竟然扩大到了三尺左右，那些已变成黑色的脉络，都一条条蜿蜒着，清晰可见。

在黑漆漆的实验室中，宗方博士和中村警长安静地坐在椅子上，专心致志地盯着银幕，显得无比惊愕。他们并不是被这指纹吓到，而是感到如同有一只怪兽在死死盯着自己，因而感到惊恐万分。

天啊，世上怎么会有这样古怪的指纹！一个指纹中竟有三个旋涡，上面两个旋涡一大一小，下面的旋涡又扁又长，呈椭圆形。他们就那么盯着，恍若一张骷髅头出现在银幕上，上面的两个旋涡如同深陷的眼窝，而下面的如同张开的嘴巴。

“你以前见过这种指纹吗，中村君？”

漆黑中，宗方博士低声问道。

“不曾见过。按理说，我也算见多识广，可是头一回遇到这样古怪的指纹。我倒是见过两三次两个旋涡套在一起的指纹，只是这样三个旋涡组成骷髅头状的，恐怕就是在侦查史上也绝无仅有。依我之见，给它命名‘骷髅指纹’相当合适。”

“你所言极是。这样的骷髅指纹，识别性很强，打眼一看，如同骷髅一般。我们人类中，恐怕再没有第二个这样的指纹了。”

“嗯，您说这会不会是有人故意伪造的呢？”

“不会的。假如是有人伪造出来的，怎么能这么栩栩如生呢？何况放大到这种程度来看，指纹也很自然，若是有人故意捣鬼的话，指定能看出来。你看看这指纹，和咱们的指纹一样啊！”

被黑暗笼罩的两个破案专家，兴许是受到了指纹上骷髅的压力，再次沉默了。

过了一会儿，中村警长开了口：“即便如此，那这指纹是如何到了木岛君手里的呢？假设这个鞋拔子是罪犯的，那我们就能肯定罪犯和木岛君打过照面，而且鞋拔子是木岛从他那里获取的。”

“是的，也只能如此推测了。”

“真是可惜！假如木岛君不出事，没准儿我们就能抓住罪犯，可现在……”

“罪犯估计是怕罪行暴露，因此先发制人，对他投毒，还抢走了他的破案报告书。罪犯的思维真是缜密。中村警长，这人恐怕很难对付，属于高智商罪犯啊！”

“小池君告诉我，就连天不怕地不怕的木岛君，今天还连呼‘可怕，可怕’呢！”

“的确，木岛君生前是一个从不畏惧任何事的年轻人。所以，我们的调查一定得多加小心……哦，川手别墅那里你有没有派人过去啊？”宗方博士忧虑地问道。

“还没。到现在为止，川手家那边还没人向我们报案。若情况严重的话，我们警方一定义不容辞。”

“赶紧部署下派人过去吧！木岛君已遭不测，罪犯肯定还会继续行凶，我们必须争分夺秒，赶在他杀人前抓住他！”

“所言极是！我立即赶回警视厅派人去川手别墅进行保护，今晚就派三名便衣警察去那边。”

“请务必这样做！要是我能过去就好了，可是这儿的尸体还需处理。这样吧，明天一早，我一定去川手别墅拜访！”

“就这么决定了，我先回警视厅了，告辞！”

说完，中村警长大步流星地离开了，暮色很快就淹没了他的身影。

## 致命威胁

一个月前，川手庄太郎收到一封恐吓信，作为H制糖股份有限公司的董事会成员，他对此深感忧虑。

川手庄太郎：

还记得吧？我们之间还有一笔没算完的账。我花了很长时间筹划，若不报仇，我誓不为人。好在这一刻即将到来，我报仇雪恨的日子马上就到了！

再容你拥有几天时光，好好地感受一下这个洒满阳光的甜蜜世界吧，你即将带着你的全家与它告别了。

从此，写有类似内容的恐吓信天天被邮递员送来，每次的笔迹都不一样，字迹都模糊不清。而且邮戳不一致，所以也不是发自同一个邮局。至于信封和信纸，都是最常见的那种，因此，警察一直无法找到寄信人的线索。

除了收到恐吓信外，川手先生还常常被莫名的电话骚扰：“久违啦，川手先生。你知道我是谁吗？呵呵呵……你那两个漂亮闺女怎么样啦？我真想马上收拾她们，然后就轮到你了。呵呵呵……”

那人说话鼻音很重，听起来并不像穷凶极恶之徒。没准儿，他是捏住鼻子对着话筒发出的声音。他几乎是说完一句就开始呵呵呵地笑。这种阴森的笑，让川手先生胆战心惊，如临大敌。

川手先生并不知道打电话的是谁，后来到电话局进行了查询，电话局说对方用的是公用电话，因此无法知道具体是谁打来的。

川手先生时年四十七岁，正是春秋鼎盛。他白手起家，苦心经营多年，才有了今天的事业，积累了万贯家资。他也因为事业的关系得罪了不少人。所以要在这些人中找到打电话的那个家伙，简直是难于登天。

“会是谁呢？”

他有印象的对手也就那么一两个，然而他们都早已辞世，而且并没有留下什么子嗣。

他绞尽脑汁，也无法猜出这个人的来历。正因为无法确认是谁，他反倒十分紧张，如同黑暗中有一双魔鬼般的眼睛死死盯着他，他有些无可奈何。

川手实在受不了这种煎熬，便向警视厅报案，却被无视了，并勒令他去所在地方的警署陈明案情。

他觉得私家侦探应该能帮上他的忙，脑海中第一个蹦出来的是明智小五郎，因此他前往小五郎的侦探事务所拜访。不巧的是，小五郎去了美国处理国际案件，恐怕得在那边待一段时间。他走投无路，只能打电话求助这位与小五郎旗鼓相当的大侦探——宗方博士。

宗方博士火速派出助手木岛，前往川手的别墅调查案情。川手先生把恐吓信与威胁电话的情况一一向他进行了陈述，木岛听完即刻赶回了事务所。

又过了十多天，就在昨晚，中村警长出其不意地拜访了川手先生。

他将木岛被害一事讲了一遍，听了消息的川手先生顿时面如死灰，浑身痉挛。

那晚，三名便衣警察趁着夜色，部署在川手别墅四周，但是，警察的这种举动显然已经为时过晚。

川手先生有两个女儿，小女儿名叫川手雪子，正在读初二。她那天放学后去同学家，直到晚上十点还没回家，家人不由得慌张起来。十一点、十二点……直到第二天早上，她依然没有音信。

川手先生如同热锅上的蚂蚁，他给亲戚家、女儿的同学家挨个打电话打听。他还派人去朋友家当面询问，终于问到了女儿所去的那位同学家，却被告知雪子在晚上八点左右就离开了。至于后来发生了什么，无人知晓。

尽管坐卧不宁，但是这一晚总算过去了。第二天早上，得知川手女儿失踪的亲戚朋友，都陆陆续续地赶来，平时十分开阔的别墅里，一下子挤满了人。

中村警长、宗方博士得知消息后迅速赶来，坐在大厅中，与川手庄太郎一道焦灼地商议着对策。

川手庄太郎在嘴唇和鼻子之间蓄着小胡须，他眉毛浓黑，眼睛大而有神。他体形健硕，一副企业家的派头，一看就是社会名流。

川手夫人大约一年前离世了，剩下的两个女儿与父亲一起生活。看着两个女儿出落得越来越标致，川手内心十分欣慰。可是天降大祸，或许是遇到了绑匪，小女儿忽然失踪了。他越想内心越不安，手足无措。经过这一晚的折腾，他俨然苍老了十岁。

川手是头一回见到宗方博士。

“听说凶手的大拇指上有着奇怪的骷髅指纹……”川手吃惊地问。

对此，宗方博士只能使劲点头。

“没错，是那种骷髅指纹，呈三角状，上面有两个旋涡，下面有一个旋涡。你能不能好好想想，在你的亲戚朋友中，是否见过这种指纹？”

川手摇头否认：“没有见过。再说，即使关系再密切的朋友，也不会去留意别人的指纹啊！”

“你说得没错，只是，对方这么对你，恐怕你们之间积怨一定很深啊！单凭这一点，你还想不到是谁吗？”

宗方博士眼睛一眨不眨地盯着川手庄太郎，面色有些苍白。

“当然，我不敢保证这世上没有恨我的人，不过他们不至于这么报复我吧？”

“川手先生，我得提醒你，心怀仇恨的人无法遏制自己的仇恨，被恨的人却往往毫不知情。”

“或许正如你所说。你们做侦探的，往往会注重研究犯罪心理学，可是我绞尽脑汁，也想不出我有这样的仇家！”

似乎是对宗方博士的话产生了严重的反感，川手庄太郎断然说道。

中村警长赶紧出面调和道：“也许你想不出具有这种特征的人，然而这是此案唯一能找到的线索了。昨晚在警视厅，我们技术部门彻夜不眠地调查了指纹档案。警视厅的那位主任警官从事指纹调查已有十五年之久，他告诉我，他听都没听过，更别说见过三重旋涡式的指纹了。没准儿那是指纹中的异类呢？”

“难道，是什么怪物的指纹吗？”

宗方博士自言自语着，声音虽然很轻，却似乎带有什么暗示。

## 公主之谜

宗方博士一说完，川手庄太郎立刻显得惊恐万状，他瑟瑟发抖地向四周张望着。

“中村警长、宗方博士，求求你们了，不管怎样都要找到我的女儿，再加赏金也没问题，就是倾家荡产我也愿意。谁能找到罪犯并把我女儿带回来，我奖励一百万日元。不管是警察还是老百姓，只要能把人带回来，我便立刻兑现诺言。我希望尽早见到我的女儿，越快越好。”

川手说着便激动了起来，像疯了一样。

“这么做也许可以，重赏之下必有勇夫，然而我们必须做最坏的打算，没准儿现在悬赏也没用了。方才进屋子时，我看见靠着窗台那边的地上似乎有封信……”宗方博士话说到一半，便将视线移到了窗台下的地板上。

屋子中的气氛顿时变得异常紧张，中村警长和川手庄太郎都十分意外，不约而同地望向窗台那边。果不其然，那里真有一封信。

见到地上的信，川手庄太郎神色慌张："真是奇怪，你俩没进来前我还没发现这封信呢！"

他边说着，边起身走了过去，惴惴不安地捡起地上的信。接着，他按响了电铃，一名女仆走了进来。

"今天早上是你收拾的卫生吗？你看见窗台这边地上的这封信了吗？"川手庄太郎质问起那位女仆。

"没见过啊。我收拾得很仔细，可不曾见过地上有什么信件。"

"你确定吗？"

"当然！我说的绝对都是实话……"这位年轻的女仆信誓旦旦地说。

"也许是谁从外面故意扔进来的！"中村警长开了口。

"这不可能。屋子的窗户关得严严实实，还在里面用插销别住了，根本没有足以把信扔进来的空隙。而且外面的院子，通常也没有外人进来。"川手庄太郎忧心忡忡地说道。

"那我们先不讨论这信是怎么进的房间，还是先赶紧检查一下别墅里面吧！"宗方博士显得十分沉着。

"那就查查吧！"川手庄太郎实在没有胆量打开信封，于是便将信递给了宗方博士。

宗方博士拆开信封，然后把信纸摊在桌子上。

"嗯？这是什么意思？"

信纸上面只有三个字："菊偶人"。

宗方博士可谓见多识广，不过他似乎也蒙了，歪头使劲思索着。

"咦，这信的信封和信纸，都和之前的恐吓信一模一样。应该和那个浑蛋脱不了干系。"川手的声音有些颤抖。

"是罪犯寄的？"中村大声喊道。

"赶紧走，中村警长！我们得立刻出发去那里。"

似乎是联想到什么，宗方博士猛地起身，并拽住了中村警长。

"走？要去哪儿？"

“我刚才说了啊，去菊偶人那儿。”

“嗯？菊偶人？”

“在浅草地区的 M 百货大楼，有一个菊偶人展示会，是 Y 报社举办的。”

中村警长一开始还有些没听明白，后来总算是弄清了宗方博士的意思。看宗方博士的表情就知道川手雪子的处境十分危险。

这么一想，中村警长就有些迟疑了。可是眼下根本没时间拖拉，于是中村警长就和宗方博士一道出了门，上了警车，往浅草地区的 M 百货大楼驰去。

对于中村和宗方二人为什么要去浅草，川手感到不解，他只是机械地把他们送走。难道女儿雪子无缘无故失踪，会和菊偶人有关？他冥思苦想，怎么也想不明白，只是焦躁得坐卧难安。

宗方博士他们所坐的车子，很快就到达了 M 百货大楼。中村警长向大楼的主任表明了来意。这座大楼的五层和六层竟然真的在举行菊偶人展示会。在主任的带领下，他们很快到了会场。

每年菊花盛开的时节，马戏团就会表演菊偶人这个传统节目。节目的表演形式多样，有电影、喜剧、故事场景等，所有的布景装扮都极其华美。人们用人偶代替真人，并用菊花为它们进行装扮，还会设置巧妙的机关进行控制。

他们去得过早，展馆没到开放的时间，所以还没有观众。里面光线晦暗，整个会场如同被淹没于海底一般，悄无声息。

宗方博士和中村警长挨个查看菊偶人。他俩首先看到的是牛若丸和牟庆，这两人正在五条桥上厮打。接着，他们又看到了宫本武藏和佐佐木小次郎的剑术比赛。在森林点心铺前，海木鲁和库雷太鲁正转得晕头转向，找不到前行的方向。甚至日本古代传说中的花爷爷和桃太郎，也出现在现场……

中村警长沉迷其中，看着一个个惟妙惟肖的菊偶人，差点忘记来此处的目的是寻找川手雪子，他好像一下子回到了童年。但是宗方博士并没有被这些华丽的场面所吸引，他屏气凝神地专心打量着每一个菊偶人。

“一点也不像。”

每看完一个，他就会小声地自言自语，然后再移步到别的菊偶人面前。五楼的会场全检查完毕，他又上了六层的会场。

菊偶人展示的最后一幕是渔夫浦岛太郎骑在龟背上在海底努力寻找龙宫的场景。这是最动人心魄的场面，制作人设下了不少机关。

龟背上的浦岛太郎，好像正进行着一种艰险的空中杂技表演。再往里就是龙宫，龙宫公主和很多宫女正列队迎接浦岛太郎。整个布景的颜色都是淡绿色的，其中还悬挂着无数条亮闪闪的玻璃纸袋。

“哇，简直是美到极致！”中村警长啧啧赞叹着。

宗方博士看着眼前的场景，似乎也被吸引住了。他站在那里一动不动。

过了一会儿，他才长长地叹了一口气。

“中村君，你看，这个菊偶人就跟真的一样！”

“嗯？哪个？”

“就是龙宫公主啊！你看她的脸蛋长得多水灵，根本就不像是什么菊偶人，说是真人大家肯定也会相信。你觉得呢？”

“还真是如此！真的不像菊偶人，看起来好像血管里还流动着血液呢。谁的手艺这么精妙啊？我想，一般人是做不出来的，肯定是大师级的独创。”

中村警长无法掩饰内心的激动，然而他忽然想到了什么，表情顿时凝重，转身凝视着宗方博士。

宗方博士一言不发，只是默默地点着头。

“这真是咄咄怪事，赶紧查查这个菊偶人的来历！”

宗方博士一下子就跳过了护栏，直接跑到场景的中间去了。中村警长和百货大楼的主任也赶紧跟了过去。

到了菊偶人的身旁，宗方博士盯着她那美丽的面孔。

“嗨，快来摸摸她的手。”他冲着主任说道。主任此时胆战心惊，他猛地一下伸出手，又嗖地一下缩了回来。

“啊！”只听到主任惨叫一声。

龙宫公主的手软软的，却如冰块一般寒彻入骨。

# 墨镜先生

三人面面相觑，全呆在了原地，谁也没有开口说话。

尽管中村警长和宗方博士都没见过川手雪子，也不知她长什么模样，但这个龙宫公主既然是由人的尸体做成的，那就极有可能是警察一直在寻找的失踪者川手雪子。

“凶手简直是丧心病狂！我做了这么多年警察，从未见过比这更残忍的行为，这人简直就是疯子！”

中村警长叹口气，小声嘀咕着。

“你的说法我不认同。这人怎么会是疯子呢？他算得上是一个罪犯中的奇才。这些犯罪手段，证明了他并不是一般的罪犯。”

宗方博士这话似有对凶手的赞美之意，他似乎是在告诉大家，只有这样难得一见的高智商凶手，才配得上与他这位名侦探抗衡，也唯有这样，才能显示出宗方博士在侦探方面的卓越才智。但见宗方博士精神饱满、怒目圆睁，似乎他此时正面对着隐藏在暗中的凶手，他目光锐利，好像在宣誓：不管你多么狡猾，我宗方博士一定会将你揪出来！

“这尸体应该就是川手雪子。为了不出差错，我们还是让川手庄太郎来辨认一下吧，我现在就给他打电话。”

中村警长说完这些，就转身问身旁的大楼主任哪里有电话。

“我们还得赶紧弄清楚另一件要紧的事，交上龙宫公主作品的人到底是谁？我们要找到他的住处，然后派人去他家附近盯着。”

听着宗方博士的提议，中村警长频频颔首。

“那就如此说定了！我立刻去跟手下打个招呼，马上行动。”

中村警长说着就出去打电话了。

会场的四周，被警察拉起了警戒线，严禁观众入内。

很快，川手庄太郎面无血色地坐车来到了百货大楼，他气喘吁吁地进了菊偶人的展示会场。随之而来的，有侦查科、鉴定科的警察，新闻记者们自然也不肯放过这个机会，他们一拥而入。

只看了一眼龙宫公主，川手庄太郎就要哭出来了，他艰难地说，这个龙宫公主菊偶人就是他女儿川手雪子。

警察们查验过尸体，确认死于毒药，死亡时间大概在九个小时以前。除了这些，再无别的发现。

会场里的警察都忙于调查取证，守在门口的警察却走了进来，把一张名片递给了宗方博士。宗方博士只看了一眼，就凑到中村警长耳边悄声说：“小池来了，他是我的助手，我派他去黑蔷薇花咖啡馆调查了。他急着赶到这里找我，估计是发现了什么。我要去听他的调查报告，你要不要陪我一起去？”

“没问题。”

“他应该是查出了谁在背后捣鬼。”

“这事一定得重视！快，一起去！”

他俩急忙向出口赶去，却见小池一脸沮丧地站在那里。

“又发生案件了吗？我给川手别墅打过电话了，他们说您到了这里，因此……”

“哦，我是临时决定来这儿的，所以没来得及打电话通知事务所……那边情况怎样？”

小池压低声音说：“凶手的样子搞清楚了。”

“是吗，这么快就搞清楚了？这个家伙是长什么样？”

“我昨晚去黑蔷薇花咖啡馆的时候，那里面顾客很多，不便于详细了解情况，所以我今天又特意跑了一趟。我遇到了一个服务员，他平时和木岛君关系不错，而且也是侦探迷。当时发生的情况他比较熟悉。

“他告诉我，木岛是三点左右到的咖啡馆，他向吧台讨要了信封和信纸，便一直趴在桌上写个不停，写完后好像如释重负般地松了口气。后来他喝了一杯咖啡，大约又坐了二十分钟，不声不响地就走了。”

“那他边上有没有什么鬼鬼祟祟的人？”

“当然有。服务员看见他了，很详细地跟我描述了他的长相。那个男人二十五六岁，皮肤挺白净，没留胡须，下巴也很光滑。他个子非常矮，身穿一身黑色的西服。他一直戴着鸭舌帽和墨镜，在咖啡馆里，一刻也不曾摘下，因此谁也没有看清楚他的脸具体长什么样。木岛君写完信他就凑了过去，他们看起来似乎很熟，一直攀谈着。应该是那男人趁木岛不备将毒投进咖啡里的。”

“这种可能性很大。不过只凭服务员一人之词，还不能完全证明……”

“不光有服务员的证词，还有物证呢，我都带来了。”

“什么？物证？”

听闻此言，宗方博士和中村警长全都伸长了脖子，紧紧盯着小池的脸。

“看！就是这根拐杖！”

小池一边说着，一边把拐杖伸到了他们面前。在拐杖手柄的部位，包着一层厚厚的纸。

“上面有指纹？”

“嗯。为了不破坏指纹，我就用纸把它包住了。”

纸被取下来后，露出了拐杖的银色。

“看这里，大家仔细看！”

小池一面观察着拐杖的手柄，一面掏出放大镜交给宗方博士。宗方博士查看着指纹，中村警长在一边默不作声。

“天啊，又是骷髅指纹！”

这指纹竟然和木岛带回的鞋拔子上的指纹一模一样。也是上面两个旋涡，下面一个横躺着的旋涡。

“你从哪儿找到的拐杖？”

“就是那个戴墨镜的男人遗落在那里的。”

“他常去黑蔷薇花咖啡馆吗？”

“那倒不是，店里的人都是第一次见他。木岛君走后，那男子只坐了片刻便离开了。可是直到第二天，他也没来取他的拐杖。我看他应该不会去拿这拐杖了。”

“如此看来，凶手就是这个戴眼镜的小个子男人了！这个该千刀万剐的浑蛋，他的指纹一定是骷髅形的！”

“我来找先生，就是为了说明这些情况，请先生好好调查这根拐杖。既然有了眉目，我们就要千方百计地把这个家伙揪出来。不好意思，先生，我得出发了！”

“嗯，赶紧去吧，千万要小心！”

宗方博士不放心地嘱咐着，小池离开了 M 百货大楼。

很快，对展会会场的调查也结束了，警察们都回到了警视厅。

宗方博士回到实验室中，用幻灯机反复检查着拐杖。这拐杖司空见惯，是个便宜货，根本没有什么特殊的地方，因此无从查找线索。

中村警长把制作龙宫公主的手艺人叫来仔细进行了查问。那师傅只说龙宫公主的作品的确是出自他手，但菊偶人做好后就让运输公司送到了展示会场，别的情况他一无所知。因为没有足够的证据证明这师傅有罪，所以也不能把他当作凶手羁押起来。

中村警长对运输龙宫公主的运输公司也进行了查问，他们只是负责把菊偶人送到 M 百货大楼，并没查到他们有什么犯罪行为。因此，调查再一次被迫中断。

菊偶人展示会的管理人员回忆说，当时共有三个人把龙宫公主搬进来并安放好。他们的模样很相似，身上都脏兮兮的。有个人左眼还包着一块方正的纱布，指挥着另外两人做事，像是管事的。这就是唯一的线索了。

显然，他们在运输途中便将菊偶人龙宫公主替换成了川手雪子的尸体。

## 妙子之危

深陷丧女之痛的川手庄太郎，决定四天后给女儿川手雪子下葬。因为过于哀伤，他整个人消瘦了不少，头发也在一夜间变得苍白。

雪子下葬那天，一辆黑色的殡葬车停在川手家的门口，车上放的是川手雪子的遗体。

川手家挤满了来参加葬礼的人，宗方博士和他的助手小池也在人群中。

小池那天离开 M 百货大楼后，就去了黑蔷薇花咖啡馆继续调查，可是关于那个戴墨镜的男人，还是杳无音信。

宗方博士站在人群中，一个人也不认识，因此只能尴尬地站在殡葬车的后面，淡漠地盯着车门。少许，他似乎有所发现，脸上的肌肉变得僵硬。

他快步走到车门前，目不转睛地盯着车上的黑漆。

“这上面有个很清楚的指纹，小池君！你快来看，就在这儿！”

宗方博士低声把小池喊了过来。小池惊讶地瞪大双眼，神色慌张。

“似乎是骷髅指纹，先生。”

“嗯，我看着也像，有待仔细核查！”

宗方博士边说着，边从自己的晨礼服中取出随身携带的侦探工具袋，并从中拿出一个小小的放大镜，照着车门反复查看。

车门上的黑漆亮得反光，一个指纹被放大镜放大后赫然入目。

“这指纹果然和那鞋拔子上的一模一样！”小池失口惊叫了

起来。

天啊，又是骷髅指纹！这个疯子好像如影随形，怎么也不肯放过川手庄太郎。

“这个浑蛋很可能混在人群中，我觉得他就在我们身边。”

小池惶恐不安地打量四周，表情严肃地说：“我觉得真的像先生说的那样。但是既然罪犯想浑水摸鱼，那便不会轻易被我们发现。也许他会戴着墨镜出现呢？也可能这个指纹并不是殡葬车到川手家门口后按上去的。想查证这些，难度很大啊！你想想，等红绿灯的时候，不是也常有调皮的青年一手把着自行车，一手去摸身边的汽车吗？假如指纹是这样印上去的，车上的人很可能毫无察觉。”

“你说得不错。可那浑蛋把指纹按在车上到底有什么目的？难道他想从车上盗尸？”

“这不可能！警察已经控制了这里。再说，他的用意根本不在这上面。他应该是在向我们挑衅。他肯定知道我们会重点保护殡葬车，因此才故意嚣张地印上自己的指纹。这个浑蛋未免太高调了！并且我认为他还具有反侦察能力。”

听到这些，宗方博士不动声色地笑了。

后来的事实证明了凶手此举的用意，相比两人的探讨，罪犯的意图更加居心叵测。他用更阴毒的手段想要制造更大的混乱。

在下午举行遗体告别仪式的时候，发生了一件让人不寒而栗的事情。

告别仪式在一个大寺院举行。因为川手庄太郎也算得上是一个有头有脸的人物，所以来参加仪式的人很多。烧香的人都排成了长龙，本来准备一小时的仪式此时根本无法结束。在烧香的人中，有个姑娘和川手庄太郎站在一起，格外显眼，她就是川手的大女儿——川手妙子。

川手妙子比川手雪子大两岁，是大一的学生，只有她还陪在川手庄太郎的身边。妙子和雪子眉宇十分相像。一身黑色丧服的妙子，用手绢捂着眼睛痛哭不止，看那样子，随时都可能昏倒在地。

烧香仪式结束了，人们陆续离开现场，川手妙子也向外边走去。寺院外面有些嘈杂，应该是人们在互相打招呼。

因为刚才悲伤过度，妙子踉踉跄跄、晃晃悠悠的，她忽然跌倒在地。人们以为她是贫血的缘故，便上前搀扶她。有位女亲戚上前把她抱起来，送到车上然后送回川手别墅。

妙子想独自放声大哭一场，于是她一个人走向自己的房间。经过梳妆台的时候，她却发现自己的右脸很脏，好像抹上了一层黑色的灰尘。

“天啊，这是怎么回事？我就是这么出现在大家面前的吗？”

她走到一面大镜子前，反复地照着。这才看清，竟然是一个用黑油墨弄到脸上的指纹，而且每个细微的纹路都很清楚。

“太奇怪了，怎么会这么清晰呢？”

她再次认真地打量起这指纹来，忽然面无血色。

“天啊！”妙子惊叫一声，瘫在了床上。

原来那是一个有着三个旋涡的骷髅指纹。这个穷凶极恶的凶手，竟然嚣张地把指纹印到了妙子脸上。

“怎么回事？怎么回事？”

“发生了什么？”

听到川手妙子的尖叫声，人们纷纷赶过来。但是她早就晕死过去了。大家看到她脸上那清晰可见的骷髅指纹时，不禁目瞪口呆，浑身打战。

然而凶手的游戏并没有停止。与此同时，川手庄太郎正在客厅里招呼亲戚朋友，他准备把自己兜里的进口烟拿出来同大家分享。可是没有摸到香烟，却掏出来了一封信。

“嗯？怎么这么奇怪？”

他打量起那封信来，信封是最便宜、最常见的那种，上面一个字也没有。

只是看了一眼信封，就让川手庄太郎大惊失色。尽管胆战心惊，但是他还是壮着胆子拆开了信封，拿出了里面的信纸。

信纸果然是熟悉的。信纸上的字写得歪歪扭扭，像是故意把字迹弄得十分模糊。又是那个浑蛋！这阴魂不散的家伙！

信上写道:

尊敬的川手庄太郎先生:

现在是何滋味呢? 你领教了我上天入地的本领了吧? 跟你交个底吧, 我的重头大戏还没开演呢! 现在仅仅是第一场! 下一场, 我早就为你准备好了。你该知道, 马上就轮到你女儿川手妙子上场了, 时间就在这月十四日的晚上。到了那晚, 你的两个女儿就会碰面了。

我精心筹划, 因此这场戏到时一定会十分精彩、十分盛大, 你就老老实实等着这一天的到来吧!

不要着急, 第二场谢幕后, 还会有第三场。

你想当第三场表演的主角吗? 你不要推辞啊!

复仇之人

这信的内容一公开, 川手别墅便乱套了, 人们议论纷纷。

因为大家的及时护理, 川手妙子很快恢复了意识。但是因为过于惊惧, 所以她一直高热不退, 只好请医生过来诊治。

川手庄太郎给宗方博士和中村警长拨了电话, 把他俩叫到自己家中, 一起商议对策。

复仇的人肯定混在人群中, 他不仅把骷髅指纹按到了川手妙子的脸上, 而且还胆大妄为地用恐吓信替换了川手庄太郎的香烟。他的复仇行动, 简直是神出鬼没。

他既然能把指纹那么清晰地弄到妙子脸上, 可见他的犯罪手段的确高超。妙子昏倒时, 告别仪式刚刚结束, 估计凶手并没有走远, 而是一直潜伏在妙子身边, 并趁乱把骷髅指纹印到了她脸上。但是, 大家记得很清楚, 当时妙子身边只有一些亲戚朋友。

中村警长决心从这些人中找出嫌犯, 于是就向川手庄太郎要了一份参加告别会的人员名单。他让手下的警察对这些人一一进行了盘问, 并获取了每个人的指纹。

即使是宗方博士和小池助手，也留下了自己的指纹。川手庄太郎和家里的仆人们也不例外。可是一一筛查后，却没有发现骷髅指纹。

“这个浑蛋难道是鬼魂吗？还是有烟雾一样变化的本领？他根本就是个神形不定的幽灵啊！”

宗方博士不禁喃喃说道。

## 妙子被劫

不知不觉间，便到了凶手所说的要进行第二场表演的日子了，也就是十四日。

这段时间，川手别墅如同被一层巨大的阴云包裹着。

自从脸上出现骷髅指纹，川手妙子就一直躺卧在床，不管白天黑夜。她被吓得瑟瑟发抖，川手庄太郎只好推掉一切事务，片刻不离地守在她身边。

十四日到了，应川手庄太郎的要求，警察们在别墅周围严加布防。警视厅出动了六名便衣警察，前后门和围墙外面，都有人把守。而宗方博士和小池，夜以继日地守在妙子的房间外面。

川手妙子住在别墅最里边的屋子，有两扇窗户朝着院子，只有一个对着走廊的进出通道。宗方博士搬了一把椅子，守在走廊，而小池的目光，时刻警惕地看着那两扇窗子，他怕凶手会从那里攻击川手妙子。

匆匆吃过晚饭后，大家都回到各自的岗位上，严阵以待。但即使这样，川手庄太郎也心有忐忑，他不时地进入女儿房间查看。经过走廊时，他主动和宗方博士搭话。

“会出事吗？”

“您不必忧心忡忡！妙子小姐身边布置了两道防线，简直就像铜墙铁壁。守卫在别墅周围的警察们，都是高手，还手握武器。那个浑蛋想要进到别墅里来，简直就是痴心妄想！就算是发生了最糟糕的事情，凶手闯过了外面的那些警察，还有我和小池君在第二道防线严阵以待。我们一个守着门口，一个守着窗口，窗户也被插销别住了。一会儿我把门也锁紧。”

“倘若有暗道……”川手庄太郎还是有些草木皆兵。

“不会的，我和小池反复检查过妙子小姐的屋子。墙、天花板、地板，都没有问题。再说这别墅不是你自己建的吗？怎么可能凭空多出个暗道。”

“既然宗方博士全检查过了，就不会有错了，我也就放心了。但是今天晚上，我想寸步不离地守着我女儿，我就在她屋里的沙发上休息吧！”

“这想法不错！我和小池守在外面，你守在屋里。如此一来，就构成了三道防线。你亲自守在妙子屋里，我们也更踏实啊！”

川手庄太郎走到女儿的卧室外边，在长沙发上躺了下来。

他把门打开，与宗方博士交谈。后来，他开始打盹儿，最后竟然睡着了。宗方博士拿出早就准备好的锁，把门锁上了。

夜越来越深，万籁俱寂，别墅周围变得静悄悄的。宗方博士叼着烟卷，靠着椅背坐着，精神却高度紧张，注视着走廊外的一切，眼睛一眨也不敢眨。

院子里，小池也吸着烟守着，他似乎备受瞌睡的折磨，所以只能通过时而坐下、时而站起这种方式，让自己不至于睡着。

半夜十二点……深夜一点……两点……三点。

夜更加浓深，黎明很快就要到了。

当东方露出鱼肚白的时候，已是早上五点了，宗方博士猛地从椅子上弹起来。

终于熬到了天亮，好在一切安然无恙，这三道防线，可以说是固若金汤。那个凶手果然没敢偷袭，没准儿他会延后他的第二个计划，或者就直接放弃了。

宗方博士到了门口，大叫着川手庄太郎的名字：

“天亮了，川手君，凶手没出现吧？”

可是屋里一片死寂，川手庄太郎好像还在沉睡。

“川手君！川手君！”

然而川手庄太郎依然没有回答。

“怪了！”宗方博士疑惑地拿出钥匙，打开房间的门。

“天哪，这是发生了什么？”

只见川手庄太郎被人捆成了粽子一样，一动都动不了。他的嘴也被毛巾堵着，无法吭声。

见此情景，宗方博士连忙跑上前，扯下他嘴里的毛巾，摇晃着他的身体，大叫着：“你……你是怎么啦？川……川手君。谁把你绑起来的？小姐呢？”

川手庄太郎面如死灰，连话都说不了，只是不住地用眼睛瞟着女儿的卧室。

顺着他的目光，宗方博士看到妙子小姐的房门大开着，赶紧跑进去查看。真是奇怪，床上哪还有半点人影？

他大叫着：“妙子小姐！妙子小姐！”

没有回音，根本无人回答，宗方博士脸色阴沉地走到外面，帮川手庄太郎解开身上的绳子，问：“究竟发生了什么事？”

“我也不知道。我和你聊了一会儿后，就迷迷糊糊地睡了过去。可是，我很快就感到呼吸困难，就像被麻醉了一样。我的嘴和鼻子也被堵住了，一下子昏了过去。妙子怎么了？谁把她劫走了吗？”

“真是抱歉，我在走廊上没有发觉异常。罪犯应该是跳窗而入的。”

宗方博士进了屋，拔开插销，推开窗子，冲外面大叫着：

“小池君，小池君！”

“啊，早安啊，先生！”

究竟是什么情况？小池不是一直守着窗子的吗？院子里似乎一切都

很平静，听到宗方博士的喊声，小池立刻生龙活虎地出现了。

“你晚上没休息？”

“当然，怎么可能休息呢？”

“那你发现什么异常情况了吗？”

“什么异常？”

“你真糊涂，妙子小姐被人劫走了！”

当然，小池是无辜的，他并没做错什么。他没看到罪犯，是因为玻璃窗上的插销根本没动过。也没有打开窗户的痕迹。

但是凶手又不是鬼魂，怎能悄无声息地进入房间，而且还能完好无损地从防守严密的房间里脱身？

可要是鬼魂的话，怎么能把川手庄太郎捆起来，还给他打上麻药？幽灵没准儿能通过一两厘米的缝隙，但要想把川手妙子这样一个大活人带走，又怎么可能呢？

川手妙子被劫走，连宗方博士也摸不着头脑。他根本就捉摸不透，罪犯是怎么做到密室逃脱的。

他忽然想起什么，叫女仆开了玄关门，疯了一般猛跑出去。不问也知道，他是去找一直在别墅周围守卫的六名便衣警察了解情况了。

可是凶手究竟是如何在重重防线中逃脱的呢？

宗方博士如坠云雾，有些迷糊了。

## 密室房间

“真是古怪，真是古怪啊！我肯定遗漏了什么！”宗方博士用拳头使劲捶着自己的脑袋，他一会儿走进公馆的大门，在院子里搜索，一会儿走出门去，在围墙的四周转来转去。

当天彻底亮起来的时候，宗方博士和助手小池，还有六名警察，进行了近两个小时的拉网式检查。从天花板开始，再到长廊，屋子以及院子里的每个角落，都无一遗漏，但并没有发现什么可疑的足迹，也没找到三重旋涡状的指纹痕迹。他把这些情况通过电话汇报给了警视厅。对此，警察也束手无策。宗方博士郁郁寡欢，他打算返回自己的事务所。

川手庄太郎没精打采地躺在沙发上，连责备宗方博士的力气都没有了。宗方博士心里虽觉得过意不去，但他觉得还没到道歉的时候，因此就板着面孔，没打一声招呼就带着助手走出了玄关。他们在街上拦了一辆出租车，上车后，宗方博士闷闷不乐地靠着座椅，紧闭双眼，一声不吭。看着他郁郁寡欢的样子，小池也不知如何是好，只好闭上眼睛保持缄默。

去事务所的路都走了一半了，宗方博士忽地一下睁开眼睛。

“嗯，应该是这样的。”

他喃喃自语，面部表情变得轻松了些，双眼也开始发出光彩。

“司机，快，转回去！原路返回！快点！”宗方博士的声音很大。

“是忘了什么事情吗？”小池一脸疑惑。

“对，忘了件事。我刚刚想到，我们遗漏了一个地方没有检查。”

“那您知道凶手从何处进入的了？”

“我的直觉是，凶手一直在这里，他和川手妙子一直在一起，就在我眼皮底下。我之前怎么没想到呢……”

小池无法理解宗方博士的这些话。

“就在你眼皮底下？”

“过会儿你就知道了，不过，也可能是我的错觉。但是我左思右想，发现除了这种方式，凶手再无别的可能将妙子小姐带走。小池，有时我们会忽视一些本该看到的东西。换句话说，如果把一种道具，使用在不显眼的地方，那么我们就会彻底忽略它。”

小池听着这些话，感到越来越迷糊，他觉得问了也白问，索性就没问。

出租车飞似的驶回川手别墅门口。宗方博士推门跳了出去，风一般地跑向玄关。川手庄太郎有气无力地躺在客厅的沙发上，眼神涣散。

“川手先生，我想再看一眼那个房间，刚才我遗漏了一处关键的地方。”

宗方博士攥住川手的手，焦急地央求着。

川手庄太郎站了起来，无精打采地跟着宗方博士和小池走着。

宗方博士来到妙子的房门前，轻轻转动了一下门把手。

“竟然是这样！门早就在里面被锁上了。”他颓然地叹了一口气。

妙子早被凶手劫走，此刻讨论门是否上锁根本没意义，小池很不理解宗方博士此举的意义。

一进卧室，宗方博士就躺倒在川手妙子的床上。

“这床很新，川手君，你是最近买的吗？什么时候买的？”

宗方博士突然的问话和说话的语气让川手庄太郎惊讶万分，宗方博士究竟怎么了？他不会是精神错乱了吧？

“唉，我问你什么时候买的床。”宗方博士又重复了一遍。

“买了没多久，旧床坏了才买的这张床。四天前让家具店按照我量好的尺寸做好送来的。”

“我猜也是如此。搬家具的工人你见过吗？是不是家具店的人？”

“让我想想，搬运工上门的那天，我家刚好来客人了，所以我把妙子的房间和放床的位置指给他，就没亲自过去。那人的模样我还记得，左眼上有纱布，嘴里还嘟嘟囔囔说着什么。我以前根本没见过他。”

左眼有纱布的男人！应该就是那个把川手雪子假扮成菊偶人送进展示会场的人！当时搬运菊偶人的工人有三个，他应该是他们的头目。

“果真如此！”

宗方博士大喊一声，一下从床上跳到地上，趴在床下面检查新床是否有什么问题，那情形跟汽车修理工修车时没什么两样。他的表情十分严肃，认真地查看每一个地方。忽然，他大叫起来，川手和小池都吓得大惊失色。

“果真跟我想的一样！看，就是这儿！我知道他是如何作案的了！

可惜我还是迟了一步，可惜了……”

川手和小池连忙跑过来。

“你说哪里？”

“这儿，就这儿！你们帮着把床挪一下，这下面有个暗藏的机关。”

两人按吩咐行动起来，从里边把床推离墙边。刚还在床下检查的宗方博士，此时坐了起来，他敲打着床的侧面说：

“这里面有一个盖子，但是在外面看不出来。把它打开，里面空间不小，能有一个箱子那么大。”

床垫尽管十分柔软，实际却只有薄薄的一层，只占了床厚度的三分之一。把床垫掀开，下面就是一块厚木板，将木板下面搭建成一个狭长的空间，那里面长不足两米，宽一点三米，人完全可以藏在里面，而且足以容纳两个人。

“凶手的作案手法真是巧妙！这床从外观上来看，和普通的床没有任何不同。”

小池简直不敢相信眼前这一幕。

其实只要仔细看，就会发现这张床比一般的床要厚一些，但不仔细看是很难发觉的。而且这床的式样和做工都很上乘。因此，凶手显然是在半路截获了川手所购买的床，把家具公司运的床换成自己准备的“箱床”，然后送到了川手别墅。

“你的意思是说，这床运到别墅时，凶手就随着进来了？”

川手庄太郎大惊失色。

“凶手可能是之前便进入了箱床，也可能是床进入别墅安放好后，再偷偷潜入的。不过昨天晚上，他肯定就待在床下，但川手妙子毫无察觉，凶手和她之间只隔着一层木板和床垫。夜深人静后，凶手就钻了出来，用麻药弄晕你，然后把川手妙子绑起来塞到床下，他也钻了进去，伺机逃脱。”

“这么说，他应该是早上……”

“嗯，我们失算了，谁能料到凶手和川手妙子就在床底下呢？当时我们去外面搜查的时候，卧室的门是敞开着的。凶手瞥见走廊和玄关处都没有人影，就挟持妙子小姐逃脱了。”

“那凶手逃跑总得有个方向吧？他能跑向哪里呢？外面就是道路，人来人往的，挟持一个人是很引人注目的，他也不可能太明目张胆。何况墙外、正门、后门都有警察把守。”

“我也这么思考过，没准儿凶手采用了我们意想不到的办法逃脱了。或许他还在别墅里，倘若他没出别墅，估计是在等天黑。然而……”

宗方博士对自己的假设并没有多大的把握。

“也许妙子的嘴巴被捂住了，不能发出声音，身体也被绑住，不能动弹。和我昨晚的情况差不多。否则，她怎么会甘心束手被擒呢？也许……”川手庄太郎话音刚落，猛然间意识到了什么似的，一脸惊恐地盯着宗方博士。

“目前的情况尚不明朗，我们至今为止还没发现任何血迹，应该还没有发生残酷的事情。但是我们无法保证妙子小姐是否还安然无恙，只能为她祈祷了！”宗方博士有些萎靡不振。

“凶手如果还在别墅中，那我们就要再仔细搜查一次！”

“嗯，我也这么认为。为了不打草惊蛇，我还是先问问外面的警察吧！我记得有两个便衣警察在外边。”

宗方博士说完就跑出门去，小池和川手庄太郎也赶紧追了上去。

## 始料不及

大门外，有一个戴着鸭舌帽的男子正在吸着烟，他目光锐利，身着西装，目不转睛地盯着来往的人群。

“嗨，你见过有什么可疑的人进出大门吗？或者是否看见有人带着很大的行李箱出门？”

宗方博士出其不意的问话，让这警察一时有些摸不着头脑。

警察们虽然早上对别墅全面搜查了一遍，可还是怕罪犯会潜藏在别墅的角落，在白天伺机逃脱，于是这警察就受命守在门口。任何可疑的人出入门口，一般情况下都会被他发现。

“没发现有人经过，除了你们。”

“你确定没一个人从门口经过吗？”宗方博士似有不甘，继续追问道。

“你不会不相信我的话吧？我可是专门守在这儿的！”警察有些不悦。

“送报纸或者送信的人也没有吗？”

“啊，你说什么？这些人也不可信吗？再说送报的或送信的，进去后又出来了，罪犯是不能化装成他们的模样逃脱的。再说他们是从别墅外面进入的别墅，办完事后就走了！”

“你确定？你还是尽量仔细地回想一下，除了这些人，还有别人进去过吗？”

警察眼睛瞪得圆圆的，他似乎对宗方博士的刨根问底有些不满。他看了宗方博士一眼，过了一会儿，他忽然笑了，应该是想起什么来了：“哈哈哈……你要问有没有人过来，倒还真有，哈哈哈……就是上门挨家挨户收垃圾的啊。他带着垃圾车来的，清理完垃圾就拖着走了。哈哈哈……打扫卫生的清洁工也要上报吗？”

“当然，这个细节非常重要……你站在这儿能不能看见他的垃圾车？”

“当然不能了，从这儿怎么能看见那边呢？清洁工进入大门口向右转了个弯，然后才进去的。我猜垃圾箱放在厨房那边。”

“你的意思就是说你也不知道清洁工到底做了些什么？”

“嗯，我怎么会知道呢？也没人下令让我盯着他啊！”

警察脸上似有厌烦之色，那神情仿佛是说，你问这些芝麻小事有意思吗。

“那个清洁工是从大门口出去的吗？”

宗方博士丝毫没有放松，继续追问着，大有刨根问底的势头。一个清洁工，难道还会和昨晚的绑架案有关吗？

“对啊，就是从这儿走的。把垃圾运出去不是清洁工该干的事吗？”

“垃圾车上盖着盖子吗？”

“我想大概有盖子。怎么了？”

“你看见了几个清洁工？”

“看见了两个。”

“你还记得他们的模样吗？赶紧说说。”

有些急躁的警察，这会儿脸上闪过一丝慌张。宗方博士不厌其烦地追问这个一定有目的。很快，他似乎猜到了原因。

他思索了一会儿，都想起来了。

“有一个人特别矮，戴着墨镜。另一个人应该有四十岁吧，他左眼上包着一块方方正正的纱布。他俩上身的衬衣都肮脏不堪，下身都穿着土黄色的裤子。”

警察这么一说，小池神色大变。宗方博士不快地问：“你没听中村警长讲过罪犯的样子吗？”

警察有些惊慌，连忙解释道：“听……听说过。黑蔷薇花咖啡馆的那个罪犯，就是小个子，还戴着墨镜。但是……”

“你还记得把龙宫公主搬入展示会场的那人的特征吗？”

“我现在记起来了，他左眼上蒙着纱布。”

“那两个清洁工和这两个嫌犯像不像？”

“唔……我怎么会想到罪犯这么狡猾，会化装成清洁工……当时，他们是从外面进来的，而我只盯着从别墅里出来的人……应该是碰巧了吧。”

“是不是碰巧，还得仔细调查过才知道。罪犯把川手妙子藏起来，然后自己先离开了别墅，为了把妙子带走，他不得不再次返回来。这是可能的。我们在别墅里忙着搜索的时候，他可以趁机将妙子小姐带走。”

“你说妙子被罪犯藏了起来？能藏到垃圾箱里去吗？”

“可能性很大。这个罪犯拥有超强的反侦察能力。我们早上搜索的时候，各处都找了，唯独没翻垃圾箱。我们现在过去看看吧。”

大家都跟着宗方博士，向别墅的厨房那边走去。

那个可疑的垃圾箱，被放在厨房墙壁和水泥院墙的中间，上面涂着黑油漆。垃圾箱很大，一个人躲在里面绰绰有余。宗方博士直接走了过去，一把掀起箱盖。

“里面什么也没有。咦，那是什么？小池，你赶紧过来瞧瞧！”

小池急忙赶了过来，探头向垃圾箱里查看。

垃圾箱的底部残留着一些垃圾，中间掺杂着一个白色的东西。

“看着像信封啊。”

他边说着边努力伸手拣起这个白色的东西。这还是以前见过的那种最便宜的信封，上面既没有收信人，也没有寄信人，不过里面貌似装着信纸。

“看看信的内容！”宗方博士说道。

小池打开信封把信纸取了出来。

“哦，是手蘸着油墨按下的指纹啊！”

在信结尾处应该署名的地方，按着一个清清楚楚的指纹。宗方博士马上拿出放大镜，认真地查看起来。指纹有三个旋涡，上面两个，下面一个，如同骷髅的眼睛和嘴巴。

“真是这样啊！川手先生，看来我猜测的是正确的。罪犯的确曾把妙子藏在垃圾桶内。赶紧读一下信吧，小池。”

在宗方博士的催促下，小池大声地读了起来。

川手君：

在我的字典里，从来就没有“不可能”这个词。你费尽心机设下的两道防线，看起来似乎坚不可摧，然而我计上心来，一切就迎刃而解了。你听没听过一句古话叫“人外有人，天外有天”？请你替我向宗方博士问候，把我的话捎给他。

他和那些愚笨的警察，想要用拉网式的搜索把我找出来，但千算万算，却忽略了床和垃圾箱。

他也配称大侦探吗？呸！你一定要照原样把我的话告诉他啊！

你女儿妙子不知所踪，现在你成孤家寡人了。哈哈，你这下可以好好寻找她了。没准儿哪一天，在一个阴森可怕的地方，你会遇到你的女儿川手妙子。我真是很想知道，到时你会是怎样一副表情呢？

川手君，这只是我的第二场报复行动。

宗方博士的脸都羞红了，他一直没有抬头，任凭小池把信纸上所写的内容读完。

“川手先生，我完全不知道该怎样面对你，凶手太嚣张了。他老奸巨猾、凶残狠辣，可我不怕他，我一定要让他尝到苦头。妙子小姐生还的机会不大了，但我发誓一定得找到小姐的藏身之地。我不会打退堂鼓的，我要和这个浑蛋决一死战，就是搭上我的性命也在所不辞。请您相信我一定说到做到！”

宗方博士的脸都涨红了，他连珠炮似的把所有的话一下子讲完。毋宁说是他在向川手先生表决心，不如说是他在为自己失去的颜面而宣誓。

# 群魔乱舞

宗方博士察觉到罪犯利用垃圾车作案的计划时，大概是早上的八点半。十几分钟后，中村警长特地从警视厅赶来，听取了有关汇报后，又迅速返回警视厅，向东京大大小小的警署和派出所发出了追捕犯人的命令。

如今，警察已经基本掌握了罪犯的情况，而且垃圾车目标很大，想抓到犯人应该没多大问题。

但是，罪犯已经离开现场一个多小时了，而且他们动作很快，又擅长隐匿踪迹。他们此刻肯定不再是清洁工的模样，也不可能大摇大摆地走在街上。

他们一定会丢掉垃圾箱，并再次换装改变模样，然后挟持着川手妙子躲在东京的某一个角落。

宗方博士的预感是对的。大约半小时过去了，宗方博士在川手公寓接到了警视厅的电话："是宗方博士吗？我是中村啊，罪犯用的垃圾车找到了。"

"你们在哪里发现的？"

"就在别墅周围，距离很近。出了别墅大门往南走，大约走五百米，有一座神社，垃圾车就在那边的树林里。"

"找到川手妙子了吗？"

"没有，我们只看到了垃圾车。我们把整片树林都找过了，不但没发现川手妙子，也没看到罪犯的踪影。"

"天哪，那川手妙子被带到哪儿去了……这样吧，我一会儿就赶过去与你会合。"

宗方博士啪地挂了电话，带着小池就急急忙忙地出去了。

按照中村警长指示的方向，他们转了几个弯之后，果然看到了神社附近的树林。

这里处于东京的中心位置，但却有一种郊外的荒僻感。垃圾车就被丢在那里，旁边竖着一根木柱子，以标记位置。一名警察站在那里。

宗方博士把自己的名片递过去，对他说道："是警视厅的中村警长通知我来的，他马上就到。"

"原来如此。久闻大名。听说这案子委托您侦破了？"

那个年轻的警察十分恭敬地望着这名私家侦探，礼貌地问道。

“是的，除了垃圾车，你们还发现别的线索了吗？”

“我们方才搜查过树林了，没找到有价值的东西，也许罪犯把妙子小姐藏起来了，挖地三尺，不怕找不到。我们还搜查了神社里面和外面的廊檐底下，也都一无所获。”

“你自己搜查的吗？”

“不，我们共五人，进行了全面的搜查。”

“那可真是感谢你们啦！我在这边再查一下，等中村警长赶到，你告诉他我在这里。”

宗方博士冲着年轻警察行了个礼，就和小池一起走出了神社，他们毫无头绪，只是随意地向前走着。

“小池，这边是不是有马戏表演？”

“咦，好像真的有。看，还竖着马戏团的旗子呢，上面写着什么‘妖魔大会’，应该是魔术迷宫一类的表演吧！”

“既然是魔术迷宫表演，那咱们也凑凑热闹去。我以前在别处见过，难道东京也有了这种节目？”

“最近这种魔术迷宫表演，在东京盛极一时，以前有人叫它‘草木迷宫’，如今有了新花样，改成‘妖魔大会’了。不过，设计者很用心，精心准备了不少稀奇古怪的玩意儿。”

两人边谈边走，很快就到了搭着大帐篷的马戏团门口。

门前是大片的岩石和翠绿的竹林，都是用纸做成的，上面画着各式各样面目狰狞的妖魔鬼怪，栩栩如生，好像随时都会跳出来把人抓走。

在马戏团前面，观众熙熙攘攘，如同一片黑色的乌云。

他们从人缝中望去，隐约看到了年轻的售票员站在门口。因为那门所在的地势较高，因此能清楚地看见售票员的上半身。

只见售票员拿着一个话筒，声嘶力竭地喊着广告词，对着观众唾沫横飞，想以此吸引更多的人前往。嘈杂的喇叭声，还有人群中乱哄哄的喧嚷声，嗡嗡地响在人们头顶。

## 高额悬赏

他俩走上前，只见木门上张贴着一张告示，上面写有几行丑而潦草的大字：

倘若有谁能从妖魔大会的入口进入，最后顺利找到出口，本马戏团全额退款，并奖励一万日元。

“他们马戏团是不是疯啦？票就一千日元，再加上奖金一万日元，他们做这种赔本买卖难道只是为了赚吆喝吗？”

宗方博士小声嘀咕着。此时身旁的一位老人悄声说道：

“怎么能像你想得那么简单呢，马戏团的老板精明着呢，不赚钱他怎么肯干？你等着瞧吧，有很多人进去了，可都没胆量继续走下去，又返回来了。

“我昨天就在这边看，没有一人从出口出去。看来，里面的设计还真是机关重重啊。听那些回来的游客讲，根本没有通向出口的路。

“里面很恐怖，路上时不时就有妖魔跳出来，它们全都丑陋无比、狰狞可怕，并且全都不一样。其实说害怕有些夸张，不如说是被那些鬼怪恶心得受不了。听说，里面还有见不得人的东西。”

这个老人是东京本地的，似乎好不容易找到一个听众，便一直唠叨个没完。

“大叔你进去过吗？”小池听不下去了，戏弄般地说道。

那老人使劲摆了摆手：“那里边怎么能去？花一千日元进去，最后吓得失魂落魄地回来，犯不上。你们如果感觉里面有意思，怎么不进去试试啊？”

宗方博士似乎受到了启示：“进去就进去。小池，我们俩进去走一趟吧！”

他说话时的表情很认真。

“嗯？先生想进去走走？”

小池心里暗想，今天可是来抓罪犯的，可先生这又怎么改弦易张了？不追查罪犯，反而没事人一样地学那些游客走什么迷宫……他心中疑惑不解，只是呆呆地盯着宗方博士。

“我忽然有了新想法……嘘，你跟着我走就是。”

话音刚落，宗方博士就挤开人群，向着门口的方向走去。

## 遗骨打坐

一直被人们奉为大侦探的宗方博士，竟然不思工作，反而跑进迷宫玩，是不是很奇怪呢？

小池思来想去，注意力有些不集中，但转念一想，既然是大侦探的决定，决不会是一时心血来潮要去探访什么迷宫。难道他是想在迷宫中寻找失踪的川手妙子吗？想到这点，他豁然开朗。

垃圾车被罪犯从别墅中推了出来，扔在了神社的周围，但是垃圾车上却没有川手妙子。

因为还是上午，罪犯带着川手妙子肯定走不太远。不管他们逃向哪里，外面人来人往的，都很难轻易脱身。

宗方博士去售票处买了票，门口的检票员微笑着提醒他：

“进了迷宫后，我们里面的工作人员会发放两次通行证，请大家千万不要丢失，只有拿着通行证才能出门，否则就不算顺利通过迷宫，记住一定是两张啊！”

听完提醒，他们就进入了木门。

迷宫建在帐篷里，由于帐篷外部全用黑布包上了，一点光亮也投不进去，走在其中如同进入了伸手不见五指的深夜。眼前是漫漫的黑色，连绵不断。

帐篷中间有一条狭窄的通道，就这么左走走右走走，前走走后走走，曲曲折折，感觉有几百米长。帐篷的面积并不大，但是由于被隔出了多条小道，所以让人感觉特别漫长。

“真倒霉！累死我了。怎么又出来岔道了？到底该往哪里走啊？走不对的话，就总在原地转圈。”

小池烦躁地直嚷嚷，他懊恼不该跟着宗方博士闯进来。

宗方博士倒是不急不忙。

“小池，你首先得明白草木迷宫的走法。假如想向右转，那么就得用右手摸着竹篱笆，一刻不能松手，这样即便前面走不通，也比在原地打转要好。走路不能盲目，要有目标地走，最后总会走出去的。”

宗方博士走在前面，用右手摸着竹篱笆，速度很快。

小池也觉得宗方博士的说法是对的，就紧紧跟上了。

竹林中，不时会出现形形色色的妖魔鬼怪。灯光晦暗，妖怪们有横躺着的，有立着的，有悬浮在空中的，还有的应该被机关控制了，在空中慢慢摇摆。

那些古旧的池塘中，不时会有细长的手臂突然出现，一些女鬼随之现身。

在黑暗中行走，游客常会踩到一些绵软的物体，因为脚下不稳瞬间就会跌得四仰八叉。

有的地方，有像吊死鬼一样的女人垂着头，她们见人经过就呼地一下从上面俯冲下来，跳到游客的身旁，然后抱着游客的脑袋，嘴中发出令人恐惧的声音。

每个人偶的外形都令人惊恐万状，然而还不至于一下子把男游客吓跑。因为只要稍微用心查看，就能发现这只是设计者开的一些小玩笑而已。

“这太无聊了吧，先生？我可是至今为止也没被吓到。但是，游客们怎么都被吓得张皇失措呢？”

“我也奇怪，只是现在还不能轻易下结论，毕竟我们还没走完全程。我们和他们不一样，我们是要进来寻找川手妙子的。因此，我们不能掉以轻心，要仔细查看所有的人偶，不能有任何遗漏。”

他们边交谈边前行，中途经常有妖怪幽灵猛地跳出来，他们就停下来，待会儿再继续往前走。就这么走走停停的，他们光是经过竹林这一段距离，就花费了不少时间。他们来到了用黑色木板挡起的墙边。

“怎么又走进了死胡同？哦，不，我看错了。你看啊，这边出现了一个小门，上面还有提示语‘请推门而入’。小池啊，我怎么感觉怪怪的！这里面黑咕隆咚的，要是进去了，会不会遇到更吓人的怪物？”

“嗯，要是自己进去肯定会胆怯。”

宗方博士推开门，和小池一起走了进去。

然而，里面只是更黑些而已，并没有出现预料中可怕的场景。但由于四周伸手不见五指，就是谁忽然撞上来，都看不清楚，因此他们不得不提高防范。

屋顶、墙面，还有脚下，都被黑暗淹没，比起碰到妖怪的那段路，这里更让人心惊胆战。

“怎么这么黑啊，我们怎么走啊？”

无奈，他俩只能用手摸着墙，小心翼翼地往前慢慢挪动。

走了大约十米，突然间右边露出些光亮，影影绰绰的，好像有什么东西蜷成了一团，白花花的。

“天啊，是人的骸骨！还盘腿坐着呢。”

小池上前摸了一下，这不是图画，也不是人穿着带有骸骨图案的衣服，而是货真价实的用真人的骸骨做成的标本。

突然在黑暗中碰到人的骸骨，让人浑身渗出凉意。

他们正准备驻足观察的时候，突然发生一件怪异的事情。那原本坐着的骸骨，却突然站了起来，还冲着他们张开双手。原来，骸骨的手中有一摞纸片。

不仅如此，骸骨的嘴巴动了起来，笑出了声，他的牙齿发出嘎吱嘎吱的摩擦声，笑声令人恐惧。它身上的某处应该安着个喇叭，那声音似乎来自邈远的世界。

没进来前，检票员曾好心提醒过，说假如游客想顺利走出迷宫的话，在路上要得到两次卡片，也就是所谓的通行证。

胆小的人到达此处，必定吓得落荒而逃，估计没有胆量从骸骨手中取下通行证。而宗方二人已经到达此处，说明他俩此时已顺利通过了第一关。

宗方博士和小池十分镇静。他们取下通行证，继续手把着墙向前慢慢摸索着。

不一会儿，眼前又出现了一堵墙，拦住了他俩的去路，左右两边再也没有任何道路。

“怎么回事？是要我们退回去吗？”

“不可能，我猜前面肯定会有门。”

“是的，你说得有道理。”

宗方博士在对面的墙上摸索了一会儿，惊喜地喊道：“找到了，找到了！有门啊，能打开的。”

说完，宗方博士就把门推开，向门里面走去。

此时，如同镁光灯一样的光线在眼前不停地闪耀，小池被晃得闭上了眼睛。不一会儿，门就像被弹簧弹起那样，倏地一下关上了，恰好碰到了他的鼻尖。

小池认为宗方博士一定在门里边，可是门被迅速关上后，像被谁死死按住了一样，就是用尽全身力气也打不开。

“门合上了，我打不开。先生，你从里面帮我打开吧！”

他的叫声传进去了，然而宗方博士并没有回音。

突然，宗方博士如同被谁丢到了耀眼的阳光下，两眼直冒金星。

光线太强烈了，他一下如同失明了一样。慢慢地，他的眼前变得清晰了，如同堆满乌云的天空瞬间变得晴朗。他面前出现了一个男人，脸上脏得不成样子，眼睛很大，嘴张得能塞进一个拳头。

“嗯？这人怎么和我长得一样？”

他眨眨眼睛，重新看过去，那人的神情和自己没什么区别，一脸严肃，戴着一副眼镜，嘴上留着小胡子，并且下巴上也有一撮三角形的小胡子。

# 镜屋历险

宗方博士感觉自己好像被恶魔缠身了一样，心烦意乱，郁闷至极。等稳下心神后，他才意识到自己面前的墙上装满了镜子。

“原来是镜子捣的鬼！这迷宫还真是别出心裁，花样不少啊！”

只是镜子根本无法困住他。但这小小的房间中，却利用镜子设置了神奇的机关，让宗方博士差点神经错乱。

他右边出现一个自己，左边也有自己，背后也有镜子，而且镜中的自己比实际要大上五倍。

光是四面墙上有镜子还好说，连顶棚上、地面上，也全嵌着镜子。这六面镜子构成一个浑然的整体，一点缝隙也没有。

部分是平面镜，平面镜中的自己大小不变，部分是凹面镜，凹面镜里的自己被放大了五倍左右。部分波纹镜子把自己纵向拉长，足有三米之多，有时却把自己一下子变成了小矮人，只有半米左右。

而且，一面镜子里的影像，会再反射到其他的镜子中，一个变六个、十二个、二十四个，最多时能看到四十八个自己……

往镜子里面看去，就能产生错觉，好像远远的地方有几百人、几千人似的，这些影像通过头顶和地上的镜子，再多次反射成像。

宗方博士第一次进到这样的屋子，虽然感到有些忐忑，不过他还是慢慢调整好自己的情绪，并开始思考。

只要自己笑，镜子中的几千张脸就会全笑起来；假如自己把手举起，那几千只手就全举起来；自己开始走动的话，镜子里的自己也都走动起来。

仰起头看着天花板，镜子中的自己正与自己对视着；低头看着脚下，地上的镜子中也有一个自己。宗方博士忽然有了一种异样的感觉，自己如同悬浮在半空中一样，而大地早已消失不见。

在这样的房间里，被六面镜子照着，宗方博士几乎崩溃了。假设来的是妇孺，恐怕早就被吓哭了，甚至还会被吓疯。

即使是见多识广的宗方博士，对此地也有些畏惧。他想早点逃离这里，于是就在房间里转来转去，妄图找到出路。他在屋里左冲右撞，镜子中的几千个自己也随着一齐晃动，如同有上千人正在跳一场盛大的集体舞蹈。

被这样的机关困住，人简直要疯掉。找不到其他任何的出口，入口处的门也打不开。人如果一直被困在这全是镜子的房间，肯定会崩溃的。

不过，出入口不会无缘无故地被关上。镜屋十分狭小，只能容纳一人，而且只要有人进入，门就会自动闭合。如果时间不到，无论你怎样推拽都无济于事。让游客在镜屋里体验惊悚，是马戏团设置的一个游戏环节。

“真是令人恐惧，小池！我进了镜屋，但是无法出去。你赶紧再试试我进来时的那道门是否能推开。”

宗方博士知道小池还在黑咕隆咚的屋外，于是冲他大喊着。

“我怎么也打不开啊，先生！从您进门起，我就在试图推开它。”

“那小池你就千万别进来了，我快要崩溃了！我是一不小心闯进来的，现在胆战心惊的。这里面到处都是镜子，镜子里有上千个我跟着晃动，太恐怖了！”

“怎么会如此可怕？您还找不到出口吗？是不是门坏了啊？要不我去找工作人员来看看吧？”

“好了，终于打开了，镜墙上出现缝隙了，等我出去。”

在一面镜墙中，忽然出现了一条窄窄的通道，仅能容一人经过，然而外面还是黑乎乎的一片。

正想要出去，宗方博士却猛然想起，倘若小池冒冒失失地进来了怎么办？两人都不能出差错，一定得全身而退才行。

很明显，迷宫的设计者早就想到了这点。

“我打开门了，先生您没事吧？”

门响了起来，是小池在外面。

宗方博士不得不迈步出去，他到了镜屋外面的黑暗中，神奇的是，他刚刚经过的狭窄通道啪的一声，就不见踪影了。而小池正在另一个方向低声呼唤他。

“我怎么看不着您啊，先生？我把门打开了，打开了！”

“出口在我这边，你若想出来，必须等门再次自动打开才行。不要着急啊！”

宗方博士高声嘱咐着。

## 蚊帐疑团

宗方博士站在黑暗中等了很久，面前的墙才像门那样拉开了，小池踉踉跄跄地奔了出来。

“天啊！太恐怖了，我眼都不敢睁，就憋着一口气等着。要是墙门还不开的话，我没准儿就吓傻啦……”

“真是这样。先前见游客们张皇失措地跑回去，估计就是被吓破胆了吧？前面的路肯定更恐怖。”

两人一边用手触摸着墙体前进，一边在黑暗中交谈。

突然，前面传来嘶哑的声音，很轻，但清晰可辨。

“感受如何？这就怕了？好戏才刚刚开始，最能考验你的时刻还没到呢！想半路折回？根本不可能，还不如继续往前走。”

不知是谁通过喇叭，在前面的黑暗中发出令人恐怖的声音。好像有一个看不见的人蹲在那里，两人不禁都有些双腿发软。

若是一般人遇到这种情况，必会返回入口，可是宗方博士和小池不为所动。在他们的意识中，恐惧是一回事，搞清楚真相是另一回事。何况川手妙子至今还下落不明，他们无论如何也得把迷宫走完。

就这样，他们一手摸墙，双脚探地，慢慢地，前面不那么黑了。

“似乎又遇到竹林了。”

“先生，咱们赶快过去！游客们都是走到这里就跑回去的，天啊，太吓人了！”

在竹林的两边，时常冒出一些可怕之物。小池面无血色，脚下呼呼生风。

一条发白的铁路猛地横亘在眼前，一只血淋淋的胳膊耷拉在那里，胳膊上的手竟然诡异地爬向小池。小池即将经过那里时，感觉身后好像有什么在追逐着自己。令人惊恐的是，那手竟然顺利地经过围栏，追到了通道。

“啊！”小池惊叫起来，一下子就跃到了宗方博士的身旁，抱住他的肩膀。

虽然小池明知那手是被机关操控的，但是当它向自己诡异地爬过来时，还是感觉浑身不自在。此时，有声音沙哑地响起来，却不知来自何方。

“这是您的第二张通行证，一定要保管好，亲爱的游客，千万别把一万日元的奖金弄丢了哦。不过您一定要谨慎，不要被那只手抓住不放，否则很难脱身。”

他们定睛一看，那手上还真的握着一沓通行证。

“哦，原来是这样啊，设计者考虑得还真周全。得到了两张通行证，就证明我们顺利通关啦！”

宗方博士小声嘀咕着，一把从那手上夺下两张通行证。

“原来如此，快看啊，还盖着印章呢！”

宗方博士啧啧赞叹着，把通行证收进了口袋，和之前的放在一起。

他们一直提心吊胆，终于就要走到出口处了，眼看着就要走出迷宫了。

“我们就快出去了，可是先生，川手妙子至今还无踪影啊！”

“是啊，不过前面的情形更不容乐观。你看，这里光线不明。”

宗方博士目不转睛地盯着前面，在围栏前兀自站着。

他看去的方向有一处竹林，周围都是萋萋青草，里面出现了一栋小草屋，十平方米见方。只是没有门窗，甚至连墙都没堵上，因此站在这边能清晰地看到屋内的情景。屋里有一张床，四周垂着掉了色的蚊帐，不过在蚊帐顶上有盏灯，有着蓝色的灯罩，发出晦暗不明的光线。

“啊，里面似乎有东西啊！”

“我也这么觉得。只是灯光不太亮，不靠近是看不清楚的。”

“我们过去瞧瞧吧！”

他们两人达成一致，就从围栏上跨了过去，踩着青草，来到了那张床前。

宗方博士把手伸到蚊帐的下面，猛地往上一掀。

## 诡异黑影

“简直一模一样啊！”

“是啊，脸和川手妙子很像。”

蚊帐中有一具尸体，正是川手妙子本人。

“她应该是昨晚在自己的卧室里被害的吧？”

“按照推理，应该如此。不然，凶手怎么可能把一个大活人无声无息地藏进床的隔层里，还轻而易举地搬到垃圾箱里……我猜凶手肯定是在天还不太亮的时候动的手，利用垃圾车运到了神社这边的小树林里。

“为了处理尸体，凶手又把尸体搬到了迷宫中，调换了本应躺在蚊帐中的人偶。他应该早就想到把尸体放在这里了，这里偏僻，不易被人发现。

“到达此处的游客，谁也没那个胆量把蚊帐掀开。何况，能走到此处的游客，基本都已经被吓得半死，早就慌张地往回返了……似乎马戏团的人也不知道人偶被人掉了包。

“凶手到达这里时，天还没亮，工作人员还在梦乡之中。凶手不会大摇大摆地从正门进来，如果他从搭起的帐篷下面进来，根本没人察觉，而且不会用太长时间。”

“我们得让川手庄太郎先生和中村警长知道这个情况，最好让他们能赶到这里。”

“是啊，你赶紧电话通知他们……噢，稍等下，小池，那两张通行证我还没搞明白。”说着，宗方博士就把它们取了出来，在微弱的灯光下思忖着。

两张纸牌外观一样，一张上面写着“第一兑换券”，另一张上面则是“第二兑换券”。“丸花表演部”的红印章醒目地盖在正中。接下来，宗方博士又翻到背面观看。

“还真是如此，你快看！”

有一个指纹赫然出现在通行证的反面正中。他立刻掏出一个微型放大镜，仔细地查看。

“三个旋涡的骷髅指纹，又出现了，这个恶魔还真是死心不改。”

“您确定和以前见过的一样吗？”

“当然啦，这个可恶的凶手，他一定躲在哪里看我们的笑话。”

“这人偶的手骨中竟然出现这种通行证，真让人意外。我们的通行证上，竟然会出现三个旋涡的骷髅指纹……难道这个凶手就隐藏在马戏团中吗？”

“还真说不定。快看，那边是什么？就是竹林里，有团黑乎乎的东西。”

宗方博士把目光投向了身后的竹林中，似乎有什么吸引了他。

“哦，你说黑色的东西？”

“对啊，就在那边，还在向我们慢慢爬过来呢。这边人迹罕至，怎么会出现幽灵人偶呢？”

此话一出，仿似那黑家伙就在眼前一样。

宗方博士眼睛一眨不眨地盯着那里，那个幽灵般的怪物好像也在注视着这边，足足有半分钟，大家都憋住气。

“来这边！”宗方博士小声说完，就向着身后跑去。

顿时，竹子被晃动了起来，发出哗啦哗啦的响声。

他大吼一声：“谁在那边？”

黑暗中传出像是被捂住了嘴巴的怪异的笑声，那声音让人浑身起鸡皮疙瘩。不一会儿，竹林里又传出剧烈的声响，那黑色的物体跑到更远的地方去了。

“别跑！”宗方博士赶紧追了上去，见此景，小池也紧紧跟上，他们都向发出声音的地方靠拢过去。

推开竹篱笆，就出现了刚来时的通道，曲曲折折的，并且两侧的草木生长得十分繁茂。

“那怪物跑哪儿去了？”

“没看清，你往那边追。”

宗方博士吩咐了一声，自己就向右边追过去了，小池则追向左边。不一会儿，小池的速度就慢了下来，因为他感觉有人在竹林外面晃动。他透过密密层层的竹叶望过去，可是光线太暗了，根本看不清，但是他能觉察到那边有人。

“是你吗，先生？”

小池连着叫了几声，却没有人应答，只有竹叶哗啦哗啦作响，并且夹杂着可怕的笑声。这种情景，让他的双腿一下子颤抖了。过了好久，他才回过神来，一边扒拉着竹子一边大叫道：

“先生，赶快过来，我在这边！在这边！”

小池顾不得竹叶划在脸上和手上所带来的疼痛，发疯般地在竹林里跑来跑去，可是怎么也看不见那个黑色的怪物。像是在玩捉迷藏似的，黑色的怪物躲起来了。

他在拐角刚转过身，就听见宗方博士从对面跑过来，大喊：

“小池！”

“发生什么了？你追上那家伙了？”

“没有，他只发出了一回声音，没有照面，现在好像躲在迷宫的某处了。”

“我也听到了，还看见他就在竹林外边。应该是趁着我们从两边围堵的时候，他藏起来了。”

他们站着谈话，不料竹林里又哗啦哗啦地响起来，走过来三个男人，原来是听到声音赶来的马戏团工作人员。

宗方博士简单说明了情况，并把自己的身份亮了出来，请求他们全力配合行动。

“你和他们一起搜索那黑色的怪物吧，小池，我出去给中村警长打个电话，让他带一些警察过来。外面天还亮着，很多游客来来往往的，凶手应该没胆量出去，他逃不掉的。”

宗方博士布置完任务，就迅速向迷宫外走去，很快就不见了踪影。

## 殒命迷宫

宗方博士刚离开一会儿，迷宫中就发生了变故。

一个身着一身玄衣的家伙，出现在竹林间的小路上。细细打量，就能发现他用黑色把自己从头到脚地包裹起来，黑头套、黑紧身衣、黑鞋袜，只有两只眼睛从头套里露出来，十分警惕地观察着周围，目光十分犀利。

没人知道他是谁。假如他就是绑走川手妙子的罪犯，那他就是那个高个子，左眼蒙着纱布的男人。

黑色怪物肯定清楚宗方博士出去打电话向警察求援了。小池把马戏团的十几个工作人员，分派在不同的出入口处。但是黑色怪物并不以为然，他晃晃悠悠地走着，嘴里哧哧地笑着。

那些还在寻找黑色怪物的工作人员，行走在竹林中，需要不时地把竹子拨开，因此弄出稀里哗啦的声音。

人们从四周围上来，黑色怪物眼看就成为瓮中之鳖。但是，他还在哧哧地笑着，他张开双臂模仿鸟儿飞翔的样子，似乎在嘲弄大家。他转了一个弯，头顶碰到了白色的物体，应该就是方才宗方博士和小池见过的那个耷拉着脑袋的女幽灵。

可是黑色怪物却笑了起来。反倒是女幽灵遇到这种可怕的人，应该会被吓得失魂落魄了吧？

黑色怪物并没被女幽灵吓到，还在继续前行。那被机械控制的白色幽灵从空中猛地跳到地面上，从身后追上去，一下子揪住了黑怪物的肩膀，后来又环上脖子。竹林中似乎一下子就多出了两个在迷宫中闲逛的游客。

“嘿嘿嘿……”那个黑色怪物还在怪异地笑着，他想扒开女幽灵的胳膊。

尽管女幽灵的胳膊十分细弱，黑色怪物却怎么也摆脱不掉。他越使劲，那幽灵反而拢得越紧，似乎想一下子把他钳死。

“你……你……”黑色怪物透不过气了，发出吼声。

原来，那个白色的女幽灵不是人偶，而是真人。

于是肉搏开始了，白色的女幽灵和黑色怪物，进行着激烈的交锋。女幽灵手劲不小，紧紧掐住了黑色怪物的喉咙，黑色怪物不得不束手就擒。

“我抓到了！快过来，就在这边！”原来是小池的声音。

小池之前与黑色怪物的交锋过程中，发现他身手非常灵活，就把自己伪装成女幽灵，套上了白色的外衣，想让对方放松警惕，然后伺机行动。

伪装自己可是小池的拿手好戏，因此，即使宗方博士不在现场，他还是很迅速地抓到了怪物。他觉得这怪物的力气还不如一个女子，于是就很纳闷，这会是怎样的一个怪物呢？

他出其不意地扯住怪物的头套，使劲撕裂，头套破开了，那人的眼睛、鼻子、嘴等五官立刻出现在小池眼前。

他盯着这张脸，凝住了一般。

很快，他就发出令人恐怖的惊叫声。

“胆子不小，还想看清我的脸？”

怪物嘶吼着，想把身体背转过去，然而小池却紧抱住他不放。就在他们纠缠之际，黑暗中突然响起砰的一声，有火光在黑暗中闪现。

小池的前胸顿时血如泉涌，然后他面部向上，身体向后倒去，僵直地倒在地上。

黑色怪物把破损的面罩重新蒙上，从地上慢慢地站起来，右手中的手枪还冒着烟。

“嘿嘿嘿。”黑色怪物又诡异地笑起来，不一会儿，他便在竹林中消失了。

从对面跑来两个工作人员，刚才枪响和小池的惊叫声惊动了他们。当他们飞奔而来，却只看到一个浑身是血的“女幽灵”躺在那里，呆立了好久才清醒过来是怎么回事。

“他，他不就是那个小池侦探吗？他打扮成女幽灵的样子，应该想埋伏起来对付凶手，可谁想到凶手手里竟然有枪啊！”

他俩不禁浑身颤抖起来，战战兢兢地向四周打量，生怕会有子弹从暗中飞过来。

“怎么回事？”

他们闻声一看，原来是宗方博士出现了。

“你的助手小池被打死了。”

“什么？小池死了？”宗方博士赶紧低头去查看地上躺着的人。

“天哪，还真是小池！究竟发生什么事了？看样子，他应该和凶手交过手，搏斗还挺激烈的，可是却不幸中枪。啊，子弹正中胸口，看来无法抢救了。小池啊，我知道你死不瞑目，不过我一定会替你手刃凶手！杀死你和木岛君的凶手，我誓要你血债血偿！”

宗方博士情绪激动，眼中泪水盈盈。

# 镜屋觅鬼

中村警长接到了宗方博士的通知，大概二十分钟后赶到。来了两辆车，上面坐着中村警长和十二名警察。不过警察有的全副武装，有的身着便衣。看这阵势，今天非抓住凶手不可。

为了避免凶手弄坏帐篷逃走，有六名警察在帐篷外面待命，剩下的六名警察分成两队，一队从入口进去，一队从出口进去，分头进行搜捕。

马戏团的工作人员，早就接到了中村警长的指令，把帐篷上面蒙着的黑布取了下来，原先里边黑漆漆的帐篷，一下子就明亮了起来。迷宫里面设置的妖魔和幽灵，顿时大白于天下，不再是黑暗中令人恐怖的样子，反倒显得有些茫然可笑。

至于帐篷里边的竹林、树木、篱笆等物，也都被推倒了，因此走哪条路都能到达出口，迷宫一下子失去了神秘感。有三名警察，还有马戏团的四个工作人员，正在全力以赴地搜索竹林。

“那边好像有东西。”一名眼尖的警察说道。

那是一个铁路的布景，有一个隧道口位于铁轨上，黑咕隆咚的。

尽管帐篷里面已经亮了，但是隧道那边还是黑魆魆的，显得阴森恐怖。

“隧道不长，很快就能走到头。凶手若是在里面，是无法逃脱的。”一个工作人员解释着。

很快，大家到了隧道口，伸头向里面打探。隧道尽头的墙体上突然射过来两道目光。大家定睛一看，是一个人影。于是大家停了下来。

“前面危险！那个家伙带着枪！”

正在大家踟蹰不前的时候，那个家伙却趁机蹿了出来，他用右手举着枪，嘿嘿嘿地狞笑着。从隧道中出来后，他竟然肆无忌惮地跨过铁路，向这边走来。

可是，他没走几步，就转身朝着无人的地方狂奔，大家都始料不及。

“站住！”

“不许跑！”

顿时响起了大家的种种呵斥声，有七人随后追了上去。

“嘿嘿嘿……”

那个黑色的怪物就像长了飞毛腿一样，一直跑到镜屋前，而且一路狞笑着，他推开那扇外形是黑色板墙的暗门，进了屋内。

大家来到镜屋前，隔着大约十米的距离，就不敢上前了，两腿都瑟瑟发抖。暗门并没有关紧，和门框间还留着缝隙，怪物的眼睛就出现在那里，并且把枪口对准了他们。

“我出去，在镜屋后面包抄过来，和你们合围。这样行吗？”一名年轻的工作人员提出建议。

“行，你从出口出去，再绕到后边，顺便把这边的情形告诉那边的警察，让他们也赶到屋后来。”

看来，这黑色的怪物已经成釜底之鱼了。

不过他显然还不知道自己已经被人合围了，还是把脸凑在门缝上，恫吓着警察们，不让他们靠上来。

很快，另一拨警察也会围拢过来。那怪物即使有幸逃出镜屋，也很难逃脱这边等待阻击他的六名警察，何况还有不少人围在这边看热闹。

警察们在镜屋的前面蓄势待发，静静等待。

“嘿嘿嘿……”

黑色怪物的诡异笑声又开始了。五秒钟过去了，十秒钟，十五秒钟……

猛然间，镜屋里传出剧烈的声响，有人在咳嗽，好像有人从背后袭击了黑色怪物。然而，门缝处的手枪依然威胁一般对着大家。到底是怎么回事？那里不应该有人打斗啊。大家都捏了一把汗，就这么等了很久。镜屋的门被轻轻推开了。人们回神一看，不禁目瞪口呆。

门敞开的幅度越来越大。难道那怪物这么嚣张，敢从这么多人面前突围？

门彻底被打开了。

天哪，怎么出现的不是黑色怪物，而是宗方博士？

“你们都聚在这里干什么？罪犯呢？”

听此发问，警察们都瞠目结舌了，赶紧反问道：“宗方先生，您在里面与凶手打过照面了？那家伙太猖狂了，一开始就把手枪伸出门缝威胁我们。”

“凶手进入镜屋的消息我也得知了，还打算和你们一起合围收拾他呢。可是我进入镜屋后，根本就没看到他的影子，就看见这手枪挂在门把手上。”

手枪确实被用绳子系在门上，宗方博士边说着边解开它，示意大家注意。

“枪口朝着你们并不代表凶手就一直在里面，他只是把枪悬挂在这里，并且把枪口对准你们，然后趁你们不备溜走了。”

这番解释，让警察们一个个都目瞪口呆，大家全都疑惑地注视着宗方博士。

“这还真是不可思议啊，我就潜伏在离镜屋不远的地方，但是根本就没人从我身后经过。难道这里面有秘密通道吗？”

那个令人恐惧的黑色怪物，到底逃往哪里了？

大家展开地毯式搜捕，把所有人可能去的地方都搜遍了。可是，那个黑色怪物再也没出现，估计他早就逃出了帐篷。

“把镜屋所有的镜子都取下来，然后继续找！”

宗方博士提议道。

所有的镜子都被移开了，大家对屋里又进行了细致的搜索。可是里面哪有什么秘密通道啊，也根本没有适合隐藏的地方。

难道这镜屋有特殊功能，能让人凭空蒸发？

这念头一出来，大家全都感到毛骨悚然。

# 扑朔迷离

凶杀案接连不断地发生，可是人们对于凶手是谁却一筹莫展。更让人恐怖的是，就连一直被报复伤害的川手庄太郎本人，也无法提供破案的线索。

现在人们唯一发现的，只有那个三重旋涡的骷髅指纹。这个神秘的指纹，带着魔鬼般的狞笑，在各地多次出现。

他接连残害了庄太郎的两个女儿。接下来，他要对付的就是川手庄太郎了。凶手之所以明目张胆地先杀害他的两个女儿，无非是想在精神上深深地折磨他，让他对死亡产生恐惧和绝望，这种手段简直是惨绝人寰。

自从女儿川手妙子被害后，川手庄太郎就有些糊里糊涂的，也不愿意出门。妙子的葬礼刚过，宗方博士就在第二天来拜访川手庄太郎了。

深陷悲伤之中的川手庄太郎，其实并不愿与人过多接触。然而宗方博士，是他唯一能抓到的救命稻草。纵然宗方博士出师不利，一次次失败，但总能预料到凶手下一步的计划。

宗方博士缩小了包围圈，看起来抓住凶手是指日可待的事情。川手庄太郎对宗方博士十分钦佩，因为对于这样形影无踪的魔鬼，也只有他能与之周旋了。

一走进客厅，宗方博士就连忙为自己的失败表示歉意：

“为了弥补过失，对于凶手的第三次报复行为，我一定全力应对。造成目前的这种状况，作为一名侦探我无法原谅自己的。您即使不委托我，我也会和凶手决战到底。

“何况，我和凶手有着血海深仇。为了对抗我对他的追击，竟然把我的两个助手都杀害了。这两人死得太冤了，虽然凶手还逍遥法外，但我一定要把他捉拿归案。”

“谢谢！你说得太精彩了！我的两个女儿被他所害，你失去了两个助手。现在我们同仇敌忾。到了这一步，我什么也不在乎了，我愿意出高价悬赏，哪怕倾家荡产也在所不惜，只要能把他捉拿归案。

“宗方博士，你一定得制订个缜密的计划，再不能失手了，一定要为我的两个女儿和你的两个助手报仇雪恨。如果需要资金，我愿意慷慨相助，就是拿出我所有的积蓄我也愿意。现在，我只能依靠你了，再加上中村警长的协助，希望你能尽力破案。”

“没问题，我支持你的看法。我会抽出时间来，先暂时放下别的案子，尽心侦破此案。为了这个案子，我还得同你商量一下关键的问题。”

宗方博士探出身子，用别人几乎听不到的声音说道。

“川手先生，凶手随时可能展开第三次报复，我们必须采取应对措施。当前的要务，就是保护你的安全。

“没准儿在我们交谈的时候，凶手就在我们的身边。我昨天就开始考虑对策，如何应对凶手的这次报复。我思来想去，觉得先把你藏起来是最稳妥的办法。

“凶手的身份至今还是一个谜，他到底是何人、住在何处，我们都不知道。凶手在暗处，我们在明处，为了保证你的安全，只能这样做。假如把你安排到一个安全的地方保护起来，我就不用再被两头牵扯着。这样我就能全力以赴地投入案件的侦破中。这是迄今为止我想出的最好办法，望能得到你的配合。”

话说到此处，宗方博士显得更加警惕了，他把自己的座椅移到川手庄太郎的身边，把嘴巴凑到他的耳朵旁，低声道：“我找了一个人来做你的替身，这人无论是模样还是个头，几乎都和你一样，最可贵的是，这人不怕死，并且忠心耿耿。他怀有绝技，擅长武术，是柔道三段。我把他安插在你的别墅里，只要凶手上门，必然会手到擒来。”

“竟然有这样的人？”

“当然，他和你长得一样，你看见了就不会觉得奇怪了。”

“我想知道，你要把我藏到哪里去？现在哪里会安全？”

“这个毋庸置疑，那地方肯定适合你。山梨县那边的农村，有一座城堡一样的别墅。但是早就用铁板把窗和走廊封死了，外人无法进入。在围墙外，还挖有一条深深的壕沟，想进入壕沟必须先通过一座桥。

“这桥是一座吊桥，平时是不放下来的。我为了破案去过那儿，那家的主人已经去世了，不过我在主人生前曾在那里住过一段时间。我觉得不管是位置还是里面的布局，都很符合你的身份。

“这别墅现在雇用了一对夫妻在那里守着，这两人都认识我。如果你没有意见的话，我今天就可以带你过去。既然要住上一阵子，你最好收拾一下行李。我之所以这么提议，主要是我忽然想起了这座别墅还有那个和你长相一样的人。机会确实难得，这也许是天意也说不准。”

“我考虑一下。不过非得那样做不可吗？”

就在川手庄太郎犹豫不决的时候，女仆端着茶进来了，用的是两个生漆茶碗。

宗方博士端过茶来，拿起盖子，反复打量，然后掏出一个放大镜，认真地查看起来。

“碗盖有问题吗？”

见此情景，川手先生吓得脸色都变了，大声问道。

“是的，你看，这上面出现了骷髅指纹啊！”

宗方博士手里还握着那碗盖。

川手庄太郎心中越发忐忑，却忍不住把眼睛移到了放大镜上。

像是骷髅的笑脸。真的又是那有着三个旋涡的指纹。两个茶壶盖的上面都有。

“凶手应该是特意把指纹留在这上面的，他是在嘲讽我们吗？”

两人面面相觑。

川手先生看到了骷髅指纹，觉得凶手是在警告自己，第三次复仇行动即将开始。看来自己不能再犹豫了，凶手已经蠢蠢欲动了。

宗方博士不敢怠慢，马上对那个端茶进来的女仆进行调查，对其他的仆人也进行了盘问。可是大家都不知道是怎么回事，这指纹究竟是何人弄到碗盖上的呢？

“宗方博士，我觉得你说得有道理，我还是先暂且离开一些时日吧！这指纹又出现了，让我感觉很难受。如今，我一刻也不想待在这里了。”

川手庄太郎终于下定了决心。

“这样挺好！把你藏起来之后，我还有一个详细的计划，只等你答应就开始实施了。你只要不继续待在这里，我就能和凶手进行全面的周旋，一定能拿下他。你的那个替身，我早把他安排在这周围了，只要给他打个电话，他会立刻赶到。”

宗方博士抓起桌上的电话，拨出一个号码，对那边下达了指令。

大约二十分钟后，一个穿着古怪的人赶来了。他戴着鸭舌帽，帽檐把眼睛遮得死死的，根本看不清他的脸，穿着一件无袖的外套，把脖子缩在高领中，因此也无法看见他的下巴。

关于这身装束，宗方博士早就跟看门的描述过，只要这人到来，一定不能进行阻拦，还要把他带到客厅中。

看门的把这人带进来后，转身出去了。宗方博士立刻把门锁紧，并把所有的窗帘全都拉了下来。接着，他又打开灯，与来人说了些什么。

只见那人把鸭舌帽摘了下来，对着川手庄太郎鞠了一躬，说：

“第一次见面，还望海涵！”

川手先生却不由自主地从椅子上站了起来，呆呆地望着对方。

天啊，这究竟是发生了什么？来人的身材、脸形大小、发式，甚至胡子的长短，身上所穿的外衣和衬衣，小到衣服上的纽扣，都和自己的完全没有区别。他在对面站着，自己如同对着一面镜子，而镜子里的人还在微笑着，笑的样子也和自己毫无差别。

“呵呵……你觉得如何？就把心放回肚子里吧！如今我也分不出哪个才是真的川手庄太郎。他是我的朋友近藤，川手先生。我已经跟你说过了，他是柔道三段，并且胆量过人。不过近藤，你可千万不能给我丢脸！从此刻起，你就不是你自己了，要记着你已经是川手庄太郎了。你要住在川手别墅最里面的屋子里，不能外出活动，也不允许会客。任何外人都不能和你有任何接触。

“我反复跟你强调过，你和川手先生尽管很相似，可你毕竟不是他，只要细看，还是能找到区别的，千万不能让人发现端倪。当然，我不会让你永远住在这里。

“我刚才强调的那些，也会跟仆人们讲明，他们会全力支持你。你千万不能掉以轻心，别自作主张，要按我说的办，千万不能出差错！”

听了这些话，近藤拍着胸脯，信誓旦旦地说：

“你就放宽心吧，看我的。我可是年轻时候做过演员的人，不就演戏嘛，这可是我的拿手好戏！”

“太神奇了！怎么嗓音也这么像我的。估计那些一直跟着我的仆人，也分不出真假吧！”

川手庄太郎怔住了，他一直盯着近藤的脸看，半天没吱声。

## 易容之术

很快，客厅里的窗帘又被拉开了。

一个奇怪的人，戴着鸭舌帽，竖起衣领遮住了脸，跟着宗方博士走出了川手别墅。而近藤则假扮成川手庄太郎，待在别墅里，住进最里面的房间。

真正的川手庄太郎，在调包后提着装有外套的行李箱，跟随宗方博士，坐上了宗方博士早就叫好的出租车。

“到丸内，去大平大厦！”宗方博士对司机交代着。

车子很快就离开路边，向着他们要去的方向行驶。

“近藤君，最近可能会遇到不少麻烦事，若遇到意外情况，千万不要慌张，还有我呢。”宗方博士把川手庄太郎称为近藤。

“那就麻烦你了！博士啊，你不是告诉我要去山梨县吗？怎么又去丸内了？去山梨县的火车应该是在新宿那边上车吧？”

“我说过一切要听从我的安排。在路上，随时都会遇到意外情况，但是你不能先乱了阵脚。我早就有安排，可以躲开凶手。在我们还没到达目的地之前，你要相信我这个专业侦探的水平。”

出租车在路上行驶了二十分钟，来到大平大厦门前。

川手先生用鸭舌帽遮住了面部，任由宗方博士扯着他的手，闪身进了大厦。他们没坐电梯，而是从大厦的后门溜了出去。

在那边门口，早就有一辆面包车在等候。宗方博士加快步伐，拽着川手先生就上了车。

“有人跟踪吗？”

“没有。”司机并没有回头。

“那就好，一切按照我原先的计划行事。”

面包车奔驰起来。宗方博士迅速拉上窗帘。

“为了不被人跟踪，我们只能如此。换句话说，凶手可能一直就在别墅附近监视我们，又或者，刚才那出租车司机有可能就是他们的同伙，但是都对我们构不成威胁了。假如跟踪我们的只是些小喽啰，我们这么做完全可以甩开他们。

“但是凶手总是喜欢改头换面，这点很令人担忧。我们只能通过化装甩掉尾巴了。司机是我的手下，这个你不要有顾虑。我们就在车里做这些，只要保证下车时的模样和上车时的完全不同就行了。

“做侦探，不能不会化装，而且必须眼疾手快。因为职业的需要，所以我们常常在车上化装。”

宗方博士小声地对川手庄太郎说着，然后打开车上原先就准备好的大箱子，拿出了刮胡刀。

“近藤先生，现在我要帮你剃掉胡子，你可不能再保持川手先生原有的样子了。我想你应该没意见吧……若没意见那我就冒犯了。现在，请你转过脸来。”

川手庄太郎对宗方博士的侦探水平一直是很钦佩的，因此他一点没有反对。为了摆脱凶手的纠缠，刮掉点胡子又算得了什么呢？

宗方博士吩咐司机，让车一直在人迹罕至的麦町住宅周围转圈儿。

因为车上的窗帘早就拉上了，外面的人是完全看不到车里面的情况的，相对比较安全。

“呵呵……你看没了胡子，你就变成年轻人了！多好，就这样。接下来我要去掉我的胡子了。”

“怎么，你的胡子也要剃掉？啊，不必那样的……”

“必须剃掉！留着胡子人们就能认出我是宗方隆一郎。即使化装，我的胡子也会露出马脚。和你不同的是，我不必剃掉胡子，不剃掉也能去掉胡子，这可是我的秘密。如今，也只有你知道了。看好了！”

宗方博士一手揪住鬓角开始撕扯起来，如揭开一张皮那样。奇怪，他竟然从下巴处撕下了原本很漂亮的三角胡须。他的脸变得十分光滑，没有一点胡须。

“你是不是没看出我使用的是假胡子啊？设计这胡子还真是让我煞费苦心。通常的假胡须，是不能这样以假乱真的。也许，这假胡子是我隐藏自己的一种方式吧。

“一般没有胡子的侦探，在破案的时候，常常会装上假胡子。而有胡子的侦探，却会通过化装，让自己的面部变得光滑。是不是很不可思议？其实这些都是我长期研究才得出的结论。

“我在很多年前就为自己设计了这款胡须，因此人们一提到宗方博士，意识中就会产生三角胡须的联想。利用这种逆向思维，是不是很玄妙？哈哈哈……真正的侦探，是不会让人们轻易看透他的真面目的，因此必须在这方面进行精深的研究。”

川手庄太郎完全惊呆了，他瞠目结舌地盯着宗方博士。

在宗方博士那张已经变得光滑的脸上，出现了一抹阴森的笑容。他打开了大箱子，拿出为川手庄太郎准备的衣服，摊在自己的膝盖上。

“这就是你的衣服，近藤先生。赶紧换上，你马上就是一名身穿夹克的建筑工人了，是我的徒弟。”

车上比较狭窄，但是两人还是忍着不适，快速把衣服换好，原先的衣服都被卷起来装进了大箱子里。

“就这样，非常好！不过近藤先生，既然我成了你的师傅，以后说话可能就不会这么温和了，你得有思想准备。”

宗方博士说完，川手先生还愣在那里，脑海中一片空白，只有眼珠在不停地转动。

“大家准备好了吗？我们马上赶往东京车站！”

司机猛地加大了油门，车子向着东京车站驶去。

# 迂回战术

到了东京车站，两人分别提起自己的旅行箱往前走。

宗方博士前去买票，是到津沼的，吩咐川手先生站在那里等他。

“咦，怎么是去津沼的车票？咱们不是要去山梨县吗？”

“呵呵。我不是早就跟你打过招呼，一切都要听我安排吗？赶紧，车马上就要开动了，咱们快点走！”

宗方博士说完就带头向检票口走去。

这是一列开往大阪的车，马上就要开动了。他们飞快地赶到站台，挤上了最后一节车厢，在最边上的三等座位上坐下来。

列车驶达横滨车站时，已经到正午了。

“注意到下一个车站时，我们得采取点行动，虽然有点不太不安全，但是只要注意好脚底就没问题。”

宗方博士在川手先生耳边小声说道。

很快，到了大船站，列车已经停下来了，然而宗方博士似乎并没有起身的意思。

“不是这儿吗？”

川手先生有些忧虑，宗方博士并没有回话，只是无声地点了点头。

提醒发车的铃声已过，火车咣当咣当地开始行进。

“赶快，下车！”

没想到，宗方博士此时忽地站了起来，拉着川手庄太郎迅速到后车门口。车速渐渐加快，宗方博士先把行李箱扔了下去，紧接着向站台上纵身一跳。

自然，川手庄太郎也被拽着一起跳到了站台上。因为身体惯性，他们二人都无法平衡身体，差点摔倒在地上。

“为什么这样做？”

“不好意思，让你担惊受怕了！这样是为了更好地甩掉跟踪我们的人！他们打死也想不到我们会半道下车。对方太狡诈了，因此我们的行踪一定不能被他们掌握。凶手这次失手了，但一定不会善罢甘休，我们还得多加小心。

“我们一会儿就返回东京。假如凶手上了刚才的那趟列车，他最快也只能在下一站下车，所以，我们之间至少有一站的距离。

“他肯定会对自己的粗心感到懊恼，但是他追不上我们了。你看湘南线列车进站了，正是去东京的。我们赶紧去那边的站台上车！”

两人换乘了湘南线，到了横滨，又下车换乘国营列车去大官。不过他们只坐了一站，就在东神奈川车站下了车，然后上了横滨线的列车，这车是驶向八王子方向的。

八王子车站到了，他们下车乘上了中央线的列车，此次的目的地是松本。他们几经周折地换乘列车，耗费了很多时间，等到达甲府的时候，已经是傍晚时分了。

“下一站就是N站，这一回我们必须破釜沉舟了。你不要害怕啊，不会有危险的。火车进入N站之前必须经过一段上坡，到时火车一定会减速。

“我们最好的跳车位置就在那里，我们就从那儿跳到铁路边上。相信我，这是最后一次了！你也许在心里说犯得着这样吗，可是选择跳车不只是为了摆脱凶手的追踪。你仔细想想，我们是化装了，可仅仅是去掉了胡子。

“遇到熟人的话，他肯定会对你现在的样子感到好奇，会主动询问你是从何处来的。你肯定得回答他，必定会回答在哪个车站下来的。世上没有不透风的墙，你不经意说出来的话，让凶手在后面听到就麻烦了。

“正常情况下，我们应该在 N 站下车，可是假如被熟人见到了你我怎么办？所以，半道跳车是解决麻烦的最好办法。”

宗方博士靠在川手庄太郎的耳边慢慢地解释着缘由。

此时，太阳已经慢慢落下，夜色渐浓，现在跳车应该比较合适。

“哦，我们必须到车门边了，因为火车很快就上坡了。”

两人不动声色，提着自己的箱子来到了后门。真是天助，后门边上没坐任何乘客，也没有车上的工作人员。

很快，列车鸣起了长笛，行进的速度也逐渐减慢。

咣当、咣当……列车好像喘着粗气一样。车头的烟囱里冒出红光，如同美丽的焰火消散在茫茫的夜空中。

“就这里，赶紧跳！”

宗方博士一说完，就把两只旅行箱扔了下去，行李箱被扔到了黑漆漆的铁轨外。然后，他往外猛地一跳，川手庄太郎也被拉着跳向地面。

铁轨外就是萋萋的草丛，两只旅行箱和两个人，就这么叽里咕噜地滚着，一直滚到了铁道下面的泥地上，才终于停下来。

“受伤了没？”

“没有。”

“再往前走不远，就会出现一条小道，沿路走两三百米后，向右一拐，就能看见那座城堡一样的别墅了。”

两人爬起来，拍拍身上的泥土，拎起行李箱，迅速上路。很快，他们看到了前面树丛中闪烁的灯光。

“我们终于到了，就是这儿！”

“天哪，别墅竟然建在大山里。”

片刻之后，他们就看到了那座白色城堡一样的别墅，孤零零地坐落在那里。

不过别墅毕竟是别墅，有可以唤起人们回忆的天主阁，还有高高的围墙。

大门十分气派，出现在泥围墙的正中位置，一座吊桥高高地悬在门前的上空。

“在这里竟然能见到城堡式的别墅，真是很神奇。”

“感觉如何？以后你就住在这里，这下感到安全了吧？”

宗方博士说着就笑了起来，笑声里充满着自豪。

# 诡异墓碑

走到别墅门前，宗方博士带着川手庄太郎和管理别墅的夫妻二人见了面。

乍一看，这夫妻二人都厚道老实，且待人和气。想必和他们生活在这里不会有束缚感吧？川手庄太郎感觉这里还真的挺适合自己的。

宗方博士只留宿了一晚，第二天一早就反复叮嘱那对夫妻，务必好好照顾川手先生。他最后对川手庄太郎说：“我就要返回东京了，川手先生。凶手也许还没察觉到我已经把你调包的事情，所以他现在应该还只盯着你的川手别墅。到了我与他正面对决的时刻了。”

然后，宗方博士就离开了。

随后又过了四五天，一切都风平浪静。

川手庄太郎已经慢慢习惯了山村别墅里的生活，可是没料到后来会突生变故。

到了第五天，川手庄太郎半夜忽然醒来，听到好像有人在说话，他想一探究竟，弄清楚是从哪里发出的声音。

那对看别墅的老夫妻，他们的房间和川手庄太郎的房间只隔着一间屋子，因此起初川手庄太郎以为是他们发出的动静，但是再仔细听，又感觉那声音来自很远的地方。而且发出声音的，不只是一两个人，好像有三四个人在窃窃私语。

这栋别墅一共两层，房间多达二十几个，老夫妻两个显然没精力每天都收拾一遍，因此只使用了一楼的五个房间，其他没用的屋子都关紧了门窗。会不会是半夜山贼摸到了这里，在房间里商量什么？

由于没通电，所以没有灯光。川手庄太郎从床边摸起蜡烛，点亮后端着去了卫生间。

老夫妻两人还在梦乡，鼾声如雷。走廊上寒气逼人，川手庄太郎沿着走廊去卫生间，那里也空无一人。

半夜三更，屋子各处寂静得可怕，加上寒冷的侵袭，川手庄太郎只觉得浑身发冷。可是偏偏在此时，又传来女人可怕的笑声。

他浑身打着冷战，再也不敢继续待下去了，管他声音是来自哪里的，还是赶紧端着蜡烛回自己房间吧！

然而在返回房间的路上，好像有个人挨着自己过去了。

这人身材矮小，但他能判断出那肯定是人。如果是小孩子，顶多也就四五岁的光景。那人走路极快，而且声息全无。

他从川手庄太郎的袖子底下滑了过去，很快就隐匿于黑暗之中。

川手庄太郎这晚不敢睡觉，他瞪大双眼盼着天明。早上一起来，他把自己的经历讲给老夫妻俩听，可他们只是哈哈大笑，并不以为然。

没想到到了第二天中午，怪事又发生了。

川手庄太郎在老夫妻房间里闲聊了一会儿，然后返回自己的房间，却发现有人挪动了自己的旅行箱，自己原本放在桌上的怀表也被人倒过来了。

从这以后，这样的怪事屡屡发生。

“是不是这别墅里还住着别的人啊？”川手庄太郎问老夫妻二人。

“你既然这么想，那就检查一下所有的房间吧！”

夫妻二人把平时锁着的屋子全都打开了，他们挨个检查，然而并没有发现什么异样，也没有外人进入的迹象。

当晚，川手庄太郎又猛地睁开双眼。

天哪，怎么又出现了说话声？还夹杂着女人的笑声。太古怪了，我一定得弄清楚到底是怎么回事，他在心里暗暗发誓道。于是他从床上起来，悄悄地来到走廊，把防雨门拨开，小心翼翼地向着有声音的院子走过去。

怎么什么也没有？难道那家伙已经溜了？

正在他疑惑之际，前面出现了一道白光，如同鬼火，瞬间扫到他斜对面的墙上，一下就吸引了他的注意。

“嗯？这是什么东西？”

他使劲揉了揉眼，再次定睛观看，在圆柱形的光束照射下，他只感到眼前一片模糊不清。

那情景虽然看不清，却让他产生了一种似曾相识的感觉。

天哪，怎么又想到了那个可恶的家伙。眼前的光线里，好像有数不清的蛇在纠缠。等他彻底看明白后，才意识到那只不过是一个被放大了数千倍的指纹而已。

“带有三重旋涡的指纹！又是那可怕的骷髅指纹！”

川手庄太郎惊恐万状，他抱头大叫，转身就逃。

老夫妻二人此时也起来了，他们脸上带着笑，好像对川手庄太郎的异样感到无法理解。

那个长着三重旋涡指纹的恶魔，他怎么会跟随自己来到这偏僻的山里呢？

“你肯定是看错了！”

“怎么会？这是千真万确的，我们赶紧检查院子！”

老人提着灯笼走到白墙前，奇怪的是，上面什么也没有，更别说什么骷髅指纹了。

川手先生还不死心，第二天又独自来到院子里，他反复打量着那面白墙，阳光把院子里照得十分明亮，他的确找不到任何蛛丝马迹。

假如有人借助幻灯机使用了投影，那么安放幻灯机的位置就该在白墙对面的坡地上。坡地那边光线很暗，那里竖着一块墓碑。

川手庄太郎走上前去，但令他费解的是，墓碑上只在左下方写了一行小字：

殁于昭和三十年六月十三日

昭和三十年，不就是今年吗？六月，就是这个月啊！十三日……到底是怎么回事？今天是十二日，难道明天就……

这究竟代表什么意思呢？

明天谁会被葬在这里？竟然提前把墓碑都刻好了……

川手庄太郎凝视着墓碑，内心翻江倒海，蓦地，他脸色大变。

难道，难道是为我准备的墓碑？那个有着三个旋涡的凶手，是不是已经发现了我的行踪，特地来此找我复仇？这是否可以理解成，明天天亮以后，我将死于凶手的魔爪？

想到这里，川手庄太郎脑中有些错乱，他的身体摇摇晃晃的，费了很大的劲儿才回到自己的住处。他看到老夫妻二人，就把自己看见的说了一遍。

他们夫妻二人面面相觑，眼神中充满怀疑，似乎在说：你是怎么回事？别整天紧张兮兮的。不管怎样，还是去看看究竟是怎么个情况吧！

到了川手庄太郎所说的地方，却根本没发现任何墓碑。仅仅一会儿的工夫，那墓碑竟然毫无踪影了。

川手庄太郎不可置信地看着眼前的一切，他甚至觉得自己的眼睛和耳朵都失灵了……天哪，再这么恍惚下去的话，自己就要疯了。

"火速发电报，请宗方博士来此！"

川手庄太郎觉得应该把这里发生的一切告诉宗方博士，听听他的看法。眼前的状况似乎是在提醒自己，不能继续待在这里了。

黄昏的时候，川手庄太郎收到了宗方博士的电报"我明日到"。

这封电报，仿佛是一枚救心丸，让川手庄太郎慌乱的心慢慢平复下来，他顿时有了勇气。

但是，川手庄太郎和宗方博士并没有碰面。

并不是宗方博士失约，而是川手庄太郎从这座城堡中凭空消失了。

第二天天亮以后，老夫妻二人发现川手并不在自己的床上，于是便四处寻找，可是，找遍别墅的角角落落，也不见他的踪影。就在六月十三日那天，川手无声无息地从这个世上消失了。

# 昨日重来

川手庄太郎究竟遭遇了什么？

那一晚，川手躺在床上，又一次在半夜时醒来，他隐隐约约地听到走廊上好像有人在呜咽。

于是，他点亮蜡烛走到走廊，见走廊上有一个四五岁的小孩正捂着眼睛哭。这孩子长得眉清目秀的，很是可爱。

看他的气质，不像是农村的孩子。再看他的穿着打扮，倒像是四五十年前的人。

“别哭了，孩子！乖，告诉我，你是哪儿的人啊？”

川手庄太郎伸出手去，抚摩着孩子的脑袋，孩子用手指指着黑黢黢的走廊说：“把爸爸妈妈……”

“你说什么？你的爸爸妈妈怎么了？”

“他俩就在那边！有一个可怕的叔叔，正拿着鞭子打他们！”

孩子说完，就迫不及待地拉着川手庄太郎，向黑乎乎的走廊的另一侧奔去。

这个孩子拉起自己，川手庄太郎并没有意识到危险，所以他就跟随这个孩子一起走了过去。

“就在这里，叔叔。”

孩子停下了脚步，他们到了走廊的尽头，那里出现了一个深不见底的大洞，里面黑咕隆咚的，应该是地窖的入口。

川手庄太郎觉得自己在梦游一般，就顺着楼梯，晃晃悠悠地下了地窖。

眼前是一个地下室，约有十五平方米。

借助烛光，他看见地下室里空荡荡的，什么家具也没有，但是在一个角落里却摆着一个十分古怪的木箱。

这木箱由白木所制，又窄又长，有点像棺材，上面用毛笔写着两行字：

川手庄太郎

殁于昭和三十年六月十三日

天哪，这竟然是为他准备的棺材！

川手庄太郎觉得自己似乎处于一场噩梦中。

他忽然意识到，自己身边的那个小孩不知什么时候不见了。他会去哪里呢？

此时，他又听到嘈杂的说话声，好像有很多人在那里。川手庄太郎走到传出声音的那面墙跟前，寻找发出声音的孔洞，没料到还真被他找到了。

在那面墙上，比人的眼睛部位稍高一点的地方，出现了一个孔洞。川手庄太郎打量着那里，那孔洞似乎带着挑衅：难道你不想看看里面究竟发生了什么吗？

他忍不住把眼睛凑了过去，向洞里面张望，忽然觉得自己的身体不听使唤了，一下变得僵直起来。那里面的情景简直让人难以想象。

只见在墙洞的那边，是十分古老的房间，不过里面的陈设还是比较豪华的。在壁龛那边，有一对年轻夫妻被反捆住双手，跪在地上。

在这对夫妻面前，一个蒙面大汉蹲在那里，估摸着有四十岁吧。他手拿着的匕首闪着阴森的寒气，正在恐吓他们。

这夫妻二人的穿着和先前那个小孩的相仿，应该不是现代人的装扮。

怎么着也像四五十年前的打扮。

“嗨，赶快交出保险箱的钥匙，饶你们不死，否则，我就不客气了！”

说着，这强盗把匕首晃到了丈夫脸上，用匕首的背面抽打起他的脸。

“实在抱歉，保险箱里装的都是书。你要钱，我刚才也给你了，那五十日元就是我全部的家当。”

“少耍花样！我早就摸清楚了，你的保险箱里装的可都是一万日元的现钞。”

“那不是我的，是别人寄存在我这儿的！”

“你这不是交代得挺清楚吗？我可不管这些钱是怎么到你这里的。迅速将钥匙交出来，快点！怎么？要尝尝匕首的滋味吗？”

蒙面大汉软硬兼施，那年轻丈夫终于坚守不住了，他心灰意懒地交出钥匙。就在此时，他似乎认出了这个蒙面人的身份，惊叫了一声：“你是川手庄兵卫？”

听到这声音，蒙面人浑身一激灵。

此时趴在孔洞处观看的川手庄太郎，心中更是异常忐忑。

川手庄兵卫，和川手庄太郎的父亲同名。退回到四五十年前，川手庄太郎的父亲应该就和眼前这个蒙面大汉年纪差不多。

真是不可想象！川手庄太郎觉得自己所遭遇的一切，如同顺着历史的河流溯游而回。没想到当年的父亲比现在的自己还要年轻，可谁料到他竟然是面目凶恶的蒙面人啊！

“被你看出来了，哈哈哈！那我也无须遮掩了，我就是川手庄兵卫，曾就职于你岳父大人的商会。现在咱们不谈这个，还是说说我们俩吧，我们都是山本商会的普通职员。

“可是，山本先生抬举你，竟然将自己的女儿嫁给你。你不仅当上了金龟婿，还被山本收为养子。而你岳父是如何对待我的？我只是用了商会的一点点钱而已，他却毫不留情地把我踹了出来。

“这一点芝麻小事，犯得着把我撵出商会吗？你这个小气的岳父，怎么能这么对我呢？我一定要好好清算这笔账。现在我就要杀了你们，然后带着你们保险柜中的钞票去往他乡。”

“又不是我们辞退了你，为什么要把账算到我们头上？你这样是草菅人命！”

“我草菅人命又怎么了？山本欠我的，就要你们来偿还！否则，难解我的心头之恨！”

“求你手下留情，我们把所有的钱都给你。你不要伤害我们，求您了！”

“那怎么成？若是留你们的狗命，一旦我离开了，你们肯定会报警。到时我就会成为被缉拿的要犯。想必不消一时半刻，我辛辛苦苦弄到的钞票都会打了水漂！”

“别这样，求你放过我们，我们不会说出去的！”

“你以为我会相信这种鬼话吗？你还是省省心为自己祈祷吧！我是不会改变主意的！”

“你的意思是，你今天就要……”

“少啰唆！”

蒙面大汉猛地抬起匕首，一下子就扎进了那丈夫的胸口处。

此情此景，让川手庄太郎也感到煎熬。这对小夫妻，就这么先后丧命于蒙面人的匕首之下，他们发出凄厉的喊叫。自己的父亲竟会如此残暴，川手庄太郎简直忍无可忍了。

他猛地捶打自己面前的这面墙，发出撕心裂肺的号叫。

## 狭路相逢

大约十五分钟后，川手庄太郎平静了下来，他再次把眼睛贴到了墙洞上。

墙那边的说话声早就停止了，只有地上的夫妻二人倒在血泊中。

不一会儿，一个二十四五岁的女仆，喘着粗气跑进来，她一手抱着一个婴儿，另一手牵着一个小男孩。这个女仆应该是个奶妈，而小男孩就是带着自己前来此地的那个。

“快醒醒啊，先生，夫人！先生啊，夫人！”

女仆使劲晃动着男子的身体，他还有最后一口气，艰难地抬起头来：“你来了，奶妈……”

“嗯，我来了。”

“把孩子带到我这儿来……”

那个小男孩被奶妈带到男子面前，坐了下来。

“你是我的孩子，你……你可得记好了，要帮爸爸妈妈报仇啊，一定……一定不能放过那个杀人犯……是一个叫川手庄兵卫的……是他杀了爸爸妈妈……

“你一定得牢记，将来帮我们报仇啊……一定要把他家赶尽杀绝，一个不留。你听懂了吗……奶妈，以后这孩子麻烦你照顾了。”

说完这些话，男子便离开了人世。奶妈放声大哭，她怀中的婴儿也跟着哭起来。那阵势如同到了失火现场一般。见此情景，小男孩吓得不知所措，也开始放声大哭。

川手庄太郎顿时泪水涌出眼眶。等他把眼睛再次凑到墙洞上时，墙那边的灯早就灭了，黑咕隆咚的，没有了说话声，也没有其他的声音。后来，他朦朦胧胧地觉得，好像有一个圆形物体慢慢升上来了，像是白色的，但看不太真切。后来，那白色的东西看得越来越分明了，并且闪着光。

似乎是一堆蛇缠在一块儿。哦，不是蛇，而是三个旋涡的指纹，只不过被放大了无数倍。

“现在你知道你父亲都干了些什么吧？我请你来这儿，就是要复仇的！我不能让你当个糊涂鬼。”

暗中传来狠毒的声音，不过声音很低。

“我名叫山本始，外公是山本商会的会长。你父亲川手庄兵卫因为私自挪用公款被我外公解雇，不料你父亲怀恨在心，不仅到我家抢劫，还杀害了我的父母。

“现在，我就要替他们报仇雪恨。我要除掉你们全家，让你们从这个世界上永远消失。我活着就是为了等待这一天的到来，这是我毕生的目标。

“后来，你父亲川手庄兵卫因为杀害了我的父母，很快就被警察抓走了，后来被判了死刑。只是还没来得及执行绞刑，他就在监狱里病死了。

“尽管他逃脱了惩罚，可是我的复仇行动并没有停止。他既然杀了两个人，父债子偿，怎么也得轮到你。我为了杀你足足准备了四十年，一直等到你成了 H 制糖股份有限公司的董事。

“复仇的时机成熟了。你的两个女儿已经被我杀死了，现在就到你了。”

川手庄太郎还是小孩子时父亲就去世了，只是母亲从没说过他去世的原因，所以川手根本不知道父亲竟然如此丧心病狂。

“你在想什么，川手先生？”

“我不知晓父亲竟然对你家做出如此残忍的事情，方才那些话剧表演，你是想告诉我当时的真相吗？”

“不错，只有话剧表演才能逼真地再现当时的场景。我如此殚精竭虑，只是想让你明白我究竟有多恨。只靠我一张嘴去说，难以真实地再现当时的场景。现在感受如何？你懂我的意思了吗？既然什么都知道了，你就转头吧！”

川手庄太郎一下子把脸转过去，身后不知何时早已站着两个男人。

天哪，又是那两个人……那个左眼蒙着纱布的高个子，还有那个戴着一副墨镜的小瘦子。他们每人握着一把手枪，指向川手庄太郎。

“你们要干什么？”

其中一人用手指了指地下室的一个角落，那边有一口阴森的棺材。

“去那里面，那上面还有你的大名呢。就这么被活埋了，是不是很恐惧，川手先生？我要让你尝尝这里面的滋味。只要躺进去，你就可以去极乐世界了，那里深不见底、没有白天黑夜。”

这些话把川手庄太郎吓得失魂落魄，他浑身软绵绵的，不住地抖着，竟然再也站不住了。

“救命啊！”他徒劳地喊着。

“别痴心妄想了……哈哈哈。你就是喊破喉咙也没人救你，这座山里，只有这么一栋房子。你来时容易，想出去就难了。

“跟你交个底吧，看守房子的老太太并不是外人，而是我的奶妈，是她把我一手带大的。你说还有个老爷爷？他怎么会与我为敌呢？

“我就喜欢看你这悲伤的模样……哈哈哈。既然老夫妻都是我的帮手，你是不是很纳闷，宗方侦探怎么会把你送到这儿来？哈哈哈……他是要助我完成复仇心愿的，因此才给你下了套。

“你是自愿钻到我的圈套里来的。再透露个秘密给你，那个长着三角形胡须的宗方博士，根本就是骗人的。可是你这人吧，偏偏什么都信任他。”

左眼蒙着纱布的山本始，此刻松开了领带，放肆地狞笑着。

川手庄太郎明白了自己的处境，现在真是孤立无援了。因为恐惧，他开始胡乱地叫喊，至于喊的什么，他自己也不知道。

“停，你的声音太刺耳了！还不赶紧停下！别出声……你还继续乱叫，我有办法治你。”

山本始绕到川手庄太郎背后，用左手扼住他的咽喉，右手捂住他的嘴，这下子，川手庄太郎再也发不出声了。

那个小瘦子不知从哪里拿来一根长绳子，捆粽子似的把川手庄太郎五花大绑。

“就这样，你抬着他的脚，把他塞进棺材里！”

于是，这两人就把川手庄太郎抬到了棺材里。

“把盖子盖上。哦，我忘了告诉你一件重要的事情了，川手庄太郎……我不清楚你知不知道，你们家还有一个嫡亲。也许你们从没见过，就是你的妹妹，我也会送她去见你的！

“我还得跟你说，这个小个子是个女孩，不是你眼睛看见的男人。她曾经被奶妈抱在怀里，如今长大了，正在帮哥哥报仇呢！”

那个小瘦子凑到川手庄太郎眼前，把墨镜拿了下来：“你看清楚了吗？哈哈哈，哥哥啊，今天真是畅快，终于能解我心头之恨了。我们赶紧行动吧，这就把盖子盖上，用铁钉钉牢！”

这兄妹俩还真够疯狂的，一阵铁锤敲打，所有的钉子都钉上了。棺材被钉得死死的。

他们起身，把棺材抬了起来，走出了地下室。外面树木根深叶茂，那边有一块空地。川手庄太郎昨天来过这儿，当时这里还有一座墓碑。

他后来又来这里查看过，只是那墓碑没了踪影。此时，这里是一个深深的大坑，如同魔鬼张着血盆大嘴。

兄妹二人用蜡烛照亮，把棺材扔到了大坑中，棺材叽里咕噜地滚到了坑底。他们用锄头和铁锹，将从深坑里挖出来的土又填了回去。土都被填到了坑中，他们还不放心，用脚使劲踩实了才放心地离开。

## 突如其来

川手庄太郎被装进棺材、埋进大坑的第二天，有两个年轻人在东京的多摩川划船。秋天的阳光十分明亮，照得水面上波光粼粼的。

他们其中一人是黑蔷薇花咖啡馆的服务生，叫林良夫，平时喜欢看些侦探小说。旁边那人，是他的好朋友冈野大助，在丸内的一座大厦当电梯服务员。

今天是他俩共同的休息日，因为好久没见面了，所以聚到了一起。

木岛被害后，宗方博士的助手之一小池君，曾经到黑蔷薇花咖啡馆做调查。当时的服务生林良夫，十分热情地把嫌犯的情况告诉了他。林良夫对工作十分负责，还是个狂热的侦探迷。

冈野大助缓缓地划着船。二人正兴致勃勃地交谈着，就在船马上要进入一座桥下时，空中忽然飞来一件不明之物，砸在林良夫右边的膝盖上，那东西砸下来后，又滚到了船中央。

“谁？是谁扔的？”

林良夫大叫着，把目光投到桥上。一般情况下，这东西是不会无缘无故地飞落的。

两人发现，此时有一辆汽车，逃命似的开向涩谷方向，因为速度太快，后面扬起了漫天尘土。桥上只有这车经过，根本不见别的车和人。

“肯定就是这车了！就是从那里面抛出来的东西，会是什么呢……”望着越来越远的汽车，林良夫揉着膝盖说道。

“砸疼了吧？骨头有没有事？”

“放心，没事。这车上的人肯定没料到下面还有船。他们在上面应该注意不到我们。”

“有道理。那个粗鲁的家伙！你看这东西，似乎不太轻呢，还捆得这么仔细。”

冈野大助停止摇桨，弯身把那掉落在船上的东西捡起来。那东西跟肥皂盒差不多大，用几层纸紧紧包裹着，用细绳打成十字结。

“快解开看一看！”

作为一个资深的侦探迷，林良夫产生了强烈的好奇心，他把那小包一下子拽到了自己手中。

“还是扔了吧！看样子也不是什么贵重物品。”冈野大助劝阻着。

“倘若里面的东西十分重要，丢了的话是不是很遗憾？你看啊，包得这么仔细，而且还不轻，不会是金银珠宝吧？我可听说过，有些窃贼偷了珠宝后，迫于无奈，为了掩人耳目不得不丢弃，有时也会扔到河中。这样的情况是十分普遍的。”

“做人得谨守本分，不是自己的怎么能要呢？再说里面的东西怎么可能那么珍贵？”

“或许吧，不过如果不值钱的话，为什么包得严严实实的？我们还是看看才放心。要是里面装着炸弹这种东西就糟了。”

林良夫把纸包在船上放平，把绳子解开，展开了外面的报纸。

“你看！我就说是有用的东西。这首饰盒不错啊，纯锡的，还有点重。我猜，估计窃贼是为了让里面的东西不被水冲走，特意选择了一个如此重的盒子，这里边的东西肯定不简单！我若说对了的话，咱们就该忙活了。”

“别乱动，兴许这东西根本就没法看！”

“不会的，他们这么偷偷地扔下来，肯定是怕被人察觉。”

林良夫还是固执地打开盒子，只不过他的动作小心翼翼。

“似乎是块手帕！”

他用大拇指和食指捏住手帕的一角，一下子把它拽出了盒子。

“嗨，你最好别乱动！咱们扔了它也好，交给警察也行。”

冈野大助大声阻止道。林良夫却一意孤行，把手帕全部打开了。手帕上沾满了血迹，已经变得紫黑，中间放着一个细长的东西。

“是手指！”两人不约而同地惊呼。

“手指是从掌面上齐根切下来的，看起来像是女人的手指！”林良夫小声嘀咕着。

“为什么把切下的手指扔到这儿？里面一定有隐情。我猜，这是一起谋杀案……对，肯定是这样！”

“我们还是通知警察吧！”

“先别急，先不急着通知警察，我倒有更好的人选。”

“嗯？你指谁？”

“大侦探明智小五郎和他的助手小林芳雄啊！”

“你这个建议不错。”

“走，我们现在就去！”

林良夫眼前浮现出了小五郎先生和小林助手的样子。他俩也没心思划船了，把船退到岸边，就火急火燎地去小五郎的事务所了。

# 意外惊喜

一见到小林芳雄，林良夫就滔滔不绝地把遭遇的事情讲述了一遍。

“手帕上的确是人的血迹，这肯定是一起要案。我想调查此案，可是先生去了美国，目前不在国内，我现在只负责照看事务所。不通过先生，我无权接受任何案件的委托。”小林芳雄爱莫能助地说。

“天啊，先生竟然不在国内，这可如何是好？”林良夫一脸沮丧。

“但事情就是这样，不过，我可以帮你出个主意。虽然先生不在家，但你们可以去找宗方博士帮忙啊，他也许能帮上你们。”

小林芳雄的提议，得到了两人的赞同，于是，他二人就去丸内找宗方博士。

见两个年轻人前来，宗方博士显得十分高兴。

林良夫看到宗方博士的三角须，认为只有睿智的人才有此特征，于是对宗方博士更加崇拜。林良夫复述了一遍事情的来龙去脉，并且把用报纸层层包裹着的小锡盒递了过去。

宗方博士十分礼貌地接了过去，他取出手帕中的那节断手指，仔细地查看。突然，他瞪大双眼。

“啊，啊，这可是个大案！你们今天可是立下大功一件！”

“什么？您说什么？”

“我说，这将成为我之前千方百计要侦破的案件的重要证据！今天真是太感谢你们了，我一定给你们奖金！”

“不会吧？它真的是重要证据？”

“我立刻和警视厅联系。如今有了这证据，想必那案子就该有希望了。”

对于宗方博士的话，林良夫一时还无法完全理解，但是对于自己能发现这么重要的线索，他还是挺骄傲的。之前，他自己有过不少想法，正好可以趁机向宗方博士提出来。

“我原本有件事情想拜托先生。”

“你尽管开口。”

“我想成为您的助手，行吗？先生，我酷爱侦探这个职业，成为侦探也是我的理想。”

宗方博士目不转睛地注视着林良夫，沉思了一会儿。

“也好，我身边正好缺个人。我本来有两个年轻助手的，可是都被凶手所害，不幸先后离世。当侦探可不是闹着玩的，随时都有性命之忧，你可得想好了。”

“我知道有危险，可我不在乎，我不怕任何危险。”

“看不出你这年轻人，还有如此胆量。不过光有胆量可不行。我看你这小伙子挺机灵的，也挺聪明。既然如此，我先考你一个简单的问题吧！”

说着，宗方博士就展开了一张大纸，上面画着各种动物，细看之下，也有录音机、电视机等家电，还有帽子、手表和袜子等五花八门的生活用品。

“请你注视上面的内容。”

林良夫就一眼不眨地盯着画纸，不敢有丝毫懈怠。

“三十秒钟到了！”

宗方博士一直盯着时间，迅速把画纸卷了起来。

“你看了这么久，应该能说出上面都有什么了吧？”

“好，我试试……有狮子、猩猩，还有蛇，对，还有羚羊……”

林良夫很顺利地说出了二十几个名字，当说到第三十个时，就显得有些艰难。

“应该还有……戒指、烟盒之类……”

他恨不得把自己的脑子掰开，最终却一个名字也说不出来了。

“我想不出别的了，就这些了。”

“不错，你竟然说出了五十八个图案，那上面画着一百多种图案，在三十秒之内，如果记不住七十个，是不能做侦探的。当然，这还需要进行训练。通常，人们能记住三十个就很不错了，你既然能记住五十八个，就已经具备了当侦探的潜质。”

“您是这么看的啊？那是不是就表明，我可以给您当助手了？”

“当然，你测试合格，被录用了。不过，我记得你好像在黑蔷薇花咖啡馆上班吧？”

“这个没关系，我可以立刻辞职。”

“你真的下定决心了？既然这样，你就明天早上九点正式过来上班，我会付薪水给你。”

年轻的林良夫梦寐以求的侦探梦终于实现了，这对他来说真是意外的惊喜。宗方博士在东京地区可是家喻户晓的大侦探，能给他当助手，林良夫开心得简直要蹦起来，他为此也感到十分骄傲。

## 初露端倪

第二天一早，警视厅的中村警长突然拜访宗方博士的事务所。

见中村前来，宗方博士喜出望外：“正想找你呢，你就过来了。有点事情想和你说说。”

“是吗？那肯定是你有新发现了……”

“嗯。先不急，你先坐下歇会儿，多大的事情我都会向你一一汇报。这次还是和那个三重旋涡指纹有关。”

“你到底查到了什么新线索？”

“我该怎么说好呢？我想说的有两件事，可是现在搅在一起了，我自己都挺意外的。这样吧，我一件一件地说……不过，有一件事是川手庄太郎失踪了……”

“什么？失踪了？”

“是啊。在这件事上，我有责任，真是对不起。前些日子我曾告诉你，我准备把川手庄太郎送到甲府那边山里的一户农家藏起来。我万分小心地将他送过去了，谁知道会出了事。我百思不得其解。

“川手庄太郎三天前给我发来急电，可是当时我正处理另一个案子，就耽误了一天过去，我前天抽空去了那里。

“可是我并没有在那里见到川手庄太郎，当时看守别墅的老夫妻俩也急得团团转。他们告诉我，早上一起来，就没看见川手庄太郎。

“我进行了查看，发现他的衣物都在，只是不见睡衣。那就可以理解成，当时他是穿着睡衣出去的，有可能是被什么人劫持了。会不会是那个有着三重旋涡指纹的家伙干的呢？

“我联系了当地的警察，也有很多当地的年轻人和我一起上山进行了大范围的搜索。可是，直到前天晚上，都没有任何发现。后来我又去了周围的火车站调查，也没发现什么线索。

“这罪犯太狡猾了，我觉得一般的车站工作人员是根本察觉不了的，因此昨天早上我就回到了东京。可是昨天下午一回到自己的事务所，才知道在东京这边也发生了一起大案，而且十分残忍。”

“能说说是什么案子吗？”中村警长来了兴趣，使劲把身体往前挪了挪。

这时，宗方博士按了一下呼唤铃。

他的助手林良夫推门走了进来。

“这是我新聘用的助手林良夫，大家互相认识一下。这位是警视厅的中村警长。”

宗方博士给大家互相做了介绍，林良夫恭恭敬敬地给中村警长行了个礼。

接着，宗方博士就把林良夫他们在多摩川泛舟时无意间捡到小锡盒的事讲了一遍。

“这么看来，应该是有人故意把盒子扔到多摩川的。看盒子表面也挺干净的，到底能装着什么啊？”

“里面的东西能吓死人，你如果怀疑就自己打开看看吧！”

盒子被递到了中村警长手里。

中村十分谨慎地打开盒子，把里面的东西取了出来。尽管他曾做过刑警，在这种场合面前能保持镇静，可是他脸上的肌肉还是绷得紧紧的。

“似乎是女人的手指。”

“我也觉得是，然而又不能肯定，兴许是男人的手指。看见它，我就产生了一种强烈的预感，川手庄太郎很可能已遭不测。”

“你为何这么说？难道这会是川手庄太郎的手指？”

“你理解错了。请你用这个放大镜好好看看。”

中村警长手握放大镜，仔细地查看起来。

“这指纹怎么有些奇怪？”

“就是有三重旋涡的那个吧？和我们见过的分毫不差。”

“你的意思是……”

“我认为凶手为了销毁罪证，故意切下自己的手指，然后扔到多摩川里。因为他知道这样的手指太引人注目，去掉后，他就安全多了。

“我们所掌握的关于凶手的资料，也只有这个三重旋涡的指纹了。假如我们找不到这个手指，那凶手就会一直逍遥法外。

“凶手就是用这根手指，把川手庄太郎吓得失魂落魄，并以此折磨他。如今凶手既然丢掉了手指，那就意味着凶手在销毁罪证。

“可以说，凶手复仇的使命已然完成。因此我看到这手指，就推测川手庄太郎已不幸罹难。”

“你是这么想的啊。凶手杀人后，这手指留下来反倒容易让自己暴露，所以……我没意见，你的推理完全成立。”

“这些绳子、报纸还有手帕，我们也得好好琢磨一下。它们同样不能被忽视。”

“你还发现了别的线索吗？这个盒子很常见，基本随处都能买到。”

“我们可以根据这些东西，查到凶手的老巢。”

“什么？你说能找到他的老巢？”

“对。你看这手帕上面血迹斑斑，一般人难以对它进行细致的观察。不过，你看这个角上，有英文字母，或许是什么的首字母？还用红丝线绣成。要是在背光处，根本发现不了。”

于是，中村警长把手帕拿在手中，借着从窗户投进来的光亮查看起来。

“真有字母，我看好像是 RK。”

“没错，这应该就是凶手的名字。就算这名字可能是冒用的，但凶手一定用过这手帕。”

“东京如此之大，名字的首字母是 RK 的人不计其数。想通过这么一个手帕，找到这人，简直像大海捞针。”

“的确如此。可是，我有信心找到他。你瞧这儿，有五张摆放整齐的报纸，其中四张都是《朝日新闻报》，只有一张是《音乐新闻报》。

“你觉得这是不是有点耐人寻味？《音乐新闻报》属于小众报纸，买它的都是爱好音乐的人，虽然平时在车站码头等摊上也会见到，但通常都是订阅后由报社人员直接送到家。

“我特地用放大镜仔细观察了一下，猜想上面应该有邮局的邮戳，后来果真查到了。虽然不显眼，但我能看出撕外包装时留下的痕迹。

“因此，我判定，这些报纸都来自他自己家里，凶手是自己在家切下手指的。你赞同我的推测吗？《朝日新闻报》的日期是昨天和前天的，《音乐新闻报》是周天的，离今天最近。

“所以，这张《音乐新闻报》可以作为案件的突破口。凶手太慌张了，他只想着把手指扔到河里就万事大吉，却不料手帕上的刺绣字母 RK 出卖了他。他做梦都没想到会给我们留下这个令他致命的把柄。”

“你说得很有意思。我明白了，咱们只要把《音乐新闻报》的订户筛查一遍，肯定能找到那个 RK。”

“嗯，就是这样。这些订户中，姓名首字母缩写是 RK 的人应该不会太多，我们一定能找到他。你们警察可以去报社提取客户资料，我想用不了几个小时，我们就知道这个 RK 到底是谁了。”

“真是太好了。我马上派人前去调查此事，一有消息立刻通知你。哦，我得赶紧回警视厅安排一下。先不奉陪了，告辞！”

说完，中村警长匆匆离开了宗方事务所。

## 神秘女人

中村警长下午三点左右给宗方博士打来了电话。

“基本调查清楚了，那个家伙叫北园龙子，住在青山高树町那边。我想让你马上跟我去一趟。”

“北园龙子？这是女人的名字啊，她名字的首字母缩写是 RK 吗？”

“对，可是她昨天搬走了，我们的人扑了空。具体等咱们碰面再说吧！”

宗方博士接完电话，就乘车去了青山高树町。

这是一座空荡荡的楼房，占地面积不是很大。

“赶紧进来，我正等着你呢。我找到了那个昨天刚被北园龙子解雇的用人，正准备从她那里了解一些情况。”

中村警长从空无一人的楼里面出来，在前面为宗方博士带路。

他们进了一个房间，有个矮个子老妇人静静地坐在那里。

这个老用人叫阿里，她对宗方说了下列情况。

雇用她的女主人叫北园龙子，大约三十七岁，只是她外表看着也就三十岁左右。她结婚几年没有孩子，后来离婚住到了这里。因为孤身一人，平时也没有什么亲戚朋友。她住在这里，主要教附近的孩子们弹钢琴。

不过最近这阵子，她忽然忙着变卖钢琴和家具，还把做了一年女佣的阿里给打发了，说是她不准备在这边住了，要回老家。

至于北园龙子是不是真的回了老家，阿里也不清楚。

“照这样说，这个北园龙子就真的一个亲戚朋友也没有了吗？”

中村警长提出了质疑。阿里绞尽脑汁地想了想，答道：“你这么说我想起来了，有一个人倒是常来，可是关于他的具体情况我就不知道了。这个人四十五六岁吧，挺高的，肚子也挺大的，看着像是成功人士。”

“老婆婆，假如现在碰到他，你能不能认出？”

“我肯定能认出啊！”

“你的主人总是不在家吗？”

“嗯，她一般都是去远处拜访朋友，晚上也住那边。”

老妇人的话，让两人对视一眼。这个北园龙子外出的时间，如果和几起案件的时间吻合的话，那她一定就是犯罪嫌疑人了。

于是，他们继续向老妇人打探情况，老妇人努力地回忆着北园龙子的外出日期，巧得很，北园龙子不是在案发的当日就是在之前的一两天出去。

警视厅鉴定科的警察开始在北园龙子的住宅中提取指纹。很快，窗玻璃、门把手、地面的瓷砖上，都能找到指纹，其中一个就是那种三重旋涡的指纹。

到此为止，案件有了突破性的进展，罪犯的真面目也越来越清晰。阿里说的那个四十多岁的男人，没准儿就是北园龙子的帮凶。

过了一会儿，奉中村的命令去周围商店调查的警察回来了，他们说发现了一个可疑的情况，是食品店店员提供的。

“前天傍晚，我去北园龙子家询问需要采购什么食物，女主人亲自出来见我。她站在厨房门口，跟我说了不少食物的名字和数量，并要我当晚就送到。”

“有什么奇怪之处吗？”

“是的。她订的数量和种类让我很吃惊。五个牛肉罐头、五个腌制罐头，还指名要福神牌的，并且都是大盒装的那种。不仅如此，她还让我帮忙去面包房买十斤面包，等所有东西都买齐了再送给她。

“一个女人怎么吃得了这么多东西？当时我很好奇就问了问，她瞪了我一眼，还提醒我要多帮忙，不能跟别人提起她买了这么多食物，她还给了我不少小费，反复嘱咐我不能跟别人提起她买了这么多食物。”

“你把她要的都送来了吗？”

“都送来了，我是半夜上门送货的，因为她不想让别人知道。在她家里，那个老用人不在现场，是女主人亲自接的货。”

这里面有什么名堂？北园龙子第二天就离开了这里，头一晚却买了那么多食物。难道是要把罐头和面包送给亲人朋友？还是她要离开城市，去山里住上一阵子？

面包、罐头还有凶手，这些凑在一起，真是怪异。

不过，中村警长和宗方博士还是在食品推销员这里获得了有价值的线索。

很快，宗方博士和中村警长同坐一辆车离开了。

“这案子不简单，北园龙子为什么要买那么多罐头和面包？她的意图不明朗，还无法判断她是不是有别的企图。”

中村警长叹了口气，接过话题说道：“凶手还要耍别的花招？你说得对，我也这么觉得。天哪，那个有三重旋涡指纹的竟然是个女的。真是让人跌破眼镜啊。你是怎么看待这点的？”

“我觉得犯下这一连串案子的可能是女人！据我们所掌握的资料得知，嫌犯是两个人，一个高个子，左眼上蒙着纱布，另一个很矮小，还戴着眼镜。我猜，那个矮个子的就是北园龙子。你怎么看？”

宗方博士的话一落地，中村警长惊讶地抬起了头，目不转睛地注视着宗方博士。

# 夜间摸底

又过去了两天。北园龙子就像从人间蒸发了一样。中村警长时常打电话给宗方博士，询问案情的发展状况。因为案子一直没有起色，宗方博士总是没精打采的，皱着一张苦瓜脸。

宗方博士的事务所一般是下午五点下班，然而，这天晚上直到八点，他还没有回家，一个人在实验室里苦思冥想。

“林君，你来！”

宗方博士忽然冲着林良夫叫了一声。自从做了宗方博士的助手，林良夫大致了解了案情，他很想帮宗方博士干点什么，于是，一听到宗方博士叫他，便迅速走进了实验室。

“咱们现在出去，来一次夜间冒险。如果不出意外的话，就是大功一件。”

“你说什么？晚上出去冒险？现在吗？”

“对，去北园龙子那里。咱们偷偷溜进去，一直待到天亮。”

“你是觉得那房子有问题吗？会不会出现鬼怪啊？”

“哈哈，没准儿。不过就是有什么鬼怪，我也得抓他个现行。”

这看似调侃的话，却让林良夫觉得宗方博士在侦查案件上智慧超群，他为自己能跟宗方博士一起查案而感到欣喜若狂。

他们把葡萄酒和三明治装到小包中，坐着轿车出发了。晚上九点半，车子在离北园龙子家不远的地方停了下来。他俩蹑手蹑脚地到了厨房门前，宗方博士不知从哪儿弄到了钥匙，把门打开后，他们进了黑洞洞的屋子。那情形，和小偷进屋盗窃没有什么两样。

“把鞋脱了，林君！接下来，不能发出任何声音，直到我说‘可以’为止。”

宗方博士趴在林良夫的耳边小声嘱咐。

他们来到房间里，宗方博士坐到榻榻米上，轻轻拍了拍林良夫的肩头。林良夫靠着宗方博士坐下，大气都不敢喘一下。慢慢地，在黑暗中待久了，他们已经逐渐适应了黑暗的环境，基本能看到屋内的情形。

就这么坐了大约二十分钟。尽管宗方博士一再示意他不要出声，可林良夫实在憋不住了，他有很多问题想问宗方博士。

他靠向宗方博士的耳边，用蚊子般细微的声音说："我们究竟是在等什么，先生？空荡荡的屋子能有什么啊？"

"等你说的鬼魂，别出声！如果对方听到了声音，就会警觉起来，我们就白忙活了。"宗方博士贴着耳朵对林良夫说。

突然，林良夫感觉什么东西碰到了自己的后背。难道真的是鬼魂？此时，他又觉得什么东西碰到了自己的胳膊。他扭头一看，原来是宗方博士递了一块三明治给他，而宗方博士正在大口大口嚼着三明治。

林良夫虽然手里拿着三明治，但是心里却一直惦记着鬼魂的事情，根本没心思吃。这么静静地等了一个多小时。这段时间，他觉得比半天还长。

突然，林良夫听到头顶上好像有人在走动，像是从二楼传来的声音。他正疑惑之时，边上的楼梯传来了声响。那声音很怪，像是有谁踮着脚尖走下楼。

不一会儿，一个人影慢慢逼近，他赶紧憋住气。那人影似乎没发现他们，速度飞快地跑过去了，瞬间就消失在前面的长廊中。

只听见吱呀一声，长廊尽头卫生间的门响了。

"先生，你说会是什么人？"林良夫小声问道。

"我也不知道，但能隐约看到那人的装扮。那人穿着西服，一身男人的装束。不用说，肯定是女扮男装。"

"咱们上去把她抓起来吗？"

"不急，等一会儿再说，放心，她已经是砧板上的肉了。"

吱——门又响了，那黑影回来了。她走进有榻榻米的房间，似乎有所察觉，走着走着一下停住了。她的眼睛好像能看到黑暗中的宗方博士和林良夫。

“啊！”她轻呼了一声，然后转身往楼上逃去，楼梯顿时响起急促的脚步声，咚咚咚……

“看样子她已经发现我们了！但不妨事，她已经插翅难飞了！快点，咱们跟上去！”

宗方博士打开包，拿出一个手电筒塞到林良夫手中，自己也拿起一个。

## 步步紧逼

他们来到二楼，发现二楼的房间空荡荡的。二楼只有两间屋子，由于没有障碍，所以一切都能看得很清楚。

“嗯？怎么没人呢？刚才那人跑哪儿去了？这里也没有能藏人的地方，不会真的是鬼魂吧？”

就在林良夫百思不解的时候，忽然感觉后背冒着寒意。见鬼了，真的见鬼了吗？

“嗨，别出声！刚才那家伙一定在侧耳细听呢！”

这是宗方博士细弱的声音，林良夫听到宗方博士说话浑身一激灵。

“她能藏在哪里啊？”

林良夫迫不及待地追问，宗方博士把手电筒朝天花板晃了晃。

“怎么？难道你认为她藏在天花板上？”

“是的！除此之外，她无处可去。”

宗方博士把手电光对准壁橱上面的天花板，一把拉过林良夫，在耳边轻语道：“那家伙就在这儿！你看，上面有移动过的痕迹。林君，你有胆量上去抓她吗？”

宗方博士这么说，林良夫顿时感觉自己被小瞧了似的。

“我上去，你留在这里，先生！要是这家伙难缠，我就叫你上去帮忙。”

“好的！你不必非得把她抓住，搞清楚她是不是真的待在上面就行。余下的事情，自有警察来处理。”

林良夫把自己的外套脱了，以免弄出声响，他小心挪开天花板，悄悄地爬了进去。天花板的夹层里到处都是灰尘。林良夫曾在自己家的天花板夹层中爬过，因此对天花板夹层里面的情况比较熟悉。

林良夫没有开手电，他在蛛网和灰尘遍布的天花板夹层里小心地爬行。他想给宗方博士证明自己很勇敢，可是想到那个鬼魂般的嫌犯就在黑暗中，他还是忍不住有些发抖。

他停下来用心细听，能感觉得到人的呼吸声，他打开手电筒，朝着有呼吸声的地方照过去，发现了一个装扮怪异的人紧紧缩在角落里。

那人穿着一身旧西服，竖起的衣领挡住了两边的脸，黑色的鸭舌帽压得很低，根本看不到眉眼，脸上还戴着一副反光的眼镜。

这人十分瘦小，看起来没有什么力气。林良夫觉得自己占了上风，于是勇气倍增。角落的那人被手电光突然一照，仿佛一只受伤的兔子，在角落里瑟瑟发抖。

“疑犯这么不堪一击？也好，捉住她，我就算立了一件大功。”

林良夫十分勇敢、快速地向那边爬去。

眼看间隔的距离越来越小，两人之间只剩下一米左右时，那人还是一动不动，似乎是在恳求林良夫手下开恩。

不能怜悯她，该果断就得果断。林良夫猛地伸出手臂，一下抓住对方的手腕。这时那人怒目圆睁，露出一副怒不可遏的样子。虽然她身材瘦小，没想到却有点蛮力，反应也十分快，很快就摆脱了林良夫，逃走了。

“这个浑蛋，我怎么能轻易放过你呢？”

林良夫此时什么也顾不得了，死命地追赶她。

天花板被压得嘎吱作响，似乎随时都有可能断裂。可令人惊奇的是，那人忽然没影了。林良夫定睛一看，发现在自己头上的屋顶，竟耷拉着两条腿。他悄悄向那边靠近。

没想到，那两条腿边往屋顶上爬，边狠狠地蹬向林良夫的脸。

啊的一声，林良夫仰面倒在天花板的夹层里。

原来那家伙发现了屋顶上的方孔，并顺势钻了出去。林良夫顺着孔洞望上去，看到了满天闪耀的星星。外面传来瓦片被踩响的声音。

“先生，那家伙跑到楼顶上了！你快到外面截住她！”

听到喊声，宗方博士迅速从后门出去，跑到路上。为了不打草惊蛇，他隐藏在物体后面，警惕地观察着楼顶的情况。那个黑色的身影沿水管上攀缘而下，迅速来到一楼的屋顶，警觉地向四周查探。

此时已是夜间十一点，路上根本没人经过，到处都是一片寂静。这时二楼的屋顶上闪现出一个人影，这人正是爬到楼顶的林良夫。

由于听到了头顶上传来的踩瓦声，那个黑影仰头往上看了一眼，便不顾死活地纵身跳到了地面上。那黑影仰躺到了宗方博士所在的那条路上。但这黑影没有耽搁，爬起身就开始一路狂奔。

宗方博士紧跟在这个黑影后面。要是他此时把那人抓住，并不是什么难事，可他没那么做，而是有意无意地隔着一段距离，他应该是想看那黑影到底去往何处吧?

黑影跑了大概一千米，似乎是精疲力竭了，渐渐地放慢了速度。眼前出现了一片树林，原来他们到了神社。那黑影穿过树林钻进了神社，迅速钻到了殿堂前面的地板下。

宗方博士小心翼翼地靠近，尽量不弄出声响。最后，他出其不意地打开手电筒，对准了在地板下面缩成一团的黑影。

“哈哈哈……你竟然被我追得躲到这里来！北园龙子，我没叫错吧？”

如所想的一样，那黑影真的是个女人。宗方博士眼睛一眨不眨地逼视着她。

# 心知肚明

“你是谁？你究竟是谁？”

这个女人一脸惊恐，没有半点杀人女魔头的气势，她的反应如此强烈，真是让人难以理解。

“你问我是谁？我是宗方博士啊！这段时间，我一直都在追踪一个有三重旋涡指纹的凶手，真是费尽了千辛万苦。你该明白我的意思吧？”

那女人浑身颤抖，一言不发。

“平心而论，你的手段真是高明，我不得不佩服。我做了这么多年的侦探，还是头一回遇到你这么善于伪装的对手。”

“你胡说，我是被冤枉的！你一定是搞错了。你说的我根本不知道是怎么一回事，这肯定是个阴谋，是真正的凶手在陷害我！”一身男装的北园龙子，此时激愤地大声叫嚷着。

“你还在装……哈哈……不过对我没用！你说你自己无辜，那你为什么要东躲西藏？你把家搬空，让人误以为这里空无一人，可你竟然躲在天花板的夹层里。

“假设你不是凶手，那你为什么要做这些呢？就这一点，便足以证明你就是连环杀人案的凶手。你是不是很纳闷我怎么会知道你躲在天花板的夹层里？这很简单，不是突发奇想，是你买了非常多的食物吸引了我的注意力。

“你买了十斤面包还有十个特大号的罐头，这个你应该还记得吧？假如你真的要搬家，为什么会一次性采购这么多食物？其实，你就是想在天花板的夹层里躲一阵子，好让人们误以为你真的搬走了。

“我说得对吧？你突然搬家很令人生疑，我抽丝剥茧，反复推敲，才意识到这点。表面上你的家已经被搬空了，可是直觉却告诉我这一切并没有那么简单。是你故意设下了障眼法。今晚的突袭，证明了我的看法是对的。”

“我这么做实属无奈，大侦探。我是设置了假象，但我的确和凶手没任何关系啊！”

北园龙子悔恨交加，她的眼泪啪嗒啪嗒地落了下来。

“哈哈……鬼才相信你的话，你别想再糊弄我了。你说你实属无奈，那你说说，你有什么不得已的苦衷？”

“我说了你肯定也不信。警方也不会相信我。我的苦衷，就是被人莫名其妙地怀疑。之所以这样，都是因为我的指纹是三重旋涡状的。”

“你的意思是，你具有三重旋涡的指纹，但是这些命案却与你无关？那你不是凶手，谁是凶手？”

“我真没杀人。只是食指指纹是三重旋涡状。你看，就是这根食指。”

她把缠满纱布的左手伸了出来，尽管缠着纱布无法看清里面，但是可以看出食指的位置缺了一块。

“人们都说凶手在作案现场留下了三重旋涡的指纹。我十天以前才听到这个消息。从前，我根本没注意自己的指纹竟然是这样的，也一点没料到这样的指纹竟然会和凶杀案产生关联。

“我前些日子看报纸，上面登有凶手指纹的照片。我是无意间看到的。真是太恐怖了，我的指纹竟然和凶手的分毫不差！

“我十分沮丧，大侦探。可以说，我仿佛一下子就被打入了万丈深渊。当然我也知道，大千世界虽然人口众多，但是出现相同指纹的概率微乎其微。”

“为了不让自己被怀疑，你便剁掉了自己的食指，并且把它扔进多摩川。这样的举动，只会让人更加怀疑你。你既然没杀人，为什么还要多此一举？如果你拿出你不在案发现场的证据，并且让别人为你做证，警察怎么还会怀疑你呢？”

听了宗方博士的话，女人又流下泪来。

“你说得没错，真那样的话，我就清白了。我知道不在案发现场意味着什么，我在侦探小说里读过。

“我找到报道案件的报纸，仔细查看了上面所说的案发时间。从第一起命案发生开始，一直到最近的案子，那些案发时间竟然和我外出的时间差不多。因此，没有人可以替我做不在场证明。

“所有的案件发生时，我都是外出状态，而且不是短时间在外停留，有时可能几个小时都在外边，有时整晚都没回家。不过我不是出去拜访朋友，而是陪我的一位朋友散步。”

“那你让这个朋友为你做证不就行了？”

“他突然间不知去向，谁也不知他的下落。”

“这些话，只能被认定你是在撒谎。现在你就是有一百张嘴也解释不清了。你要知道，在这些凶杀案里，出现了一个女扮男装的嫌犯，和你的特征大致一样。和她一起的还有个高个子男人，左眼上蒙着纱布。你的那个朋友，会不会也是这样的？”

“天啊，我跳进大海也洗不清了……肯定是有人在害我……”

“对你的处境，我深表同情，但是编故事是没有用的！你现在就跟我走一趟吧！”

说完这些，宗方博士把手电光变换了一下方向。

那个一直低头哭泣的女人，忽地一下抬起头来，她的表情很奇怪，就那么直直地盯着宗方博士的脸。

“你究竟是谁？”

女人忽然发问，宗方博士的脸上闪过片刻的慌乱，但很快他就自然地回答道：“我不懂你在说什么。我是宗方隆一郎啊，一名私家侦探。”

“真的吗？我怎么看你像……不好意思，你能不能用手电筒照一下你的脸？”

“哈哈……真是难以理解！不过你是要好好看看，你要记住是谁抓了你。”

宗方博士把手电光聚到自己脸上，并发出一阵大笑。那女人的目光一直盯在他脸上，似乎是在思考他的模样……

两人半天没动，就这样对视了好长时间。幸亏旁边没人，否则无论谁看到这一幕都会觉得难以置信。

# 紧急来电

宗方博士和北园龙子尴尬对视的时候，中村警长已经去了位于麻布地区的明智侦探事务所，他是去找明智小五郎的。

小五郎是私人侦探里的佼佼者，宗方博士的资历远远不如他，而且他的侦探水平，也高于宗方博士。

川手庄太郎本想将案子委托给明智小五郎，然而不巧的是，小五郎当时不在国内，他去美国了，归期未定，万不得已才找了宗方博士。

明智小五郎所乘的飞机在白天抵达成田机场。小五郎把自己回国的消息告诉了中村警长，于是中村警长决定上门与小五郎一起探讨下这起连环杀人案。

他们认识多年，是老朋友了，说话也毫无顾忌。他们间的友谊要远远超过中村与宗方博士之间的友谊。

“祝贺你顺利返程……”

“多谢关心，看你越发神采奕奕，真是令人开心啊！”

由于好久不见了，因此一见面他们就互相寒暄。

客套过后，小五郎就转换了话题，直接询问起与三重旋涡指纹有关的连环杀人案。

“哦，没想到你对这案子也感兴趣。”

“那当然！连夏威夷的报纸都报道了这个案件，我怎能不知道？说实话，这案子还真是吸引我。在你没找我之前，我就把相关的新闻报道看了个遍。说起来，还得谢谢小林君，他把所有关于本案的消息都整理成册了，只要看一下册子，我就弄清楚了案件的大致情况。”

“哈哈，很开心你能这么讲，说真的，你回来得正是时候。我今天这么晚登门，就是想听听你的看法。这一直没能侦破的案子让我都有些绝望了。我是特意来向你请教的。关于这案子的各种报道铺天盖地，闹得人心惶惶。我是负责督办这起案件的警官，但现在还是一筹莫展啊！”

“你能不能讲得详细些？”

“这个当然要说清楚，不过我带了一个东西。这是我的日记本，上面记录着案件详情，你翻翻看，所有的案情便会一目了然了。”说着，中村警长就掏出一个大笔记本，交给了明智小五郎。

明智小五郎马上仔细地翻阅起来，他边看边询问中村一些问题，就这样，他只用了半小时就弄清了案件的来龙去脉。

“赶紧发表下您的高见吧。如今一提到这案子，我脑子里就乱糟糟的，所以想听下你的看法。”

听了中村警长的话，明智小五郎并没有立刻回复，他靠在沙发上，闭目养神了一小会儿，才缓缓说道：“我和宗方博士见过两三回，他有破案才能，这点我很佩服。通常，我觉得他破案出手果断，绝不拖泥带水。然而没想到如今他却被这案子牵着鼻子走，还总是让凶手抢先一步。”

“这个凶手很狡猾，无论宗方博士怎么做，却总是落在他后面。报纸上把凶手说得神乎其神，跟幽灵差不多，可我觉得这个凶手是个不折不扣的杀人狂魔。”

“自然，宗方君有几件事做得不错，特别是他能根据在多摩川出现的小锡盒找到嫌犯。不过，他还是没有嫌犯动作快。”

“嫌犯是个女的，叫北园龙子。这人做事挺特别的，就要搬家了，还在当晚订购了不少罐头和面包。根据这些情况，我们找到了她藏身的地方。”

“哦？你们找到了她藏身的地方？是什么地方？赶紧说说。”

“如果你想去那个地方走一走，我可以带路。只是宗方博士应该早就到那里了，假如我猜得没错，他今晚会有所行动。”

“那个地方离这里远不远？”

“不远。”

“北园龙子这个女人不简单，她把家里搬空了，让人误以为那里已经空无一人，她就是想让我们对那里放松警惕。也许她从那一刻起，就把最危险的地方当作自己最放心的隐身之处。”

“哦？你的意思是北园龙子其实没有离开自己的住处，而是把那里搬空了，当成了藏身之所？我明白了。我得赶紧去现场查探一下！告辞了，明智先生！”

“稍等，我想和你一起过去……电话响了，我接一下。”

明智小五郎对着电话只说了一句，就把话筒递到了中村警长手里。

“找你的！警视厅打来的。看样子很着急，似乎出了什么大事。”

中村警长赶紧接过电话。

“你说什么？宗方博士告诉你的……他有了新发现……青山……八幡宫神庙……什么？地板下面……我明白了，明白了。嗯，我一会儿就到，你们也迅速备车去那里。”

啪的一声，中村警长挂了电话。他兴冲冲地对明智说：“你说得还真准！听说那女嫌犯开始隐藏在天花板的隔层中，后来上了楼顶，又跳了下去，她慌不择路地破屋而出。逃到神社周围的时候，被赶过来的宗方博士一举拿下。宗方博士已经和警视厅通过了电话，现在让我立刻前去。你去不去？”

“我当然要去！我倒是想看看这个北园龙子是何方神圣，顺便也和久未见面的宗方君叙叙旧。”

说完，小五郎按响了呼唤铃，吩咐小林芳雄做好准备赶紧出发。

## 死亡原因

过了大约十五分钟，中村警长和小五郎乘车来到了青山神社，他们下了车穿过黑魆魆的树林向前走。

他们走到神社寺庙的后面，发现那边站着三个打着手电的身影。走近一看，是宗方博士与两个警察。警察是奉了中村警长的命令，从附近的派出所赶过来的。

“前面是宗方博士吗？我是中村警长。我去拜访小五郎先生时，接到了警视厅打来的电话，因此我们俩就一起过来了。”

中村警长主动和宗方博士打着招呼。宗方博士一听明智小五郎赶来了，急忙上前欢迎：“我刚得知你今天回来，小五郎先生。因为你在国外，所以我才勉为其难地接了这个棘手的案子。费了好大劲才抓到凶手，以为终于可以喘口气了，却没料到是这样的结果。”

宗方博士用手电光照了照神社大殿中的地板下面。

“怎么了？发生什么事了？”中村警长惊叫道。

定睛一看，只见北园龙子身体倒地，早就没气了，她的右手攥着一把匕首，胸口还在汩汩地淌着血。

“怎么会这样呢？她是自杀了吗？”

中村警长惊异地望着宗方博士。

“都是我大意了。我一路追赶，才把她堵在这儿。当时我怕她跑了，可又不能拽着她一起出去叫出租车，最明智的办法就是打电话给警视厅。因此，我就把她暂时捆在地板下面的柱子上，然后找了最近的商店去打电话，让商店的人帮我去报警。

“我总共离开不到五分钟，没想到，等我回来时，竟成了这样。真不知道她是怎么解开绳子的，还那么准确地刺中心脏。她身上竟然藏着匕首，这让我十分意外。”

许是宗方博士看到嫌犯死了，说起话来也有点颠三倒四。

北园龙子的身上还缠着绳子，并且绳子的两头绑在柱子上。

明智小五郎蹲了下来，他一直反复打量着绳子，似乎发现了问题。

“她不是自杀的，宗方君。”

“哦？她不是自杀？”

“对。据我判断，她应该是被谋杀的，凶手用匕首捅死了她，还把她的绳子解开了，然后把匕首塞到她手中，伪造成自杀现场。”

“那会是谁杀死了她？为什么呢？难道是北园龙子的仇家，杀人后慌忙逃跑了？”

宗方博士语带挖苦，似乎不赞同小五郎的说法。

“不，不一定是仇家杀人。在这几起案子中，都出现了两个人，一个是女扮男装的小个子，还有一个是左眼蒙着纱布的高个子男人。有时凶手为了要保全自己，所以会选择杀掉自己的同伙。我有预感，那个高个子疑犯就在我们周围，可能正听着我们的谈话。”

“理由呢？如果北园龙子的同伙真在此处，他也没有理由杀死她啊。帮她解开绳子带她走就行了。”

“也许这里面有我们不了解的内情。那个左眼蒙着纱布的高个子男人，他为什么不救自己的同伴，反而还害死她呢？我认为这起案件中，有我们不知道的阴谋。”

“这些只不过是你的猜测罢了。”宗方博士有些阴阳怪气地说。

“你说得没错。只是眼前谁也不敢妄断。如果我们能把这个阴谋搞清楚，那么案子基本就告破了。这是我个人的看法。”

明智小五郎说这些话的语气相当平和，好像他已然知道凶手为什么要杀害北园龙子了。

“你似乎已经认定杀害北园龙子的就是她的同伙了，我反对你的看法。究竟谁才是杀害北园龙子的凶手，我们暂时可以不讨论，眼下的当务之急，是要抓到那个高个子罪犯。小五郎先生，这回我可得给你露两手，到时我把他抓到，整个案子不就一清二楚了吗？”

似乎受到明智小五郎刚才那番话的刺激，宗方博士的情绪有些激动，他如同立军令状似的，信誓旦旦地说道。

“是吗？你要亲手抓住那个高个子罪犯？呵呵，那你知道他藏身何处吗？”

明智小五郎能抛出这个问题，显然是因为他不相信宗方博士具有那个实力，那表情好像在说这根本就是不可能的事。明智小五郎今天真是奇怪，既然不赞成宗方博士，也没必要这么冷嘲热讽啊，这完全不是小五郎平时的说话风格。宗方博士对此感到很意外，他只能盯着明智小五郎，勉强说道：“哈哈……那就走着瞧吧！”

见宗方博士如此态度，明智小五郎也毫不退让，他使劲瞪着宗方博士，两人四目相对，仿佛能感受到电光火石碰撞的激烈场面。

## 凶手坠楼

此时，大批警视厅的警车赶到现场，警察开始对此处进行全面搜查。

明智小五郎拉住中村警长，把他带到了一个比较僻静的地方。

“这个案子引起了我的兴趣，中村君。我会亲自调查此案，不过并不会影响宗方博士那边的行动。”

“还要调查？主犯不是已经死了一个吗？抓住剩下那个左眼蒙着纱布的高个子不就行了？哦，难道是你已经发现了他的行踪？”

“不是这样的，查找高个男人的任务就让宗方君去做好了。看样子，他对此十分感兴趣。”

小五郎一语双关地说。

“还能查什么呢？凶手已经实现了对川手庄太郎一家的报复，不可能再去杀人了。至于那个女嫌犯，不管是自杀还是被谋杀，反正已经死了。那个高个子男人，你说不想去追查，那还有什么能做的呢？”

“你真是健忘！大家都说川手庄太郎和两个女儿都已经遇害。然而，令人奇怪的是，川手庄太郎没死在东京，反而是在山梨县那边的别墅中消失了，至今还活不见人死不见尸。”

“还真是如此。川手庄太郎如今没有一点信息，很可能已经遇害了。如若不然，那个女嫌犯为什么会砍下自己那个有犯罪特征的手指，还扔到多摩川呢？所以，我们只能认为罪犯的这番举动，标志着他的复仇行动已经完成。难道不是如此吗？”

“当然，这么想很自然。但有个地方很奇怪，为什么凶手不让大家知道川手庄太郎的尸体在哪里？以前，川手庄太郎的两个女儿遇害，凶手都会故意暴露她们的尸体。这次既然如此反常，说明其中一定有什么不可告人的阴谋。我觉得应该把这个疑点和川手庄太郎的失踪联系起来调查，我一定要弄明白这些。明天我就去山梨县的那幢别墅看看，查清川手庄太郎到底为何会死。

“我有个请求，请不要把我的行踪告诉宗方君和警视厅的人。我调查完成后，自会当面向你报告。”

说完，明智小五郎就离开了。

接下来的几天里，东京风平浪静。

然而又过了几天，在北园龙子死后第七天的傍晚，在日本桥那边的T 百货大楼，有人跳楼自杀了。

当时，在百货大楼工作的人正准备下班，突然从楼顶上跳下一个男子，直接掉到地上摔死了，看男子的装扮像是个工人。

当地的派出所获悉，派出办案人员前往查看。在死者的上衣口袋中，发现了一封信。毫无疑问，这是一起自杀案件。

警察看着信里面的内容，表情逐渐凝重。死者的身份大白了，他就是连环案中那个左眼蒙纱布的高个子，就是他和同伙杀了川手庄太郎一家。

> 我父亲临终前再三叮嘱我要报仇，为此我一生不遗余力，现在一切终于结束了。我没有什么遗憾了，因此选择自杀去见我的父亲。
>
> 起初，我并没有以死谢罪的打算，可是宗方侦探紧咬住我不放，我知道我已经没有机会全身而退了。与其落到他手里，让他立大功，还不如自我了断，所以我才出此下策。
>
> 川手庄太郎与我家是世仇，他的父亲杀死我的父母，我为了完

成父亲的遗命，杀死了他的全家。如今，我的父母一定会含笑九泉，而我也终于可以放心地去见我的父母了。

北园龙子是我的亲妹妹，为了报仇，她改了原来山本京子的名字。她的食指长有奇特罕见的三重旋涡指纹。我利用妹妹的指纹，多次犯案，并以此来恐吓川手庄太郎一家。

妹妹一直被宗方博士紧追不放，被捕后寻机自杀了。

如今我心事已了，只想与我的家人们早日在那边团聚。

山本始

真奇怪，小五郎一口咬定北园龙子是被人谋杀的，显然与这封遗书中的内容不一致。明智小五郎是家喻户晓的名侦探，他怎能犯这么低级的错误呢？如此一来，人们反而更加敬佩宗方博士了。

宗方博士没有食言，他已经实现了对明智小五郎的允诺。尽管那个左眼蒙纱布的高个男人没有被活捉，但他受到宗方博士的追击，走投无路后选择了跳楼自杀。遗书可以很清楚地表明这一点。

因此，在日本造成恶劣影响的连环杀人案最后以兄妹二人自杀谢罪而告终。

川手庄太郎一家全部被杀，两个凶手也已死去。被害人与凶手全都离开了这个世界。于是，警方和老百姓都认为此案可以结案了。

然而还有一个人持反对意见，并且态度十分坚决。这人就是明智小五郎。

## 明智揪凶

凶手山本始跳楼自杀后，又过了几天。

这天傍晚，参与侦破此案的警察，要开破案庆祝会，他们全都来到了东京都京桥附近的一个大饭店。

参与庆祝的有警视厅的侦查部长、侦查科长、侦查警长，还有在此案中获得卓著功勋的宗方博士。明智小五郎虽然没有参与侦破此案，不过也参加了此次聚会。

中村警长以个人的名义邀请明智小五郎先生前来赴会。

他们觥筹交错，谈笑风生。

“宗方博士为了此案真是牺牲不少，还搭上了身边的两名助手。您真的是非常有威名，那两个凶手都因忌惮您而选择了自杀。案子之所以能这么快告破，您功不可没。”

侦查部长毫不掩饰自己对宗方博士的钦佩之情。宗方博士却用手推了推镜框说：“我其实挺惭愧的。接手此案，前期进展一点都不顺利，多种打击接连不断，给大家添了很多麻烦。我还牺牲了两个助手，真是一言难尽。川手先生一家相信警察与侦探，却不想还是丢掉了性命。案子虽然已经结了，可我心里还是悲痛万分。”

“小五郎先生，中村警长说你很关心这个案子，那你能不能跟大家分享一下你的看法……据说你对此案还有些不同的想法，你始终认为北园龙子是被谋杀的。这中间有什么原因吗？”

侦查部长转头询问道。明智小五郎似乎早就在等着这个问题。

“没错，我认为这就是一起谋杀案。”小五郎的语气坚决果断。

“我没听错吧？你现在依然认定是谋杀案？”侦查科长在一边坐不住了，忍不住插嘴道。

“对，就是谋杀，只有这一种结论。”

明智小五郎似乎早就看穿了一切，他的回答并没有迟疑。

宗方博士紧紧盯着明智小五郎，他有些按捺不住自己的情绪，明智小五郎否定了他的观点，他怎么也得站出来说上几句。

“哈哈……小五郎先生，别孩子气。你是家喻户晓的大侦探不假，可是你不是神仙啊，偶尔犯错失误是在所难免的。

“不过你要知道凡事不能钻牛角尖，多想无益，要不他人也会感到相当无趣。跳楼的山本始，就是北园龙子的亲哥哥。如果按照正常的逻辑进行推理，哥哥是不会为了自保而杀死妹妹的。

“山本始写了遗书，他妹妹为什么自杀，遗书上交代得一清二楚。难道你不承认那遗书是真的？”

“是的，那遗书是假的！正常的遗书不会那么写，那肯定是凶手伪造的！”

“小五郎先生，说话可得有证据，不能信口雌黄！作为侦探，你的话是要负法律责任的。难道你现在是在说醉话吗？我们都知道，即使是一个恶贯满盈的人，在将死之时，其言也善，怎么会随手编造遗书呢？我觉得山本始没有说假话，说假话的倒是先生你。那我现在请问，你认为遗书是伪造的有什么证据？把理由说出来，也好以理服人。你尽管讲吧！”

众人听了宗方的一番话，觉得十分有道理。大家都认为小五郎今天似乎神志不清，也许是酒喝多了的缘故，要不怎么总是说一些莫名其妙的话呢？大家觉得明智小五郎应该主动向宗方博士表示歉意。

“大家安静，我说遗书是假的自然有我的道理。那个跳楼而死的男子是否真的是凶手，这一点还有疑问。”

“啊？我没听错吧？那个写下遗书后跳楼而死的男人难道不是凶手吗？”

“没人见过那个左眼蒙着纱布的高个男人长什么样，是不是这样？所以，只看到遗书就认为跳楼的男子是凶手，太草率了。再说这样的遗书，别人也能编造啊！”

宗方博士火冒三丈，高声说道：“你说话太不负责任了，照你的意思，这个跳楼的男子是伪装成凶手的？真是不可理喻！如果他不是凶手，心中没鬼，还会写下那样的遗书吗？你这个思路是不是有问题？”

“你说得兴许没错，哈哈。不过不管你怎么说，我还是坚持我的观点。跳楼的那个不是凶手，而且说不准北园龙子也是被冤枉的。”

听到此话，大家全都按捺不住了。明智小五郎说跳楼的男子不是凶手，还有畏罪自杀的北园龙子也不是凶手。假如真是如此，那凶手难道全都逃脱了？换而言之，就是这个案子根本没有结束，今天也不该进行庆祝。

宗方博士再也无法容忍了，他一下从椅子上站了起来，晃着三角胡须，挺直了身体，攥紧拳头大嚷着："小五郎先生，你可以闭嘴了！你为什么如此针对我？我辛辛苦苦破案，你却百般指责，凭什么？真是可笑，你说北园龙子不是凶手，这真是让人无法理解！那个有着三重旋涡的指纹你还记得吗？她若不是凶手，那她为什么要砍掉自己的食指，还把砍下的手指扔到多摩川中，你说是什么原因？她躲藏在天花板的夹层中，又是什么原因？你说呀！"

"我的看法是，因为北园龙子有着三重旋涡的指纹，因此她才不可能是凶手。我说这话，宗方君，你该明白我的意思。"

"不明白！你真是个疯子，我怎么能和你坐在一起呢？诸位，我先走一步！"

宗方博士说着，扭身就要出去。

"先别走，宗方博士！您可是今天的贵客……小五郎先生，你今天有点过分了！这种场合说话还这么幼稚，真是不太礼貌啊！"

侦查科长见气氛尴尬了，就赶紧开始调和。

"是呀，不过我的话还没说完呢。也许大家觉得我今天是在胡说八道，这我可以理解。可是我要郑重声明，我这人十分理智，也不会肆意中伤他人。我说那一男一女不是杀人凶手，自会说出其中的原因。也请宗方君安静听完，别这么激动。我讲完后，你怎么发脾气都没问题。"

明智小五郎说这些话的时候，十分坦然，他根本就不像喝多的样子，说话也十分有逻辑。

众人都觉得他说得有道理，就决定继续听下去。如果他真的对宗方博士有偏见，等说完了再和他理论也不迟。因此，大家一致决定要听明智小五郎讲完。见此情景，宗方博士迫不得已，只得再回来坐下。

# 推翻结论

明智小五郎滔滔不绝地说了起来：“凶手为什么不敢把川手庄太郎的尸体公之于众？在这个问题上，我和宗方博士的观点不一致，我觉得最大的疑点就在这里。在北园龙子死亡的第二天，我去了川手庄太郎失踪的地方。那是一座乡下的城堡式别墅，在山梨县N车站那边。我找遍了别墅里的所有地方，里面空无一人。我又去别墅外找了一整天，终于功夫不负有心人，我找到了川手庄太郎。”

侦查部长惊讶万分，他问道：“小五郎先生，川手庄太郎的尸体到底在何处？我们警察也去那边寻找过了，可是当时一无所获！”

“你误会了，我找到的不是尸体！川手庄太郎还活着！只不过他被发现的时候，已经命悬一线了。”

“哦？川手庄太郎没死？太好了，是真的吗？如此说来，凶手复仇的目的根本没实现。”

“不是这样，凶手实施了报复行动，而且他的手段简直惨绝人寰。如果我再晚去一天的话，川手庄太郎就真的没命了。”

“凶手究竟使用了什么恶劣的手段？”侦查科长急切地追问着。

“活埋。凶手把川手庄太郎装进一个棺材里，把棺材钉死，然后埋在院中的树林里。”

“那你就是川手庄太郎的救命恩人了。可是，他是如何活到今天的？”

“不是今天，我是在十天前找到他的。那是川手先生失踪的第五天。大概是为了折磨川手，凶手将棺材留了些缝隙，让他不至于一下子窒息，尽可能长时间地在黑暗中挣扎。而且被埋得较浅，所以川手在棺材里也能勉强呼吸。由于经受了惊吓和饥饿，他的头发全都白了。我找到他后，就用我的车把他拉到甲府市的一个医院，对他进行精心治疗。过了几天，他身体慢慢好了起来。我又把他拉到东京我的家中，让他住了下来。根据他的讲述，我对这个案子中的隐情有了一些了解。如今，我还在等他完全恢复记忆，才能掌握第一手资料。”

“那川手庄太郎的记忆都恢复了吗？”宗方博士终于第一次发问。

“这个还没有，他身体还没完全恢复。他住在我为他准备的房间里，每天除了睡觉，就只下床稍微活动一下。”

“原来如此！你真是立了一个大功！得知你说的这些，我也感觉轻松许多。”

宗方博士毫不掩饰对明智小五郎的赞美，他说完后似乎突然想起什么事，就对大家说：“光顾着听小五郎先生的发言，差点忘了我今天还有个重要约会。不好意思，失陪一下，我先去打个电话。一会儿我就回来，继续听小五郎先生的高论。”

说完，宗方博士就急急忙忙向着公用电话亭跑去。

明智小五郎于是停止了发言，等着宗方博士回来。不久，宗方博士就赶了回来。

“你都交代完了？”明智小五郎笑呵呵地说着。

“不好意思，让大家等我这么久，请小五郎先生继续说！”

宗方博士此刻面带微笑，似乎遇到了什么开心事。

侦查部长问：“川手庄太郎都跟你讲了什么，小五郎先生？他跟你说了北园龙子不是凶手吗？”

“不是的，这些他根本都不知道，他只是告诉我，他父亲曾杀死了凶手的父亲，所以凶手才疯狂地展开报复。那个左眼蒙纱布的家伙名叫山本始，那个戴眼镜的小个子，其实是他妹妹，女扮男装而已。他还告诉我，这两个凶手都化装了，因此没人见过他们的真面目。”

“照这么看，川手庄太郎说的和那跳楼男子遗书里的内容一致啊，小五郎先生。既然这个跳楼的男子和北园龙子都不是杀人凶手，那你能不能给大家解释一下原因啊？”

“我认为，这个案子前后根本衔接不起来。为了让它显得完整，凶手就编造了一些假象，试图掩人耳目。所以，我认为此案后面藏有重大阴谋。只要了解这个阴谋，所有的假象就无法继续伪装了。”

“我能不能这么认为，你已经知道了是什么阴谋？”

“嗯，我早就知道了。”

明智小五郎转了一下头，他的脸正好与宗方博士的脸相对，不由得扑哧一声笑了。宗方博士也不甘示弱，跟着笑了起来，眼中却是嘲讽之意。他们相对的目光中，都充满着不屑。

“小五郎先生，假如北园龙子没有杀人，那么我想征询一下你的意见，这个案子是不是还得再审一遍？”

侦查科长一脸期待地望着明智小五郎先生，等待他的回答。

# 剥茧抽丝

明智小五郎并没有受到干扰，他继续平静地说：

“与其他的案件相比，这个案子有一点古怪之处，就是那个三重旋涡指纹多次出现。按理说，人长有这样的指纹虽然罕见，但具有这样的指纹本身也是很正常的。

“北园龙子刚出生时，从胎中就带有这样罕见的指纹，这很正常。让人难以理解的是，凶手竟然使用了与此一模一样的指纹，川手雪子下葬时，在川手妙子的脸上，竟然莫名其妙地出现了这种指纹。

“在马戏团的幽灵迷宫中，在持有通行证的骸骨和人偶上面，也出现了这种指纹。川手庄太郎告诉我，宗方君把他转移到山间别墅之前，在女佣端来的茶杯盖子上，也有这种指纹，这令人十分惶恐。

“这些事情令人匪夷所思。凶手写的要杀害雪子的恐吓信，竟然堂而皇之地出现在川手庄太郎家的客厅中。雪子下葬时，恐吓信更是在川手庄太郎的衣兜中出现。

“连续出现这么多怪事，要全都罗列的话，还真是不胜枚举。不过，这些看似不可能发生的事，到底是怎么发生的呢？我觉得只有一种可能。对此，我是怎么得到这种结论的呢？

“推理过程是很烦琐的，占用时间会过长，因此我把本案中所有的奇怪之处都进行了整理，归纳成三种情况向大家阐述。我先来回答第一个问题：那个戴着黑头套的蒙面人，是如何在迷宫中从容脱身的。

“帐篷外聚集着很多观众，帐篷里面又有很多警察和迷宫的工作人员，团团围住了镜屋，凶手即使拿着手枪，但是身处镜屋，他也只能如鱼入瓮，没有逃脱的可能，但是，最后他却凭空消失了。

“这样不可思议的行为应该怎样理解呢？镜屋里没有逃出去的通道，而且包围这里的十几人，他们全都目不转睛地盯着镜屋，因此，凶手从镜屋中逃脱是不现实的。

“大家是不是也赞成我的说法？凶手能凭空逃脱，自然是因为他使用了障眼法。我认为，凶手当时并没有离开现场，而是混在人群中，假装也在追击疑犯。因为这个人身份比较特殊，因此大家都没有往他身上去想。换而言之，凶手一直都在镜屋里。

“我想解释的第二个问题是，川手庄太郎隐蔽在人烟稀少的山梨县的山间别墅中，为什么却轻易地被凶手盯上？川手庄太郎告诉我，为了摆脱罪犯的跟踪，宗方博士带着他不停在半道换乘电车和火车，而且前行的方向总是不固定的。

“他们的行踪如此谨慎，但还是被凶手发现了。到底是什么原因？很明显，他一定就埋伏在川手先生所住的山间别墅里。

“自然，他到了别墅不会声张，所以川手庄太郎是不知道的。我讲了这么多，大家是不是已经大致猜到了凶手是谁？”

明智小五郎停顿了一会儿，环视了一下室内，却没有一人出声。

“我最后要解释的第三个问题是，北园龙子为什么会自杀。其实，她根本没想自杀，因为她是死于匕首之下，若要拿到匕首，就必须先把捆绑自己的细绳去掉，既然绳子都能割掉，那她还有什么理由要自杀呢？

“天那么黑，她完全可以溜之大吉，并且逃跑的时间也很充裕。当时，宗方博士出去打电话了。要知道，北园龙子曾隐藏在天花板的夹层中，就是为了避免被抓。

“既然北园龙子把捆绑自己的绳子都割断了，表明她已经不再受人控制了，安全了。然而现实却是，北园龙子选择了自杀。事情发生了意想不到的变化，太不合乎常理了。

“假如说她并不是自杀，而是她的同伙一早隐藏在神社那边的树林里，趁其不备杀死了她，那这种说法也站不住脚。试想假如北园龙子的同伙只是想杀死她，那就没必要解开她身上的绳子了。

“如果北园龙子一直被绑着，杀死她轻而易举。天黑沉沉的，凶手杀死她也不会被人察觉。要真是这样的话，我们要怎么理解？

“所以，毫无疑问北园龙子是被人暗杀的，凶手把她杀死以后还伪造了现场，让大家认为她是死于自杀。自然，她的同伙是不会这么去做的，即使北园龙子以前伙同他一起杀过人，她的同伙也不会把她杀死后还制造自杀现场。

“为什么呢？因为这样做简直就是画蛇添足。我看到伪造后的自杀现场，突然想到这案子背后一定隐藏着一个巨大的阴谋。我会这么判断，是因为我认为第一种和第二种情形的结论并没有什么差别。

“我思考第三种情况的时候，起初想用前两种情况得出的结论来解释，然而我细想后，总感觉有些穿凿附会，并且不合常理。当川手庄太郎跟我讲了那些情况后，我才解开了疑惑。

“在川手庄太郎被活埋之前，凶手直言不讳地告诉他，自己还要报复最后一个人。他还说川手庄太郎可能并不晓得这人的存在。这个最后的复仇目标，就是川手庄太郎的妹妹，叫北园龙子。

“北园龙子不是杀人犯，也不是这个案子中的主犯，她的真正身份是川手庄太郎的妹妹，她死于凶手的疯狂报复下，是无辜的丧命者。”

宗方博士从明智小五郎刚开始讲述时就坐立不安，身体一直在扭动着，就像坐在烙铁上似的。当他听到这些话时，终于忍不住放声狂笑起来：“哈哈……小五郎先生，请你注意措辞，别在警察面前说些荒诞不经的话。你所谓的推理根本就是在胡思乱想，一点不靠谱，知道吗？你讲得越多，我就越迷糊。你的讲述简直是漏洞百出。你既然说北园龙子不是凶手，可她为什么藏在天花板的夹层中？当她自知被察觉后，为什么落荒而逃？还有一个重要细节，你根本没解释她手上的三重旋涡指纹。这些，你怎么绝口不提，是忘了吗？”

“不是你说的那样，我一直记着这三重旋涡指纹的事。正因为她有这样的指纹，我才断定她不是凶手。为了让大家看到这个指纹，凶手可谓是煞费苦心，让指纹这里出现一下，那里出现一下。

“他显然是想先入为主，误导人们把有那种三重旋涡指纹的人认定是凶手。可是，我们侦探分析案件，从来都是一分为二地辩证来看。因此我认为，那个特殊的三重指纹是从被害者的食指上取下来的。

“我非常痛恨凶手的移花接木手段，这手段卑劣至极。凶手利用这个三重旋涡指纹，很巧妙地转移了警方的注意力，而且把自己的杀人罪名嫁祸给被害者。其实这个具有三重旋涡的指纹，也是凶手无意间发现的。

“当凶手得知川手庄太郎的妹妹食指上的指纹与常人不同时，就脑洞大开，开始大做文章，因此制造了这一连串令人发指的惨案。当他取得了川手庄太郎妹妹的指纹后，就照了下来，并刻成印章随身携带。

“大家可能在不少地方都看到过这个指纹，然而那并不是人真正按上去的，都是凶手利用印章印上去的。这就是凶手蛊惑人心的妖术。这种橡胶印章轻巧便于携带，而且按下后不会轻易被人察觉，自然也就没人怀疑。

“然而，当长有三重旋涡指纹的川手庄太郎妹妹，听到社会上越来越多的传闻后，变得忐忑不安，整天坐卧不宁。她看到报纸上也登了这种指纹的照片，觉得自己已经成为警方的怀疑对象，于是狠心去掉那象征罪证的食指，并且扔进多摩川。

“为了不让警察盯上，她假装退掉自己所租住的房屋，制造了人已远走高飞的假象，其实却隐藏在天花板的夹层中。凶手就是利用了她的三重旋涡指纹，不断地恐吓她、要挟她，最后她实在穷途末路，不幸被凶手杀害。凶手杀死她之后，还故意伪造出自杀现场，还做出事不关己的样子，想蒙混过关，不被法律惩罚。”

这时，餐桌上传来一阵咯吱、咯吱的声音，大家闻声望去，却见宗方博士一脸惨白，站了起来，像是要打架似的喊道：

“小五郎先生，你讲了半天，其实全是你的臆断而已。你的证据呢？你得拿出真实准确的证据来！就你这样信口雌黄，三岁小孩儿也会。

“归根结底，你必须要有事实作为根据。是不是因为本案的中心人物北园龙子死了，你就可以胡编乱造？我还想看看，你后面打算继续编造什么？如果没有真实的证据，我就可以这么说，北园龙子不是凶手这个结论完全是你在杜撰。

“也罢，我也不多说。我还有一个问题，此案中的那个高个子凶手，就是左眼蒙着纱布的那个，他会是谁？你竟然说他也不是凶手。那么，按照你的逻辑，他也成了被害人了？”

面对宗方博士气势汹汹的追问，明智小五郎却不慌不忙：“当然，他也是被害人。不过，他并不是川手庄太郎家族的人。这个案子中的重大阴谋，其实和他毫无关系，因为他只是一个流浪汉而已。当凶手看到这个与高个子男人身材相仿的流浪汉时，就假惺惺地用钱收买了他，哄骗他穿上那种黑色的紧身衣，在百货大楼就要下班之前，带着他来到楼顶，在他的衣兜里，早就揣上事先写好的遗书，然后趁其不备一把将他推下去。如此一来，高个子凶手自杀的现场就出现了。”

“小五郎先生，你又在胡编乱造吧？你的想象力还真是令人佩服啊！不过，我还是想听听你用事实来证明自己的观点。”说完，宗方博士又假模假样地笑了起来。

# 真凶出现

“找证据不难！那个高个子凶手目前还活着，他活得可真是逍遥自在啊！”

“我没听错吧？你说凶手还活着？那你肯定知道他的下落了。”

“这个自然！”

“那你怎么不直接把他抓过来？你既然知道了凶手的行踪，为什么还在这里浪费口舌？”

“你在质问我为何不前去捉拿凶手？”

“是啊！”

“我早就抓到凶手了。”

明智小五郎先生这番话，让在场的警官全都亢奋了起来。

宗方博士使劲眨着眼，他眼中充满血丝。

“小五郎先生，你刚才说凶手已被你抓到了？天哪，你开什么玩笑？你说你是在哪里、什么时候抓到的？”

“那凶手无处不在！无论是在马戏团的迷宫中，还是在川手庄太郎最后避难的别墅里，抑或在北园龙子被害的神社里，他一直没有缺席。目前，他就在我们这个屋子里。”

侦查部长的脸色一下子变得不自然了，他觉得明智小五郎简直就是在胡编乱造，因此赶紧制止他：“小五郎先生，你是在开玩笑吧？这儿就我们五个人，难道说这里还有第六个人吗？还是可以这么理解，我们五人中有一个就是凶手？”

“说得没错，凶手就在我们五人之中。”

“有没有搞错？他到底是谁？”

“虽然这个案子有许多难以理解之处，可是警察排查现场时，只看到了川手庄太郎，我们没有考虑到那个人……到底是谁呢？这人赫赫有名，就是备受尊崇的大侦探宗方隆一郎！”

明智小五郎从容不迫地回答着，并把徐徐伸出的食指指向宗方博士。

“这可是我至今听过的最大的笑话……哈哈哈……小五郎先生，你颠倒黑白的功夫真是一流，让我不得不佩服。哈哈哈……简直就是伟大至极啊，伟大。你这么精彩的演说，真是令人叹为观止啊！哈哈哈……”

宗方博士狂笑不止，房间里回荡着他不止的笑声。他就这么狂笑着，狂笑着，最后笑声停下来时，竟出现了哭声。

侦查部长可不吃这一套，他直视着宗方博士，义正词严地说道：“宗方先生，小五郎先生应该没有开玩笑，现在谁都相信那个恶贯满盈的凶手就是你了。你还是别笑了，赶紧为自己辩解两句吧！”

“哈哈哈……笑话！我何须自证清白？对于这种子虚乌有的言论，我无话可说……也好，我就说一句吧，让他拿出证据来。小五郎先生，你赶紧把证据亮出来吧。嗨，你没听到吗？证据！”

“你想看到我的证据？这很容易啊，我马上就会满足你。”

明智小五郎低头看了一下自己的手表，说：“我只顾着演讲了，没发觉已经过去一个半小时了。宗方君，这时间是从你出去打电话时算起的，一个半小时过去了！哈哈哈……这么长的时间里，可能会发生许多让人意想不到的事情。看呀，服务员来了，带着纸条来的，应该就是过来送证据的吧。”

明智小五郎从服务员手里接过纸条，看了一眼说：“嗯，和我猜的一样。现在让他们进来吧。”

服务员离开后，小五郎的助手小林芳雄走了进来。这是个神采奕奕的青年，身上的金色纽扣熠熠闪光，他眨着一双机灵的眼睛，对着大家行过礼，然后在明智小五郎耳边悄悄说着什么。

只见明智小五郎不住地点着头。后来，小林冲着门口喊了一声：“进来！”

于是，随着噔噔的脚步声，有两个青年把一个矮个子的人押进了屋子。这人双手被绑在身后，穿着一身黑色的衣服，蒙着面，垂头丧气地被推着向前走，还打着趔趄。

宗方博士见此情景，突然噌地站了起来，他的眼睛骨碌碌乱转着，趁大家不备，猛然间跑向朝向街道的那扇窗户。

“别急啊，宗方君，你还是摸清情况再行动吧。外面可是有中村警长手下的十个警察正等着你呢。你想想你的自杀该会何等引人注目啊！”

对于中村警长的此番安排，侦查部长和侦查科长都毫不知情。他让警察把这饭店的周遭围得密不透风，这么安排是明智小五郎事先特意要求的，就是为了防止宗方博士狗急跳墙。

宗方博士看了看下面虎视眈眈的警察，不由得泄了气，看来明智小五郎说的都是实话，他灰溜溜地回到自己原来的位子上。

## 法网恢恢

明智小五郎环视一下屋内，开口道：

“我得给大家隆重介绍一下这位。蒙着面的这位，是宗方博士名义上的夫人，不过，实际上却是他的亲妹妹。那么宗方君的本名，想必大家已经猜到了，他叫山本始。

“宗方博士的亲妹妹，真名叫山本京子。大家都知道山本始和山本京子早就自杀了，但其实死去的并不是真的山本兄妹，他们俩还好好地活着。

“我也怕自己搞错了，因此就趁着宗方君不在家的时候，去了他家一趟。没人见过宗方君的夫人，甚至连他的助手们也不曾见过他夫人的真实模样。

“得知这些情况，我越发怀疑。我还得知，宗方家看门的人总是换来换去。刚才我说川手庄太郎住在我家，宗方君听到消息立刻谎称出去给朋友打电话，实际上他是给这个蒙面人传递消息。

“他下令让他妹妹山本京子立刻行动，趁我不在家，去暗算刚被救回来的川手庄太郎，准备杀人灭口。不过我早已预料到这些，我巴不得这个女人赶紧去我家。

“方才，川手庄太郎在我家的消息是我故意放出来的。没想到宗方君一得知消息，就慌了手脚，赶紧找了个借口出去打电话。而我则一直在等着他妹妹山本京子上钩。如今人已经擒获，大家都来看看这个神秘人物到底长什么样子吧！”

明智小五郎说完走到那个蒙面人面前，一把拽下她的头套。此时，大家眼前出现了一张瘦长的女人的脸，眉眼狭长，眼角微微上翘。

“小林君，你来告诉大家，这女人去我家都做了什么。”

小林芳雄上前一步，讲述了起来：

“一收到先生的指示，我们三个人就隐藏在川手庄太郎休息的卧房里，自然，对于此事，川手庄太郎并不知道。他安安静静地躺在床上休息。我们隐蔽好，一心等着凶手入瓮。

“大概半小时前，我们听到院子的玻璃窗发出了轻微的响声，窗户被人推开，后来，有个戴着头套的人跳进了屋内。我们没出声，一直注视着这人，只见那人径直走到川手庄太郎的床前查探。

“当那人确认床上躺着的就是川手庄太郎时，顿时凶相毕露，掏出匕首猛地刺向他的胸口。我们三人迅速出来，如同被射出的子弹一样从三个不同的方向发动进攻，那人很快就被我们制伏。我们的交锋惊醒了川手先生，他对眼前的场景大惑不解，但好在他没有受伤。”

明智小五郎接着小林芳雄的话说：“宗方君，如今你应该明白我到底掌握着怎样的证据了吧？其实我还有别的证据。为了让你的作案时间和北园龙子外出的时间吻合，每次作案之前，你都会找借口带她外出。我说得对不对？你以为没人知道你的真面目，可是北园龙子家的女佣却对你相当熟悉。小林，那个老妇人来了吗？”

“来了，在走廊上呢。”

“快快请她进来。”

很快，女佣阿里就被小林带了进来。

“你认识这人吗，老婆婆？”

阿里使劲盯着宗方博士的脸打量，却不住地摇头：“没见过，不认识。”

“那好。也许你认识的那张脸不是长这样。宗方君，请你配合一下，让老婆婆看看真正的你吧。还不把眼镜和三角胡子拿下来？怎么？你害怕了吗？

“都什么时候了，你还在装腔作势！你不用伪装了，我早就摸透了你的底。你带着川手庄太郎去山里的别墅，在路上不是曾经取下胡子吗？你别不承认。

“你肯定不会想到会有如今的下场，那时你自认为川手先生必死无疑，因此让他看到你的真实面目也无所谓。你千算万算，却想不到川手庄太郎竟然能大难不死。

“因为除了川手庄太郎，再无人知道你的胡子是假的了。哈哈哈……宗方君，别扭扭捏捏的了。既然你不自己动手，那我就只好辛苦一下了。不过我可不会手下留情！”

话音刚落，明智小五郎就迅速来到宗方博士面前，一拳打掉他的眼镜，揪住他的三角胡须猛地一拽。立刻，出现在大家面前的脸，与之前看到的脸截然不同。宗方博士此刻张口结舌，就像被塑在了那里一般。

“哦，这张脸我记得，女主人还住在那里的时候，他隔三岔五地过来，他和主人关系很好，两人还常常结伴出去呢。”阿里打开了话匣子。

“如今你还有什么可说的，宗方君？要是觉得两个证人不够，我还可以继续请……深山别墅的老夫妻二人……那老妇人据说是你小时候的奶妈啊！他们虽然逃了，不过没关系，我这么多手下正在寻找他们呢！相信不用多长时间，就能把他们揪出来。

“在深山别墅里，不少人陪着你演戏给川手庄太郎看，那些人一个也逃不掉。我相信，他们很快就会来陪你了。万幸的是川手庄太郎逃过一劫，所以我可以找到这些证人。

“宗方君，你如今已经黔驴技穷，别妄想逃脱了。你再怎么折腾也是白搭。世人已经知道你的真面目了，你就是一个恶贯满盈的凶手！

“为了谋害川手庄太郎一家，你处心积虑，从多年前就开始谋划，把自己伪装成私家侦探，破了几个案子，也因此获取了别人的信任。之后，你便开始酝酿你的杀人计划。你的作案才能，真让我对你刮目相看啊！

“你炮制了三重旋涡指纹害人，让北园龙子当你的替死鬼。你还以凶手的名义写了恐吓信，放到每个被害人的信箱中，让他们整天惶惶不安。

“你处心积虑，带着那炮制的三重旋涡指纹到处乱按，搞得人人自危，让大家误以为是凶手在场，对于有三重旋涡指纹的人就是凶手也深信不疑。你设计的这起连环杀人案，还真是滴水不漏！

“因为你的助手无意间看到了你的真面目，所以你便残忍地杀害了两个无辜的年轻生命。你为了不引起警方怀疑，简直是丧尽天良！五个被害人中，你在谋害川手妙子时挖空心思，没留下一点线索。

“你制作了带有暗箱的床垫，偷偷调换后搬到了川手妙子的卧室里。不过这些只是障眼法而已，真正的凶手和川手妙子，根本就不曾在那下面待过。我记得那天晚上，你一直在走廊上值守，当然你是以侦探的名义守在门外，保护川手妙子。

“因为你特殊的侦探身份，所以大家都不会怀疑你，你易如反掌地进入室内，麻醉了川手庄太郎，把他捆缚起来，再杀死川手妙子，并把尸体扔到院子里的垃圾箱中。

“从人们发现川手妙子被害时开始，一直到天亮，人们都在到处搜捕凶手。你也装模作样地到处搜查，但其实你趁人们不备时跑了出去，左眼蒙上纱布，化装成了那个高个子男人，你们兄妹俩装成清洁工，把垃圾车拉到了院子里，然后把垃圾箱里川手妙子的尸体从别墅中搬了出去。

“在迷宫里时，你把黑头套和黑外套事先藏在某处，你时而是宗方侦探，时而乔装成高个子凶手。你的助手对此毫不知情，当他抓到你时，意外发现是你，为了保守秘密，你选择杀人灭口，他悲惨地死在你的枪口下。

“当你被堵在镜屋时，你把枪别在门缝里，因此追你的警察还有马戏团的工作人员，都不敢轻举妄动。你迅速脱去黑色的外套，又成了受人敬重的宗方博士，然后装模作样地出现在人们面前。

“谁也不可能把你和恶贯满盈的凶手联系起来，因为你是大名鼎鼎的侦探。正因为如此，你才能一次又一次明目张胆地逃脱。”

明智小五郎讲到这里停了下来，他怒气冲冲地盯着宗方博士。

此时没了眼镜的宗方博士，似乎变成了一只焦躁的野兽。他站在墙角，猛地掏出手枪，对准明智小五郎的胸口。

“我承认我失败了，小五郎先生，可是我怎能轻而易举地被你抓住呢？我就是死，也一定要带着你一起下地狱。我告诉你，我马上就把这发子弹射到你的心脏里，你还是老实点吧！”

说完，山本始恶狠狠地扣下扳机。

屋里的人全都呆住了。

但是，明智小五郎并没有被射倒，依然完好地站在那里，他的脸上甚至还浮现出笑容。

“难道枪出问题了吗……哈哈哈，你可以再试一次！”

山本始又一次举枪对准明智小五郎，然而他扣动扳机后还是没有反应。

“别徒劳了……哈哈，看，子弹在我这儿呢，一颗不少！”

明智小五郎把子弹从兜里掏出来，并且让它们滚动起来。

“到时候了，哥哥！赶快，快，那……”

房间突然响起了山本京子的声音，被反绑住的她摆脱了两个警察，尖叫着跑向山本始。

“你说什么？到时候了？妹妹！”

大家还没弄清眼前的状况，就只见这个女人发出痛苦的呻吟，踉跄了几下后，就软绵绵地趴到了地上。

山本始却一声不吭，他那魁梧的身体轰然倒地，扑倒在山本京子身上。兄妹俩的身躯叠在一起，一动不动。

大家仍然莫名其妙，不知所措地望着倒地的兄妹二人。

过了一会儿，明智小五郎首先明白了过来，他走到兄妹二人面前，扒开他们的嘴巴瞧了瞧，然后摇摇头，自言自语道："这两个杀人狂魔为了逃过法律的制裁，连这个都算计到了。他们早就在嘴里放了假牙，假牙里面装着剧毒，这样在计划失败后可以随时自杀。虽然两人的手脚被绑住了，但是只要咬一下假牙里的机关，里面的毒药就会帮助他们完成自杀。"

明智小五郎这个平时总是笑容可掬的大侦探，脸上第一次出现了悲悯的表情。

# 蜘蛛人

# 十三号房

在东京市中心的Y町附近有一座关东大楼。这里主要租给个人做事务所，尽管不是很大，但由于地段好，租金也不高，因此很多人喜欢在这里租住。

一天早上，关东大楼里来了一位十分体面的先生。接待员接过男子递来的名片，上面印着“美术商稻垣平造”。

他拄着一根很粗的拐杖，把玩着胸前挂着的项链，目空一切地问道：

“还有空房子吗？我要租用。”

此时关东大楼的房间基本都被租出去了，不过，有一间屋子一直没能租出去。也许大家认为十三不太吉利，所以至今十三号房一直无人问津。大楼的管理者甚至想要重新梳理房间，跳过“十三”这个数字。

如今的关东大楼中，只有十三号房还空着。

“有倒是有，就一间了……只剩下十三号房了。”

“十三号？”稻垣平造煞有介事地重复了好几遍，最后扑哧笑了，“十三号可以，我租了。我今天就把东西搬进来。”

他打开鼓鼓囊囊的钱夹，取出所需的押金还有本月的租金，交给了大楼的主管。之后，他走出大楼的管理办公室，来到了街角的一处电话亭。

“喂，K家具店吗？我是稻垣平造，是稻垣平造美术事务所的负责人。我们事务所的地址是关东大楼十三号。我想从你那里购买一张办公桌、一把旋转椅、三把普通的椅子，还要一个大的玻璃橱柜，多少钱你们说了算。你们能不能立刻送过来？就是展示用的家具也可以，货一到，我当场付款。”

挂掉家具店的电话，稻垣平造又分别给 G 美术店、S 镜框店和其他几家店铺打了电话，为自己的事务所订购所需用品。

到了下午两点左右，关东大楼十三号房间已经面目一新，变成了稻垣平造美术事务所。

事务所有十七平方米左右，墙面挂着各种各样大小不一的油画和版画。在屋子一边的大玻璃柜中，陈列着半身石膏像、手臂石膏像、腿部石膏像等等，还有不少碟子、瓶子和壶之类的物品，看得人眼花缭乱。

地上杂乱地摆着不少白色的油画布和镜框，使房间显得十分拥挤。房子的正中间，是一张大办公桌，而事务所的主人稻垣平造，就坐在桌后的大旋转椅上。

稻垣平造瘦高个，身上穿着一身黑色外套，看起来有点像外国绅士，派头十足。他的脸部瘦削，肤色较白，嘴上留着三角须，下巴上也留着一撮山羊胡，头发乌黑，梳得油光发亮。或许是因为近视，他鼻梁上戴着一副眼镜，镜框很大。

他对着办公桌，忽而优哉游哉地跷着二郎腿，忽而伏在桌子上飞快地写着什么。

见他那副神态与熟练自如的样子，仿佛这里已经开业许久了。

此时，传来咚咚咚的敲门声。

“请进！”稻垣平造的声音不高，却很有穿透力。

门被推开了，闪进来一张十七八岁女孩的面孔。

稻垣平造又喊了一声“请进”，示意女孩进屋。

女孩有些畏畏缩缩地走进来，她有些扭捏，还没走到办公桌旁就停了下来。这个女孩不是特别漂亮，身穿浅色和服，搭配一条红色花纹腰带。稻垣平造有些不耐烦，再次示意她往前走走。

女孩又走了三两步，她从自己拎着的包里抽出一张小纸条，谨小慎微地铺到办公桌上。

“我……我今天早上看到的，因此……”

那一截小纸条是从报纸上裁下来的，上有几行字：

招聘启事

本事务所现招一名女事务员，年龄在十七到十八岁之间。要求长相甜美，具有良好的协调和沟通能力，待遇优厚。

面试时间：下午三点至五点。

Y町关东大楼稻垣平造美术事务所

从这则招聘启事来看，稻垣平造还没租下这里的房子前，就已经发出了招聘广告。难道他知道关东大楼的十三号房间一直没人租？这个稻垣平造行事古怪，真让人捉摸不透。

此时他认真地打量了一下面前的女孩，最后异常冷漠地说道：“抱歉！我们要招聘的人员已经招到了，刚才已经面试完毕！”

## 古怪空宅

从女孩离开到下午五点钟之间的两小时，稻垣平造美术事务所陆续有人前来，而且来的都是女孩，她们都看到了报纸上的那则招聘启事。

稻垣平造美滋滋的，他逐一接待了这些姑娘，每个都进行了面试，简直忙得不可开交。但是，所有来面试的姑娘们都得到了相同的答复：“抱歉！我们要招聘的人员已经招到了，刚才已经面试完毕！”

快五点的时候，又一个女孩来事务所应聘。这女孩长得十分娇小，从外表看，大约十七岁，十分符合招聘启事里的条件。

稻垣平造眼睛瞪得溜圆，镜片也掩饰不住他狭长的眼睛里冒出的狡黠之光。

眼前的女孩穿着一件合体的连衣裙，恰到好处地把她身体玲珑的曲线勾勒了出来。她头上戴着贝雷帽，显得俏皮可爱。她有着健康的小麦色皮肤，眨着一双水汪汪的大眼睛，好奇地看着一切。嘴角微微向上挑，如同两片让人垂涎欲滴的花瓣。鼻子不大、鼻梁高挺，透出女性的妩媚。

稻垣平造直勾勾地看着女孩，过了好大一会儿，他才问道："请问你叫什么？"

"我叫里见芳枝。"

这女孩没有丝毫畏惧，轻启朱唇，含笑而答。

稻垣平造原本就狭长的眼睛，此时眯得几乎看不见了。他继续问道："来我这里的客户并不多，平时接待顾客的工作量并不大，因此，我要求你一人身兼数职，可以吗？像是整理货物、记记账目，还有些秘书的活儿，等等。工资一周一结，不会拖欠，每周五万日元。你能接受吗？"

"没问题，我全能接受。你如果认可我，什么活儿都可以吩咐我去做。"

"不过，你父母是否赞成你来这里找工作？你今天来这里之前是否跟他们打过招呼？"

"没有，我还没来得及告诉他们。我推说去找同学玩，后来就来这儿了。我想等我被你们聘用后，再告诉他们，他们一定会很开心。他们早就想让我出来找份工作了……"

听到女孩这样的回答，稻垣平造的眼睛又透出贼光，他注视着女孩，若有所思，沉默了很久。不知什么原因，他又小心翼翼地重复了刚才的提问。

“你的意思是说，没人知道你来这里应聘？你没告诉父母也没告诉同学？”

“嗯，我对谁都没说。我怕没被聘用却放出话去，到时如果应聘失败会被人笑话……”

“既然这样，那我决定聘用你了，今天就算你正式上班的第一天。不过……”

稻垣平造说到这里，抬眼看了一下腕上的手表。

“哦，不知不觉都五点了。我们通常都是五点下班。虽然已经到了下班的时间，不过今天得先让你熟悉一下与工作相关的事情，你得知道我家在哪里，还得熟悉仓库里的货物。如果没别的事情，我现在就带你一起去仓库。可以吗？”

“哦？咱们一起去？就现在吗？”

“对。那里离这儿不远，坐车很快就到了。不会耽误你回家吃晚饭的。”

“嗯……”

里见芳枝稍微踌躇了一下，她观察后发现稻垣平造这人看起来不像是一个言而无信的人，因此便答应了。

“那好吧，我和你一块儿去。”

“那就这样。你先到外面等着，马路对面有个路口你看见了吗？你在那里等我。我稍微收拾一下。”

房间里并没有什么需要收拾的，稻垣平造说这些话，只是想支开里见芳枝，让她先离开事务所。

里见芳枝为自己找到一份满意的工作感到十分兴奋。她十分有礼貌地谢过稻垣平造，就很快离开了关东大楼。

按照稻垣平造所说的，她在马路对面的路口等着。一辆轿车驶了过来，吱的一声停在她面前。

“让你久等了，里见小姐。快上来吧！”稻垣平造坐在车里打着招呼。

里见芳枝坐到稻垣平造身边，车子从Y町朝东驶去。当驶到靠近两国桥的S町时，稻垣平造让司机停车，说自己要去附近拜访下客户，并让里见芳枝也一同前去。

司机把车开走了，稻垣平造带着里见芳枝拐进一条小巷子。

刚走几步，稻垣平造恍然大悟似的停了下来。

“看看我，竟然忘得这么彻底，那个客户今天还在外地呢。我怎么如此糊涂！”

稻垣平造一脸后悔，他十分抱歉地对里见芳枝解释。接着，他们在曲曲折折的小巷里转了好几圈，才走到了对面的马路上，叫了一辆出租车。不过这次不是向东驶去，而是十分迅速地向西奔去。

里见芳枝察觉到了异样，明明是同样的距离，返回时却多走了将近两倍的路程。不过等她意识到的时候，车子已经来到了千代田区的R町。由于在路上绕了不少路程，因此，天已经在不知不觉间黑了下来，路灯也已经亮了。

“真是抱歉拖到这么晚，不过马上就到了，就在前面。”

稻垣平造让司机停下车，一下车，他带着里见芳枝走向一条僻静的巷子。

这条巷子两边都是一眼望不到头的高耸的围墙，围墙里全是住宅，而且全都一片寂静，路上也没人走动，路灯稀稀拉拉，给人十分暗沉的感觉，就像坠入黑洞中。

“我父母该担心我了，不好意思，我还是不去了吧……”

里见芳枝是个胆大的姑娘，她平时喜欢探险，但是眼前的情景还是让她有些恐惧，她不由自主地停下了脚步，想退回去。

“什么？还有几十米就到了。回去也不会多近，和来的路差不多。咱们来一趟也不容易，就一起过去吧！”

稻垣平造根本没理会芳枝的话，还是在前面继续走着。

实际上，里见芳枝是个喜欢冒险的女孩，对于未知的一切，她十分好奇，因此她又迈开步子，跟着这个才认识没一会儿的陌生人继续往前走。

稻垣平造果然没说谎，走了没多远，眼前就出现了一栋高大的别墅。这院子不大，但十分干净，院落被两边高大的砖墙围住。

因为没有亮灯，所以根本看不清门牌上的字。但稻垣平造似乎对这里十分了解，他迅速打开院门，径直走进院子。

“我夫人估计是出去了，真是糊涂，院门也忘了上锁。”

他边嘀咕着，边大步流星地往屋里走。此时，玄关处的灯突然亮了。从院门向里走两米左右，就是玄关的玻璃拉门。玄关的右边，有一个大约五平方米的小屋子。稻垣平造继续往里走，还不住地回头招呼里见芳枝。

看到稻垣平造的住处毫无烟火气息，里见芳枝有些吃惊，心中不仅开始犯嘀咕：难道真的是他夫人出门时不习惯锁门吗？可是直觉告诉她，这里除了他们俩再没别人了。

里见芳枝这么思忖着，感觉自己似乎中魔了一样，就那么呆立在那里不动了，双腿还不住地颤抖着。

不过既来之则安之，现在也不好打退堂鼓，这么想着，她又跟了上去。

稻垣平造在前面带路，他们来到了一个十三平方米左右大的屋子，里面摆着榻榻米。稻垣平造说自己就住这间，不过明眼人一看，就知道这里好久都没有人住过了。

这间屋子里，没有橱柜，也没有桌子。玄关的鞋柜里，竟然一双鞋子都没有。壁龛里面，没有任何的摆设，挂件和摆件都没有。目之所及，除了空荡荡的地面，就是四面墙壁，看不到其他东西。

平时酷爱冒险的里见芳枝，此刻不只是不安，更感到一种难以名状的恐惧，开始瑟瑟发抖。屋内这样寒酸，稻垣平造却谎称夫人外出，看来稻垣平造根本没说实话。她就这样胡思乱想着。

“很惊讶吗？”稻垣平造见她一副惊恐的表情，得意扬扬地说道，“我实话告诉你，这里根本不是我的住处，就是一栋没人住的房子而已。院子大门是我事先打开的，灯也是我打开的。这种灯难不倒我，只要我来它就会亮。明白了吗？是不是很意外？

“我倒是很惊讶，都到了这一步，你没像其他女孩子那样哭闹，也没有转身逃跑，看起来倒不是胆小之辈。也许你已经明白，在这样偏僻的全是空别墅的地方，你就是喊破喉咙也不会有人听到。

“这样的别墅，和那些深山旷野中的别墅差不多。你现在就是想逃，也已经来不及了。这里的门窗已经被我锁紧了。就你这样体格纤瘦无力的，难道能逃得出去吗？

“话已经说到这里，你应该清楚我想表达什么了吧。你这人伶俐可爱，我是打心眼儿里喜欢你的，才把你带到这里来。我把话挑明了，只是提醒你接下来要怎么做才对你更有利。我不是个好人，而是个十恶不赦的坏蛋。所以，你如果想要什么花招和我对着干，我就是不说，你也知道你不会有什么好下场。

“因此，我们还不如继续保持店主和雇员的身份，我是稻垣平造美术事务所的店主，你呢，就是我雇用的店员。这里是我居住的地方，是主人的住所，请你不要和我争吵，用友好的态度和我说话，行吗？嗨，听清楚了吗？”

里见芳枝听完这些话就变了脸色，不过因为她是个十分要强的姑娘，因此她努力压抑着自己内心的惊恐，脸上装出一副坦然自若的样子，十分冷静地问道：“只是我很纳闷，你把我带到这种空荡荡的房子里，到底是什么用意？”

“果然，你真是伶俐得很！你这么问，我也就没什么担忧了……不过，来这里还需要什么理由吗？我为什么偏偏把你带到这种没人住的地方……我想用不了多久你自然会明白的。”

稻垣平造始终保持着彬彬有礼的风度，说话也十分平静。然而他越是平静，语气越是和缓，里见芳枝就越是惴惴不安，她感到毛骨悚然。

# 可怕蜘蛛

“哎呀，我本想带你去仓库参观，可惜这房子里并没有什么仓库。那我接下来就带你参观下神奇的浴室吧。你看啊，这里到处破破烂烂的，竟然会有这么气派的浴室！”

稻垣平造一面说着莫名其妙的话，一面顺着有榻榻米房间的外面的长廊，向着黑咕隆咚的屋子走去。那里的灯很快亮了起来，似乎是被他打开的。

里见芳枝这会儿脑子十分清醒，眼前的状况下，一般的女孩也许会大喊大叫、努力挣脱，但是此时做这些只能是徒劳。她心里暗暗想着，这个看似冠冕堂皇的美术商人，实际上却比魔鬼更凶狠。在这个阴森森的屋子里，应该会有暗道可以逃走吧？她这么安慰着自己，慢慢地，她也就不再那么紧张了。

“看，多气派的浴室啊……”

稻垣平造招呼里见芳枝过去。她装模作样地随声附和了几句，还言不由衷地表达了自己的赞美之情。

“你这么说就对了！我昨天可是认认真真地打扫了这里，只不过这边烧不了热水。虽然我这人天不怕地不怕，可我不敢让空房子的烟囱冒烟。”

见里见芳枝表现得异常平静，稻垣平造反倒显得扬扬得意。

浴室并不大，只有三平方米左右，浴池的面积占了整个浴室的四分之一。白色的天花板，墙和地面都铺着白瓷砖，浴池里面也贴着白瓷砖。浴室里到处都是一片洁白，在灯光下泛着白光。

里见芳枝无时无刻不在想着找一条暗道逃出去。但她表面表现出一副轻松的模样，也应和着稻垣平造的话。忽然，一个东西吸引了她的注意。

在白色的浴室架上，竟然出现了一个旅行箱。

真是令人惊奇！在这样的空房子里，谁会把旅行箱放在这里呢？

旅行箱不大，她眼里闪着疑惑，就那么静静地盯着它，思忖起来。

“哦，你在看这个吗？”

见里见芳枝的注意力一直在旅行箱上，稻垣平造就把它拿了下来，不以为然地打开了，顺手往前一推。

她定睛一看，天哪，里面竟然装着各式各样的道具，满满当当的，实在令人恐怖。

“哈哈哈……这些是上好的英雄七大道具啊！”

一听这话，里见芳枝不禁花容失色，顿时恐惧到了极点。

“是不是很意外？”

盯着这些自己精心准备的道具，稻垣平造更加得意地盯着里见芳枝。

“这有什么奇怪呢？你看啊，浴池里的水早就准备好了。你想还有谁会在这里放水呢？除了我没有别人。我做这些当然是为了你啊。其实，今天你没来应聘前，我还真不知道会碰到什么样的女孩，至于长什么样更别提了，遇见你之后我才知道了标准。

“跟你直说吧，我所做的一切都是为了迎接你的到来。更准确地说，我登那样的招聘启事，就是希望你这样的人看到。当时我并不知道后来会怎样，可我想，总有一天会有你这样的人来找我，因此我才不遗余力地做了那么多准备工作。

“今天前来事务所应聘的姑娘有十八个，可是符合我的条件的只有你一个。你的模样、身材、声音，都是我渴求已久的。

“你今天要是没出现的话，那我一定会相当遗憾，我还得装模作样地在事务所里待到明天、后天，或者大后天……我不得不应付那么多来应聘的姑娘，见你的时间就得往后推了。”

稻垣平造口若悬河，他说得更加开心了。

“你快回想一下！我们为何偏偏绕道去 S 町？我告诉你要去拜访一

个重要的客户，其实那根本就是子虚乌有。没别的原因，我只是不想让司机知道我们离开关东大楼后的真实行踪。

“本来呢，我们就该往西走，可我故意让司机反道行驶。我们下车后，又到别的路上拦了一辆车，这才向西而行。我故意这样虚张声势，其实是不想让别人把这座空宅子和稻垣平造美术事务所牵扯在一块儿。

“你再想想另一件事。我们还在关东大楼里时，我反复问你，你今天前来应聘，事先是否跟你的父母和亲戚打过招呼，你的回答是没有对任何人提到你的行踪。

“因此，我就更放心了，即使是里见芳枝今天消失了，也没有人会怀疑到稻垣平造美术事务所身上。也可以这么理解，我的稻垣平造美术事务所不会和这里有什么牵扯，更不会和你产生任何联系。我做事十分缜密，要确保没有后患。

“我采取的所有措施，都是在小心翼翼中进行的。至于我上班的那个事务所，也是今天早上刚刚租用的。即使以后那里空着，也没什么关系。关于那里的家具、镜框、油画布和别的摆设，就让它们待在那里吧，我根本不会在意那些。我像现在这样隐匿踪迹，就是最好的消失办法。

“我为了做到悄无声息地失踪，我订购房间里摆放的一切用具还有美术用品时，都是让不认识我的陌生商店直接送来的，我和他们也只通过电话联系。到时，即使警察看到那些东西，也查不到我头上。

“如何？只开张一天的美术事务所，马上就要关门了。我说这么多你该明白了吧？自始至终，那家美术事务所都是虚构的，它根本不存在。

“现在介绍一下我自己吧。我到底来自哪里，家住何地，真正的名字叫什么，我坦白地说，世上没有人会了解。你也许会说我不是姓稻垣吗？哈哈哈……我根本就不是什么美术经营商，我不姓稻垣，就连稻垣平造这个名字也是胡编乱造的。哈哈哈……”说到这里，稻垣平造无所顾忌地狂笑起来。

里见芳枝一直没出声。尽管稻垣平造一直在絮絮叨叨地说着，她却始终没发出任何声音，好像整个人都麻木了，只是失魂落魄地看着头上的天花板。

不过，她并没有沉默多久，很快就听到她大叫一声，并且不住地往后退着。原来，一只巨大的丑陋的蜘蛛竟然从那铺着白瓷砖的浴池里爬了出来。

“是这只蜘蛛吓到你了吗？没想到，你竟然怕这类虫子啊！”

稻垣平造伸出手，一下子捉住了蜘蛛，随后扔到了浴池的水中。

那蜘蛛就像豉甲虫一样，尽力伸开自己的长腿，在水面上游了一阵儿。可是它历尽千辛万苦，终于来到池边要爬上去的时候，稻垣平造却一下子又把它推下水。这只蜘蛛早就疲累不堪了，只见它在水里胡乱地做着徒劳的挣扎。

“你看啊，它在舞蹈！它在舞蹈！它在临死前跳着动人的舞蹈！”

稻垣平造看着蜘蛛在垂死挣扎着，却在一边残忍地大叫着。很快，他把蜘蛛从水里捞了出来，不知何意，一下子甩到里见芳枝的脚边。

“啊！”

里见芳枝平时最怕蜘蛛了，一见稻垣平造把蜘蛛向自己扔了过来，大叫一声跳开了。而稻垣平造似乎早就在等待着这一刻，他趁机攥住里见芳枝的胳膊。

## 衣冠禽兽

过了几个小时，夜已经深了，在这座空荡荡的房子中，里见芳枝好像一只遍体鳞伤的小兽。她头发凌乱，皮肤隐隐渗出血迹，这一切表明了稻垣的残暴，而稻垣站在房间的角落，看着这个满身伤痕的“祭品”。

窗户虽然紧闭着，但整个房间还是透着一丝彻骨的寒意。这附近的住宅区毫无人迹，宛如一个死寂的世界。

里见芳枝挣扎起身，整理好自己的衣服和妆容，厌恶地看了角落里的男人一眼，想要赶紧离开这个恐怖的房间。

“你要去哪儿？”站在角落的男人略微动了动身体，问道。

“回去。你总不能叫我一直待在这儿吧！放心，我绝不会把这如此耻辱的事情说出去的。”

“回去？你要回哪儿去？”

“我家。”

“你还是没看清当前的情况，你以为我大费周折就是为了做这件事，那你就错了。这点小事，根本不值得我浪费如此多时间。我假借稻垣这个名字，购买大量美术用具，还带你来了这个四周荒无人烟的房子，来的时候为了避开他人，还特意绕了一圈。难道你都没有怀疑过这些都是为了实施犯罪活动才这样做的吗？”

里见芳枝听此，还是没能理解对方的想法，只觉得他是在胡言乱语。

“刚才在浴室你也看到了行李箱中的道具，你觉得那是做什么用的呢？告诉你，我做的所有事情都是有目的的。咦，你为什么在浑身颤抖呢？看来你听明白我的话了。说实话，我爱你胜过爱所有的一切。但我与普通人不同，我虽然渴望你的身体，但我更想要你的命！”

此刻，芳枝感觉自己就像被猫盯着的老鼠，呆呆地站在原地无法动弹。越不想看，稻垣的表情越在她的脑海中挥之不去；越不想听，那恐怖的声音越在耳边徘徊。

说完，那男人带着一种古怪的神情向她走来。极度恐惧的芳枝，身上的肌肉绷得紧紧的。她看着这个逐渐靠近的男人。这个男人的眼睛不知何时瞪得圆圆的。

男人用手臂缠住芳枝的脖子，将她拖向那个有着恐怖蜘蛛的浴室，边走边对她说：“里见小姐，我已经爱你爱到无法自拔，我不满足只把你当作恋人。我越爱你，越想折磨你。看到心爱的人濒死时候的模样，想想就很满足。”

随后，两人消失在檐廊中。不一会儿，浴室中传来一阵尖厉的叫声，其中还夹杂着硬物撞击的声音，听起来令人寒毛直竖。

## 平田应聘

这个叫稻垣平造的怪男人，他为什么非得把里见芳枝带到一间只有凉水的浴室里？他一早就放在浴室搁板上的旅行箱，里面竟然装的是各种各样令人恐惧的道具。由此可以看出，杀掉这个漂亮女孩，是他蓄谋已久的事情。

浴室谋杀后的第三天，稻垣平造又开始在报纸的广告栏中登报招聘：

招聘启事

我处诚招男推销员，不限学历与经验。要求必须是独身，为人老实，对人谦和。每月薪金二十万日元，有交通补助费。

欢迎有意者前来当面约谈。

Y町关东大楼稻垣平造美术事务所

这则招聘广告似乎很普通，但是如果仔细推敲，就能发现可疑之处。做推销员的人，要登门推销商品，人如果太忠厚实在，怎么能行呢？和现实中推销员真正需要的条件截然相反。更不可思议的是，还非得要求是独身的男青年。

一般的用工单位，希望自己招聘的推销员最好是已婚的，因为已婚的人更有责任感，做事比较稳重，值得信赖。因此，这条广告中所有的要求，都和实际情况背道而驰。

还有一点令人生疑，月薪二十万日元，还有交通补助费。对于一个毫无经验的新人来说，这待遇是不是有些太优渥了？

招聘启事上说不限学历与经验，对那些低学历的人来说，这还真是一件美差。

招聘启事发出的当天，就来了一百多人到关东大楼面试。

稻垣平造只是在租用十三号房的那天出现过，也就是把里见芳枝带到空别墅的那天，后来再也没出现在事务所。不过今天他为了面试雇员，很早就来到自己的办公室，装模作样地坐在大旋转椅上。

在办公室的陈列柜里，除了以前的那些物品外，又多了不少新的石膏像，都是稻垣平造今天过来的时候一并带来的。此时的他，还是一如往常面带笑容，挨个面试应聘者。

忙活了大半天，好不容易挑了六人。真不明白他要招怎样的人，因为这几人看起来都有点稀奇古怪，那些好青年反而全都落了榜。这六人，有智力发育不全的，无论他问什么问题，也只能含混不清地应付，说话也不清楚，而且看起来还萎靡不振。

稻垣平造选定这六人后，就把他们集合到一块儿，围着桌子传达他的命令：

“各位应该很清楚，稻垣平造美术事务所主要以售卖油画、镜框、石膏像之类的东西为主。现在我给你们布置销售任务，就是要想办法把石膏像卖给学校。

“要卖的人体石膏像，都在这个陈列柜里……你们觉得如何？你们看，这些石膏像惟妙惟肖。你们就是要上门把这些卖出去，卖给东京市里那些需要它们的中学。

“说是卖，其实只要能先把它们放进学校里就行，属于免费赠送。以后，我们的石膏像会进行售卖，那时你们才会真正地进行推销。这些都是我总结出来的销售经验。

“所以，大家要竭尽全力，要让对方肯接受我们的免费石膏像赠品。大家先去跑一下市里的一些学校。”

接下来，稻垣平造就把大家要去的学校的名字和地址，以及推销时的推销话术，向大家一一做了说明。最后，他选了六个石膏像，分别小心地装进木箱里，又给大家当场结算了当天的薪水、饭钱和打车费。

青年们领到钱，带着各自分到的木箱，美滋滋地去老板给指定的学校推销了。

为了保证推销任务的顺利完成，他们全都十分谨慎。虽然木箱并不大，但他们却很小心。出了关东大楼后，他们分道出发。

这六个人年纪差不多，但其中有一个青年很特别。他叫平田东一，是个小混混儿，平时到处流浪，居无定所。

平田东一今年十九岁，经常喝得酩酊大醉，而且还盗窃。看到报纸上的招聘启事后，他来了兴趣，觉得做推销员很有意思。他看清招聘条件，就装作忠厚老实的模样，竟然真的应聘成功了。

平田东一一出关东大楼的门，就往与学校相反的方向走去。

很快，他进了神田商业街上的一家古老商店，这家商店主要是做镜框生意的。

平田东一没一会儿就从商店里出来了，出来时他手上的箱子已经没了。他把箱子和石膏像一起卖给了商店，对方给了他一万日元。加上之前稻垣平造所付给他的日薪还有那些补助，他已经挣了两万多日元了。

不知道明天能干些什么？还是装作什么也没发生回事务所吧，明天去向老板讨薪水。估计明天要顺利的话，再搞到和今天一样的石膏像也不是什么难事。

平田东一越想越开心，最后竟然笑了起来。

他倒手卖给商店的那个石膏像，是一条完整的带有肩膀和手的手臂模型。

那个贪心的店主一买下这石膏像，就迫不及待地将它放进正对着大街的橱窗里。

这石膏像真是上品！不管是制作还是绘画的手笔，都巧夺天工。无论怎么衡量，怎么都能卖出买价的三倍不止。商店老板越合计越心花怒放。

在面朝街道的橱窗中，不少店家也摆着很多石膏模型，只有镜框老板刚买的石膏像与众不同，格外引人注目。

石膏架方方正正的，石膏像被放在上面。握着棍子的手臂模型和真人的手臂比例是 1:1，惟妙惟肖。

拿到钱的当晚，平田东一喝得醉醺醺的，一觉睡到第二天上午十点多，他猛然想起还要去关东大楼上班。

嗯，发生了什么？关东大楼十三号的稻垣平造美术事务所，大门关得严严实实的。那五个推销员，一早就围在门口，互相莫名其妙地对望着，脸上的表情显得十分意外。“怎么了？”

“早上八点我就来了，可是直到现在，也不见老板。老板昨天告诉我们今天上午八点来上班的，但是……太气人了！”

这些年轻人并没有大吵大嚷，只是小声地发着牢骚。

后来，他们实在没办法，就向关东大楼的女清洁工打探消息。没想到，她十分惊讶地说道：

“稻垣平造是租用了这里，可是算上昨天，他也只来了两次而已。第一次有许多姑娘来这里应聘，那次是招聘女办事员。后来招到了，从那以后，老板和那个被招的女孩再也没来过。

“昨天他再次来到这里。很多男青年来应聘，这次应该是招男事务员。没想到今天这里就关门了，真让人疑惑不解啊！十三号房一般没人出入，所以这里比较阴森。”

原来是这样啊，这个稻垣平造难道还能坏过我吗？自认为聪明绝顶的平田东一，听了女清洁工的一番话后，心里开始嘀咕，他那诡计多端的大脑顿时活跃了起来。

仔细回想一下，这个老板还真的有些邪门！先不说那报纸上的招工广告，就他昨天下达的任务，简直就是匪夷所思。老板出售石膏模型不是为了赚钱，而是让六个推销员把石膏像免费赠给学校。不赚钱进行销售，真是让人疑惑不解啊。

作为一个狡诈之人，平田东一决定好好调查一下稻垣平造美术事务所里面的名堂，他想到时狠狠敲诈稻垣平造一笔。

他去了关东大楼的管理事务所，问到了稻垣平造的具体住址，他也不管那五个推销员了，一个人径直向稻垣平造家赶去。

他按照事务所提供的位置和路名，却根本没在那边找到什么稻垣别墅。太古怪了！这人肯定有问题！没准儿他还在十三号房间里呢！希望能顺利找到他，说不定还能好好敲他一笔。

如果他真的不在十三号房间里，而且再不露面了，那也无所谓。反正我已经被他雇用，到时候就推说老板拖欠员工薪水，把屋里的家具还有那些美术品全卖了，也是很大一笔财产啊！

这念头一冒出来，平田东一就又回到了关东大楼。

## 黑柳博士

稻垣平造从关东大楼十三号房消失大约一周后的一天，有两个人在黑柳博士千代田区 C 町的住宅最里面的书房里，讨论着稻垣平造美术事务所的事。其中一个人是屋主黑柳友助博士，另一个是他的助手野崎三郎。黑柳博士赫赫有名，有“日本的福尔摩斯”之称。他这人非常博学，对犯罪心理学颇有研究，探案也十分在行。

不过黑柳博士却从不接受任何案子的委托，他不是职业侦探，但是每当警方遇到难案时，他总会及时给出意见和看法。有时候，他也会出现在一些比较吸引他的案件现场。可平时，却很难见到他本人。不过，只要他参与的案件，都会被顺利侦破。

黑柳博士性格古怪，虽然他是法学界的著名学者，但是他每天都把自己关在书房里，不愿意出门待客。特别是他痛失一条腿后，更是懒得见人。

他的腿是在几年前的一起铁路交通事故中失去的，那条腿从大腿处被截断，因此他不得不装上义肢，借助拐杖走路。

这种身体的残疾，让黑柳博士一直非常自卑。他在别人面前从不卸下假肢，也不到人多的浴室或温泉去泡澡。他都是在家里进行沐浴，而且每次都紧关浴室的门。

黑柳博士三十六岁了，个子很高，留着一头乱蓬蓬的长发，脸瘦削而长，由于平时喜欢蹙着眉头，所以略显老态。他浓眉大眼，鼻梁挺直，嘴唇很薄，平时总是抿成“一”字形。他的形象让人打眼一看就觉得这是个十分睿智的人。

坐在黑柳先生面前的，是他的助手野崎三郎。这是个十分英俊的青年，才二十四岁。他平时喜欢阅读一些侦探小说，理想是成为一名大侦探。

两个多月前，他因为仰慕黑柳博士而特地前来，如愿以偿地成了黑柳博士的徒弟。从此，他成为黑柳理想的交流对象，而且经常能帮助黑柳想出好主意，因此黑柳很喜欢他。

黑柳博士书房的装修是西洋风格的，天花板特别高，使这里看上去有几分阴森。书房四周摆着定制的书架，上面摆放着不少烫金书名的高档书籍。

在书房的中央，摆放着一张书桌，桌面是生漆雕刻的，灯光一照，便会反光。黑柳博士把两肘支在桌面上，认真地看着眼前的剪报本，说得起劲：

“新闻报道言过其实的多，不值得相信，这你不会不知道吧？你知道我为什么喜欢剪贴报纸，并且装订成册吗？对于新闻中的消息，必须有选择地阅读，方法对了，自然就会有意外的收获。

“特别是报道犯罪案件的新闻，不会把所有的内容都写到书面上，一般会隐藏在字里行间。因此，我阅读报纸的方式和你们都不一样，我基本都能摸清楚不同报纸记者的表达特点。他们写新闻报道都有自己的特点，所以尽管报纸不一样，不过只要有记者提供的案情，我基本就能琢磨出这个案子背后凶手的犯罪意图。

“你看啊，这个记者是这么写的报道，我们就可以这么理解犯罪事实。经过缜密的推理与思考，即使没有写出的案情我们也能略知一二。打个比方，一个案子发生后，各家媒体都会报道。只是他们的报道五花八门，有的这么写，有的那么写，这些报道的内容甚至会大相径庭。但只有这样完全不同的新闻，才能吸引我的兴趣。

“假如我们关注一个记者，只要能找到他表达的重点，你就基本能看清他报道新闻的方式和思路，从而分析出这个记者将这个新闻事件理解错误的点，你拿着他的错误之处，再去和其他报社关于同一新闻的报道逐一进行对比。

“看过所有的报道后再分析一遍，你自然能轻而易举地获知案件的真相。我寻找案件线索的时候，很多思路都是源于对新闻报道的推理研究。

“我要求你剪贴报纸，就是出于这样的用心，而不是纯粹的好玩。在我的侦探生涯中，一直认为这是一件具有决定意义的工作。”

对于自己的徒弟野崎，黑柳博士极有耐心地教导。

“有时候，我们不能只盯着报道看，有些广告的内容也十分吸引人。

“特别是招聘租赁那一栏，隐含着不少犯罪信息。在五六个招聘租赁广告中，往往就会出现我所说的那种犯罪广告。

“这些广告的字数有时只有两三行，却能让我们了解比较复杂的社会问题，有时也可能是一些即将发生的案件。通过这些，我们基本能推测出罪犯的犯罪手法。这是不是很有意思?

“我来举个例子。你看，这是我从报纸上剪下来的三行广告，我还搜集了最近几天的租赁广告。你来读读，这十分有意思。”

野崎三郎把这条广告读出了声，内容是这样的：

招　租

位于一楼的绝佳办公位置，二十平方米左右，月租仅两万日元。

千代田区Y町关东大楼

在贴这条广告的本子旁边，有黑柳博士的标注：六月十五日，《朝日新闻》。

“猛地一看，你会觉得这只是无聊枯燥的租房广告。”黑柳博士边说，边盯着野崎三郎的脸。

“不过，这个广告只是前奏。关东大楼只要有退租的屋子，立马会登报寻觅新的房客。老让房子空着，还不如花点广告费在报纸上吆喝一声，没准儿真能把房子租出去。

“让人不解的是，天天能在报纸上看到这则广告，六月十六日那天却没刊登。那就有种可能，六月十五日那天房子被租出去了。我再让你看一条广告吧，你念一下。”

黑柳博士指了指左边，那是剪自《朝日新闻》的一则广告。这条广告的日期是六月十六日。上面写着：

招聘启事

本事务所现招一名女事务员，年龄在十七到十八岁之间。要求长相甜美，具有良好的协调和沟通能力，待遇优厚。

面试时间：下午三点至五点。

Y町关东大楼稻垣平造美术事务所

这条广告是稻垣平造用来诓骗里见芳枝上钩而刊登的。可见，黑柳博士已经对那个案件有所关注了。“我仔细查看了这个月关东大楼里所有公司发布过的广告，在后面的署名栏里，都没出现稻垣平造美术事务所。所以，我断定这个事务所是六月十六日才出现的。我得出这个结论后，又读到了这则招聘广告。”

黑柳博士又指着一条广告说道。这回的日期是六月十九日。上面写着：

招聘启事

我处诚招男推销员，不限学历与经验。要求必须是独身，为人老实，对人谦和。每月薪金二十万日元，有交通费补助。

欢迎有意者前来当面约谈。

Y町关东大楼稻垣平造美术事务所

就是这则广告，让平田东一等六位青年受了骗。

黑柳博士真是火眼金睛，只看了几则广告，就发现了稻垣平造这人十分可疑。

他接着又把第四则广告交给了野崎三郎。

招　租

位于一楼的绝佳办公位置，二十平方米左右，月租仅两万日元。

千代田区Y町关东大楼

还是《朝日新闻》上的广告，这回的日期是六月二十二日。

“在六月十六日那天，稻垣平造才租用了关东大楼的房间，用作办公事务。可是到了六月二十一日，他就退房了。一个美术事务所租了房子后仅仅用了一周，这真让我难以理解。仅仅一周，他竟发布了两次不同内容的招聘广告。而且其中一则广告中的应聘条件，完全不符合常理。由此可见，关东大楼的十三号房，一定发生了不为人知的事情。”

说到此处，黑柳博士看野崎三郎一脸惊讶，若有所思地笑了出来。

“我就是这样看广告消息的，同时还会反复进行分析。你按照我说的方法去阅读，每天都能发现三四起案件。你说过很多次想破案，挺好，你可以去调查一番稻垣平造美术事务所的秘密……也许这事会相当无聊，但是，没准儿我们就发现了一个惊天大案！”

按照博士的吩咐，野崎三郎和关东大楼取得了联系，获悉了如下情况：

的确有一个叫稻垣平造的人租了十三号房，并且预先交了一个月的房租。他买了不少办公用品和美术商品，开业前的准备工作做得很足。没想到，真正经营的时间却只有两天。

后来，关东大楼的管理主管给稻垣平造写了一封信，可是没几天便被退回来了，原因是“查无此人”。

还有，第二次招聘的那六个年轻的推销员，总是去关东大楼里吵吵嚷嚷。最后闹得管理主管不得不出来询问原因，他用备用钥匙打开十三号房，清点好里面的物品，准备等稻垣平造回来时再交还给他。

“我就说嘛，这个稻垣平造绝对有问题。”黑柳博士拖着那条假腿，在地上发出咔嗒、咔嗒的声音。

“我和你一起去看看，你去准备辆车子！”

“好的。”野崎三郎站了起来，正要出去。

没想到，就在此时，书生开门进来了。

“先生，有个叫里见绢枝的姑娘找您，她还拿着别人给她写的介绍信。”

黑柳博士接过信看了一眼，说道：“我们就要出门了，只能见她十分钟。如果她不介意，你就请她进来。”

## 蚂蚁出现

很快，一个漂亮的姑娘走进黑柳博士的书房。她看起来十七八岁，与前些日子被稻垣平造骗走的里见芳枝是双胞胎，两人长得十分相像。

“我们急着出去处理一些事情，所以只有十分钟的时间交流。你简单说下你的情况吧！”黑柳博士说道。

“嗯。我今天来此是想向先生求助的，恳求您帮帮我吧！本月十六日中午，我妹妹里见芳枝出门了，可是后来就没有了消息。我们报了案，警察也进行了搜查，可还是杳无音信。至今还没有调查出什么结果。”

黑柳博士接待过不少类似的来访者，不过他是有原则的，不接受乏味的案子。

“姑娘啊，你今天估计要失望而归了。先生那么忙，是不会接这种平淡无奇的小案子的。”

野崎三郎在一旁静静地听着他们的谈话，心里暗自为这姑娘忧虑。

没想到，黑柳博士耐心地听了姑娘的叙述，还问了一些问题，他十分热情地询问着：“你所说之事是发生在这个月的十六日中午吗？你妹妹一声不吭地就离家出走了？”

“的确如此。妈妈告诉我，妹妹去见她的朋友了。可是，我打电话询问她那些朋友还有我们家的亲戚，都说没看见她。我们打听了所有的地方，实在无处可问了，所以才来找先生。我是真的想得到您的帮助。忘记告诉先生了，我妹妹叫里见芳枝，今年才高中毕业。”

“是吗，那你妹妹有没有说过要找工作之类的话？”黑柳博士紧盯着里见绢枝的脸问道。

难道会是这个原因吗？真是有些古怪。十六日那天，稻垣平造美术事务所开始招聘事务员。难怪先生会关注这个案子。野崎三郎此时恍然大悟，因此对先生的提问不住地点头。

“是啊，哦，我妹妹经常说想找份工作。可妈妈一直反对，并说有她在，就不用我们姊妹俩为生活操心。我父亲很早就去世了，妈妈带着我们姊妹俩生活。妈妈平时对我们的要求并不严格，因此，妹妹才这么任性。”

“这么说，你妹妹有可能是偷偷外出找工作的。十六日那天她真的没跟你们说她要去哪里？”

“唉，这个……”

“哦，是这样的，我只是想多了解一下你妹妹的情况……只是我们现在正要出门办事，真是不好意思。如果方便的话，晚上你再来我这里一趟？我们现在要去调查的事情，也许与你妹妹的失踪有关。但这只是我的直觉。假如我们调查后发现真的和你妹妹有关，那就太巧了。希望你晚上可以过来，没准儿你还能获知一些新情况。”

黑柳博士送走里见绢枝后，就马上带着助手野崎三郎火速赶往关东大楼。

关东大楼的所有员工，早就对黑柳博士的大名有所耳闻，了解到他此次的来意后，都很配合地接受了他的调查。不过办事员的神色显得十分吃惊：这案子不会和十三号房有关吧？“我听说本月十六日，稻垣平造美术事务所里招聘了一位女雇员，你是否方便把这女孩的名字和样貌讲一下？”

黑柳博士用拐杖轻叩自己的义肢，缓缓地说出了想要了解的内容。

“这……十三号房间的具体情况我也不是很清楚。哦，您稍等！那天的清洁工也许知道什么，我喊她过来。”

很快，一个四十岁左右的女人被带到了房间里，她局促地在围裙上擦着手。

当了解对方要问的情况后，她就恢复了常态，很爽快地说起那天发生的具体情况。

“你们是要问稻垣平造美术事务所，对吧？我记得十六日那天，稻垣平造美术事务所雇用了一个姑娘。十七八岁的样子，长得非常漂亮，只来当个职员可惜了。她叫什么我倒不清楚……我真是不知道。她长得什么样，我还能说得出来，圆脸蛋，很惹人喜欢，说归说，她长得真是漂亮呀！”

“她大眼睛，双眼皮，鼻梁不高，人中较短，唇角有点微微上翘……对不对？”黑柳博士笑着问。

黑柳博士说的是刚看到的里见绢枝的模样。如果那个女职员是里见芳枝，既然是双胞胎，那她和里见绢枝的模样肯定差不多。

“你说得没错，她就长那样。”

女清洁工的回答十分肯定，黑柳博士一听，赶紧转身给野崎三郎递了个眼色。

“这个漂亮女孩被雇用后发生了什么，你是否知道？”

“这个啊，还真是让人无法理解。那天下午五点多，我看见这姑娘出了十三号房，走向大门口。很快，她的老板也跟着走出去了。

“我很好奇，就从窗口向下张望，没想到，我看到女孩就在对面的路口那儿很安静地站着，看样子是在等人。

“后来，我看见十三号房的老板跑到附近的弥生出租车公司，他租了辆车在女孩面前停了下来，那个老板就坐在车后面的座上。

“女孩上了车，与她老板并排坐着。后来，那车朝着京桥那边驶去。之后你们都知道了，那女孩再也没在这里出现过了。”

“非常感谢你提供的情况！我们只要去那家弥生出租车公司，就能摸清楚十三号房的老板去往何处了。对不对？”

“对，那天开车的司机我认识，你们要是想打听什么，我可以帮你们问他。”女清洁工很热心，说完这话后就离开了。

据她打听的情况，十三号房的房主稻垣平造，带着那个姑娘在两国桥那边的 S 町下了车。

顺着楼梯，黑柳博士来到了关东大楼的地下室，稻垣平造美术事务所的东西暂时被收在这里。从这些物品中，根本发现不了什么有价值的线索。当黑柳博士返回楼上，再次回到稻垣平造美术事务所时，却见一个男青年堵在门口。他穿着一身半新的西装，一脸的颓废。

“你怎么又来了？”大楼的管理人员一见他，就头疼似的皱起眉头。

“对啊。那个叫稻垣的还来不来？他老是拖着我们的薪水不给，真让人头疼。”这个发着牢骚的男青年，一下吸引了黑柳博士的注意力。

“冒昧问一句，你被稻垣平造美术事务所雇用了吗？”

“那当然了。”

“做销售的？”

“嗯。”

年轻人似乎觉得问这种问题就是在消磨时间。因此，他很不礼貌地盯着黑柳博士，回答也显得不耐烦。

“怎么会这么巧？那就问问这个人吧！”

黑柳博士跟大楼的工作人员打过招呼后，又转身认真地看着这个年轻人。

“你现在是否方便，我们一起去附近咖啡厅坐坐可好？正好我也需要从你这里了解一下稻垣平造美术事务所的事情。”

这个年轻人是平田东一。他又上下打量了黑柳博士一番，觉得他不像有什么阴谋，因此便应承下来。

两人坐在咖啡馆里，平田东一把自己到美术事务所后看到的古怪之处都讲了出来。当然，他刚开始并没说他违背老板的命令，私自把石膏像卖给镜框店的事。由于黑柳博士给了他不少零钱，他一激动，没有忍住，便把这个秘密告诉了黑柳博士。

平田东一一说完，黑柳博士恍然大悟，站了起来说道：“我们现在就去那家镜框店看看！平田君，麻烦你在前面指路！”

黑柳博士显得十分焦急，他走在前面，带着平田和野崎三郎出门叫了出租车，向神田方向一路飞驰。

这儿的店铺并没有什么变化，靠着街道的橱窗积满了灰尘。两平方米的橱窗里杂乱地堆着一些镜框和字画的赝品，颜色重叠在一起。

平田卖给商店老板的那个石膏模型，在这些杂乱的字画当中，显得格外突兀。因此，一来到商店门口，黑柳博士就一眼看到了这个手臂模型。

他一瘸一拐地走上前，凑到玻璃橱窗前，一眨不眨地盯着那条手臂石膏像。

“简直和真的一样！天哪，我从没有见过做工这么好的石膏像……和真人的胳膊简直一模一样！仔细看看，上面的图案也颇具匠心！”

“我也这么认为。这个造型的手臂石膏像不多见，上面的肌肉也很饱满，简直和真人的一样。这手臂应该是仿制哪个女子的胳膊吧？”野崎三郎也在一旁认真打量着，不住地感叹道。

“自然是女子的手臂，而且还是年轻女孩的。能长出这样胳膊的女孩，肯定很漂亮。”

黑柳博士边说着，边专心致志地研究起那具石膏模型。忽然，他小声嘟囔道：“快看啊！怎么会这样呢？怪了！”

他的声音不大，却让人浑身发冷。野崎三郎闻声望过去，却看见那模型上出现了一堆密集的小东西，黑乎乎的一片，让人感觉瘆得慌。野崎一下子就呆住了。

那是一群蚂蚁，从陈列架一直爬到手臂模型上。难道这里面有什么甜食吗?

野崎三郎咧了一下嘴。当蚂蚁到达手臂上时，自动变成了两行队伍。前面的蚂蚁不再继续往前爬，因此后面跟着的蚂蚁都不再继续爬，然后沿原路返回去了。

“我懂了！石膏上面有洞，蚂蚁都钻进那里了。快看啊！”

“是这样啊，上面竟然有我们没看到的小洞。没准儿就是因为这些小洞，蚂蚁才会爬得这么奇怪。”

三个人一动不动地盯着那里，没有任何声音。

过了一会儿，也不知黑柳博士出于什么目的，只见他走到镜框商店里。

“我想把你橱窗里的这具手臂石膏模型买走，赶紧打包装起来，我一会儿就带走。”

店主于是要了一个漫天高价，黑柳博士也没有和他还价，直接就把钱付了。买下来后，黑柳博士把包裹小心地夹在胳膊下，催促两人动身，坐着出租车回去了。

上车后，黑柳博士依然一言不发，只是把那个包裹小心地放在双膝上，他脸色十分难看，直直地看着前方。见黑柳博士的神情如此凝重，野崎三郎和平田东一顿时有些不安。当出租车来到黑柳别墅时，太阳已经快落山了。

“我有事想请教你，平田君。如果你不着急，就来我家坐坐吧！”

黑柳博士边说着边加快了步伐，他在前面带路，很快到了自家的玄关。

## 手臂疤痕

黑柳博士的书房里，头顶上是硕大的水晶吊灯，照得屋里如白昼般。

写字台上那个买来的手臂石膏模型，已经被拆开包装。

“平田君，你说你们一共被聘用了六个人，那还有五人吧！他们送给学校的那些模型，都和你的一样吗？”

“肯定不一样啊，有的是头部，有的是躯干，有的是脚。”

“和我想的一模一样！”

不知何故，黑柳博士频频点着头。

“如果我料想得没错，这是一起特别残忍的凶杀案，实属罕见！因为你讲的那些，让我不得不做出这样的判断。对错与否，我们检验后就知。”

“不好意思，野崎君，麻烦你帮我找把锤子。”

“你要锤子干什么？”

野崎显得十分意外。

“没什么，快去拿把锤子来。”

野崎出去找锤子的时候，有个书生走进来说，里见绢枝前来拜访。之前黑柳博士跟她说过，让她再次前来。

不一会儿，拿着锤子回来的野崎三郎和里见绢枝一起进来了。里见绢枝十分漂亮，她一进来，书房仿佛更明亮了。

不过，黑柳博士看见她，并没有说客套话，劈头就问：“你们姊妹两个长得像吗？”

“你说什么？”里见绢枝一时还没反应过来。

“我说你们姊妹俩的样貌，就是脸……脸长得……”

“哦，很像。但凡见过我们的人，常常会把我们认错，我以前没觉得我们俩竟会如此相像。”

“哦，那我问个奇怪的问题，你妹妹右胳膊上有没有什么明显的特征？换句话说，要是只看到胳膊或手，你能不能认出你妹妹……”

里见绢枝被问得莫名其妙，一时没答上来。

“哦，我说的是右胳膊！你妹妹的右胳膊上有没有什么黑痣或者疤痕？你仔细回忆一下。”

“当然有。我妹妹小时候特别淘气，有一回右手的掌心被割了一条特别深的口子，留下了疤痕，至今也很明显。先生，你问这些事，是不是我妹妹已经……”

似乎有种不祥的预感，里见绢枝说着说着就停了下来，脸色变得苍白，那美丽的嘴唇也抿得越来越紧。

“哦，不，你别这样紧张，这些只是我的猜测而已。再说，一般情况下，也不会出现这种可怕的情况。”黑柳博士赶紧好言相劝。

忽然，他发现平田不见了踪影，难道是悄悄地溜了？还是说，里见绢枝的出现，让他感到难为情，所以自动避开？不会是这样，也许是他看到黑柳别墅特别气派，想要随手顺走点什么？

至于平田去了哪里，后来大家才清楚。他当时的“失踪”，对这个案子起着重要的影响。不过他为何突然不见，在场的人谁也没有多想。

“这样吧，里见小姐，你暂时离开书房好不好？我怕你受不了刺激，到时我可担待不了。”

“没关系的，”里见绢枝似乎察觉到博士的话外之音，就大声喊道，“我不会给你添麻烦的！我很坚强，无论发生了什么我都能受得了。”

“那好，也许是我多虑了……”

黑柳博士边说着，边把锤头高高举了起来，一下子就锤到了桌上的那个手臂模型上。

只见白色的石膏碎片四处飞溅，一时间粉末到处都是，石膏全被敲下来，露出了石膏里面的样子。

天哪，黑柳博士的猜想竟然是对的！那个石膏模型里，真藏着可怕的东西。

石膏雕像之所以能那么栩栩如生，并不是雕塑师的高明手笔。这眼前的石膏像模型，其实就是在一条真手臂的外面抹上了石膏，由于石膏很薄，因此下面的人体皮肉组织所具有的天然美感就呈现出来了。

“啊！”

黑柳博士和野崎三郎都同时大声惊叫，然后是久久的沉默。他们面面相觑，无人说话。但是，感到最害怕的还是里见绢枝。

起初，她没有明白眼前发生了什么，只是盯着那残损的手臂石膏像出神。等她明白过来，连连退了好几步。

黑柳博士猛地从残损的石膏像中拽出了一条真人的手臂，他想验证一下掌心是否真有一条疤痕。

在那已经开始腐烂的掌心中，赫然出现了一条清晰的疤痕。这就是里见芳枝的残肢了，毫无疑问。

“啊，里见小姐！”

野崎三郎忽然大喊起来。黑柳博士回头一看，只见里见绢枝悲伤过度，已经晕倒在地了。

## 凭空消失

过了一会儿，里见绢枝苏醒了。她意识到眼前所发生的一切都不是梦境，而是真切的现实。她不由得悲从中来，又一次哭倒在地。自己心爱的妹妹被如此残害，她怎能不痛得撕心裂肺？

“实在太惨了！这凶手也太变态了！我接触的案件也不算少，但头一回看到这样血腥的场面。不过综合种种迹象来看，这里面的胳膊很可能就是你妹妹的，只是暂时还没有证据，需要等法医检验。你要坚持住！现在这时候，你必须坚强！”

里见绢枝哭得痛不欲生，黑柳博士见状上前安慰她，轻拍着她的肩膀。

“哦，平田出什么事了吗？难道先回家了？”

“不会吧？方才他还在这里呢……方才，也许是我们的注意力都集中在……”

“那家伙似乎有些古怪！”

发觉平田离开后，黑柳博士好奇地询问着野崎三郎。

而此时，别墅中忽然发出令人毛骨悚然的喊声。

“啊！”这是男人的声音，从声音中能感觉到他此时的惊恐。

“谁？”野崎三郎神色一凛，侧耳细听。

黑柳博士开始时貌似无动于衷，过了一会儿，他似乎意识到了什么，就按响了桌上的呼唤铃。

“刚才是不是你喊的？”

书生一进门，黑柳博士就没头没脑地质问着。

“不是我！我一直待在玄关那边的屋里看书呢！”书生有些发愣，迟疑了一会儿回答道。

“哦，还真是……”

黑柳博士忽然朝着大门那边跑去，并且还不忘对野崎三郎交代着。

“我过去看看怎么回事，你们照顾好里见绢枝小姐。”

黑柳博士离开不一会儿，旁边的屋里就传来尖叫声：“野崎君！野崎君！”

野崎三郎连忙冲了过去，只见黑柳博士情绪十分激动，他在屋子里来来回回不住地踱着步子。

“平田确实不在屋里，刚才的声音就是从这屋里发出的。我找遍所有的屋子，可是却一直找不到他。哦，鞋子，你赶紧到玄关那里看看，看他的鞋子是否还在。”

野崎三郎听后马上跑到玄关那儿，他看见平田的鞋子还放在那里。他也没穿别人的鞋子。

听说鞋子没少，黑柳博士就吩咐道：“你也赶紧找找他，既然鞋子还在，他应该就没离开这座别墅。”

黑柳博士、野崎三郎和书生搜索了屋子里的每个角落，却依然没见到平田东一。

真是活见鬼！听到那喊声不过才两三分钟，一个活生生的人竟然凭空消失了。

“没准儿是光着脚回去了吧？不过，他为什么不穿鞋子呢？”

黑柳博士不甘心，在别墅中又搜寻了一遍，还是无果，开始自言自语起来。不过他似乎想到了什么，急忙向走廊的对面走去。

很快，黑柳博士大吼道：“是你开的窗子吗，野崎君？”

野崎三郎跑过去一看，原来一直紧紧关着的客房窗户，此时却有一扇被打开了。窗外是一条铺满石子的小路，而正前方就是大门。

“不是我开的，真是奇怪！”

“哦？那这样吧，我们去找书生和用人问一问。”

黑柳博士正要起身去叫，野崎赶紧阻止了他，对着走廊大喊着书生和用人。

很快，书生和三个女用人被带到了客房中。由于不清楚这边发生了什么事情，里见绢枝也跟在他们身后，不时地伸长脖子张望。

挨个询问一遍后才得知，并没有人开这边的窗子。一名女用人十分肯定地说，她晚上收拾这边的时候，看到窗户确实是紧紧关闭着的。

然而，平田就像一阵烟似的从这里消失了。

窗外路上全是小石子，若是走过也是无法留下脚印的。不过，平田这么反常地离开，又是为什么呢？难道，他从黑柳博士家偷走了什么，然后逃走了吗?

黑柳博士顿时变得忧心忡忡。方才到每个屋里查找的时候，他还顺便看了一下里面，并没丢失任何东西。可是那喊声是那么尖厉，真让人纳闷。如果平田是自己随意走走，他为什么还要发出那样的惨叫声呢?

“你告诉我你一直在玄关旁边的屋子里看书，那你发觉有人进屋了吗?”

“我什么也没看见。我出了书房后就一直在看书……”书生一问三不知，自己都有点不好意思了。

所有人都问遍了，当时没有人注意大门口发生了什么。让人大惑不解的是，平田东一就这么无声无息地不见了。

“会不会有其他人出现，有没有这种可能?”一直盯着黑柳博士的野崎三郎说道。

“你说得不错！也只有这种可能性了，你觉得这人会是谁呢?”

“会不会是稻垣平造那家伙？尽管听起来有些像是魔幻小说……没准儿这个家伙一直都在暗地里尾随我们。这个家伙真的让人害怕啊，他把人杀死后还把尸体做成石膏像出售，真是惨无人道！”

“照你的分析，那就是稻垣平造杀死了平田东一?”

“我只是猜测而已，现在还没有证据。不过，要不是平田东一说出一切，案子就不会那么快被查明。”

“会不会是那杀人狂魔无意间发现平田出现在此地……于是，他想杀人灭口。我猜是这样。刚才那可怕的叫声，很像是一个人被人掐住脖子后的呜咽。”

“你想说，稻垣平造杀死平田后，又带着他的尸首跳出了窗子？天哪……你太有想象力了！如果是这样的话，天一亮，平田的尸体就会出现在我们周围！”

黑柳博士嘻嘻哈哈地开起玩笑，不过对于助手野崎的看法，他似乎无法否定。

很快，黑柳博士又回到书房中，给警视厅的中村警长打了电话。

中村警长在警视厅很出名。为了一些案件的侦破，中村警长不止一次寻求黑柳博士的帮助，一来二往间两人就熟识了，平时见面什么都聊。

一接到黑柳博士的电话，中村警长显然非常意外。这个整天和犯罪分子打交道的神探，还是第一次听说有凶手把被害者的手臂做成石膏模型的。

挂掉电话后，黑柳博士就转向里见绢枝。

“警察马上就要来了，里见小姐。他们还要对这里进行搜查，你妹妹的案子还不能出最后的结果。但是我希望你别太难过。你脸色有些苍白，看起来非常不舒服，还是马上回家休息吧！”

说完这些，黑柳博士又吩咐野崎三郎：“请你马上护送里见小姐回家，野崎君。”

今天发生了一连串怪事，里见绢枝早就吓坏了。后来听说稻垣平造可能潜伏在别墅的某处，她更是心惊胆战，根本不敢自己回家。听黑柳博士吩咐助手送自己回去，真是求之不得。见野崎三郎十分爽快地答应了，她赶紧起身准备出发。

里见绢枝的家在东京市的巢鸭地区。她和野崎坐在后面的座位上，一脸茫然，毫无心绪地望着天空。野崎想方设法地安慰她，她这才稍稍平静了点。过了一会儿，她转动着乌溜溜的眼睛看着野崎，流露出感激之情。

“你妹妹若真的出事了，你就只能和你妈妈相依为命了吧？”

“嗯，真是太孤独了。我现在还没想好，回家如何向妈妈开口……越想越……”

“我觉得你还是先别告诉你妈妈。你还有别的亲戚朋友可以帮你出出主意吗？”

“没有。以前我们一直住在乡下，没有这样善解人意的亲戚。否则，我就不会慌慌张张地去找黑柳博士了。要知道，我还从未独自出过远门呢。”

看着里见绢枝楚楚可怜的样子，野崎三郎越发可怜她，在心里暗自下着决心，一定要帮眼前这个可怜的女孩和她的母亲抓到凶手。

“我就送到这里，不进你家了。你路上一定要小心。以后遇到什么事，尽管打电话给我，千万不要客气。只要你有需要，我一定全力相助。”

车子在里见绢枝家附近停下，野崎三郎又安慰了里见绢枝一会儿，就和她道别了。

# 写生疑云

一经发现石膏像是由被害者的身体制成的，第二天，在各大报纸的显眼位置上，都出现了关于此案的长篇大论，都做了详细报道，光是大标题就占了不少位置。

女雇员被杀案

被害者的手臂出现！凶手是人是鬼？让人震惊的魔鬼罪行。

对于关东大楼的女雇员被杀案，新闻媒体不厌其详地进行了报道：由于受到黑柳博士推理的启发，不日前，在神田的一家镜框店里，出现了被害者的一条胳膊。今天，D中学的学生写生时，又发现了被害者里见芳枝尸体的其他部位。

凶手把里见芳枝分尸数块，在尸体上面涂上一层石膏，冒充人体模型四处出售，以达到抛尸的目的。因此警视厅已经下令全力搜捕凶手。

初中生的无意之举

导致石膏模型碎裂

裂缝中发现残损的人腿

昨天上午十一点左右，在D中学的十六号教室里，二年级A班的学生们正上着美术写生课。他们正在画女人的腿部石膏像。

学生E有个疑问，就走上讲台请教老师。不料，胳膊无意间碰到了讲台上的石膏像，石膏像应声落地，石膏碎了一地。E慌忙俯身捡拾，却突然惊呼起来。

大家不清楚发生了什么事，闻声聚拢了过去。只见那石膏像里面，露出腐败变色的人腿。

美术老师C赶忙把破损的石膏像送到医务室，让校医帮忙鉴定。结果发现这就是一条人腿，是从大腿根那里完整地砍下来的。

在人腿的表面，涂着一层薄薄的石膏。

学校立刻重视起来，上报给警视厅。中村警长赶到，把这石膏像送到东京大学，委托他们做进一步的鉴定。尽管鉴定结果还得过段时间才能出来，然而警视厅已经初步认定，这应该就是被害女职员的残肢。

由于出现尸体残肢，D中学只能停课，校内进行全面消毒。如此一来，学校人心惶惶，乱成一团。

接受记者采访时，E同学浑身颤抖，他起初以为是石膏像里面塞着破布。

“我上讲台是想问老师问题的。可是当我经过讲台时，不知怎么，衣襟碰到了石膏像，把它碰倒在地。

“我心想坏了，想赶紧把它拾起来。可是石膏像的腿部碎裂了，露出一大片灰色，我以为是塞着什么破布呢。可是再仔细一看，发现并非如此。

“我当时根本没往人腿上联想，光顾着害怕了。现在回想起来，还真是又恐惧又恶心。这样的事我是第一次见。我现在胃里直翻腾，真是难受。吓死人了！”

记者对黑柳博士进行了采访——

博士也十分惊异：如此残忍的案例史无前例！

记者就此案率先拜访了黑柳博士，因为是他最早断定里见芳枝已经被害。博士用那只义肢不停地跺着地面，发出咚咚的声音。他不厌其烦地对记者讲述了他对此案情的推论：

“我想被害者身体的其他部位很快也会出现。外国曾经有过类似的案例，罪犯碎尸一般会分成六大块：头部、躯干、两只手臂、两条双腿。

“所以我想，这次被分解的尸体，应该也有六块。剩下的四块，应该在别的学校。这起凶案真是骇人听闻，在国内历史上绝无仅有！

“凶手碎尸后，把石膏抹在尸块上，以假乱真，做成石膏像，等干了之后送给各个学校。石膏抹得很薄，如果石膏像碎裂，完全能看见里面的尸块。凶手应该知道这一点，他显然是有意为之。

“那他到底有什么居心？我猜，他根本就没打算把尸体藏起来，他用此举抛尸就是在嘲笑整个社会的无能。这种犯罪心理是很恐怖的，在外国也曾出现过这样的凶手。这个凶手如此胆大包天，竟敢把尸体做成石膏模型，还明目张胆地送到学校去，真是丧心病狂。他的犯罪手法在日本犯罪史上是头一次出现。

“让人们看到他残忍的一面，从而搞得社会上鸡犬不宁。警方说得一点没错，这个凶手心理太变态了，不过他不只是一般的变态，他的思维缜密，用心策划了这起凶杀案，能看出他的智商很高。

“平田的失踪，我认为也和凶手有关。所以案情并不简单，我们不能只盯着芳枝一案，丧命于他手的一定还有很多其他无辜的女子。

“现在，我们只能期待警方早日破案。虽然我才疏学浅，不过也想尽自己最大的努力抓住凶手。”

黑柳博士性格古怪，他每天都要泡在浴缸中，一边泡澡一边思考问题或者读书看报。有时他会在里面待两三个小时。他这人还有一点古怪，就是进浴室后必定锁门，任何人不得入内。假如他有什么需要，他会打电话让用人或书生送来。

传说中的圣德太子，他思考问题和处理朝堂之事时，往往会陷入冥想当中。现在的黑柳博士，他的状态就像当初的圣德太子一样，把自己关在浴室里，静静地沉思，捕捉案件思考过程中带来的灵感。

浴室的门被反锁后，别人自然就进不来了。不过，黑柳先生是有忌讳的，他不愿让别人看到他的那条假腿。而且在他看来，冒着热气的洗澡水，某种程度上可以替代汤药来治疗他的伤腿。

黑柳博士把头浮出水面，闭着眼睛思考着。二十分钟过去了……他一动不动，似乎沉入了梦乡。突然，电话响了，是书生打来的。他迅速从水中探出上身，一把拿过话筒。

“发生什么事了？”

“中村警长要见你。”

书生回答得很焦急。黑柳博士泡澡时，如果在浴室中接到什么电话，他就会大为光火。

“你带中村警长去客厅等着！”

挂掉电话，黑柳博士并没有急于起身，而是继续享受着温水浸泡的惬意。

## 相似特征

过了一会儿，黑柳博士穿着睡衣来到了客厅，坐在中村警长对面。为了侦破里见芳枝被杀一案，中村警长再次来拜访黑柳博士。

“我看了今天某日报对你的采访报道。如今的中学全都乱成了一团，都在调查自己学校的石膏模型，尽管他们都认为尸体残肢不可能出现在自己的学校。你推断得很准确，头部、躯干、左臂、两条腿，全都出现在中学里，分别是：麻布的S中、神田的T中、Q美术私立中学和青山的B中。

“如今，被找到的残肢都被送到了警视厅，又委托给了东京大学做医学鉴定，看是否属于同一人的躯体。就算是什么不懂的老百姓，也是能看清这一点的。”

“所有的部位组合以后，构成了一个完整的人体……如今看来，这凶手不仅残忍，而且心理极其扭曲。哦，你们警察调查得怎么样了？有没有新线索？”

“我们和关东大楼那边的管理公司取得了联系，得知了稻垣平造的面目特征，已经给下面各处的派出所下了通缉令了。

“而且，我们对东京市内的出租车公司也下了通缉令，请求他们帮助查找那天的出租车司机，就是拉着稻垣平造和里见芳枝的那辆。

“我想，凶手十分狡猾，因此他在两国桥下车肯定是防止被人发现行踪。因此我们也派了人手去两国桥的S町那边，进行挨家挨户的拉网式调查，可惜还是没有结果。”

“在那边进行排查和搜查是有必要的。不过，你们有没有调查一下关东大楼的十三号房？”

“关东大楼目前还没有新消息。稻垣平造租住十三号房当天购买了家具和商品，可是我们调查后并没有发现什么可疑之处。他并没有与商家见面，完全是利用电话联系、邮局汇款的方式。而且，这些商家此前和他并没有什么来往，因此并不了解他的具体情况。他在关东大楼的管理处那里倒是留下了自己的住址，可是，经核实后发现那地址是假的。”

“别的情况呢？”

“再没有了，没有新线索。在两国桥那边，我们找到了凶手搭乘过的出租车，然而司机也没有提供什么有用的线索。其实对于这样的结果，我们早就预料到了。

“可是这个案子的影响很大，加上媒体的胡乱报道，警视厅里也众说纷纭，如今已是轰动一时。我接手这个案子，压力简直难以想象，我已经焦头烂额了！实在没有办法，才冒昧再次上门来打扰，想请您指点一二。”

“我也无能为力，眼下只能静静地等待了。”

“等待？等什么？”

“等着凶手主动来找我。”

“凶手真会来找你吗？”

“当然。凶手把我当成他的敌人，自然十分仇恨我，并且恨得深入骨髓。但是他畏惧我，所以他肯定会在意我的想法，对吧？你看，他如今显然已经开始盯上并监视我了，他对我进行跟踪就是想弄清我的意图，要先我一步行动。这样狡猾的对手，是不可能远离敌人的，相反，他会越来越靠近我，会出现在我的周围。因为他认定只有这么做，他才能保证足够的安全。”

“也许如此吧！”

作为一位名侦探的中村警长，对这种说法显然觉得有些荒谬。

“我的猜测是没有问题的。我一接手这案子，那个浑蛋就出现了，并且一直出现在我周围。否则，他怎么能在我家里就悄无声息地把平田带走了呢？你就看好吧，不出两三天，他还会再次出现。到那时，我就会和他进行正式的对决。你们可一定得协助我啊！”黑柳博士信誓旦旦地说道。

对于黑柳博士的这种自信，中村警长有自己的看法，他觉得黑柳博士肯定有什么自己不知道的秘密。

“想调查这案子，必须先从那辆出租车入手，拿着凶手的模拟画像，让司机辨认，然后让他帮助我们一起寻找凶手的下落。全力以赴地做这件事，也许没错，但我是不会这么做的。与其大张旗鼓地进行搜寻，还不如被动一点继续等待，也许会更快地发现凶手的踪迹。”

黑柳博士说着说着，脸上闪过诡谲的笑容。忽然，他似乎想到了什么："哦……前几天我委托你找的东西，今天你带来了吗？"

"不好意思，我差点忘了，你是要那些失踪女孩的照片吧？"

"嗯，那些失踪一两个月的女孩的照片，而且她们的家人已经向警方报案了的。这些照片我有用……"

"我尽力在帮你收集了，不过不多，我只弄到五十几张，今天全带过来了。"

"多谢，这些已经能帮上大忙了。"

黑柳博士从袋子中拿出所有的照片，然后仔细地看起来，最后抽出三张来。

"你有没有觉得这三人哪里很像？"

"哦，我没注意，你这么一说，还真是有些相像呢！"中村警长还带着些疑惑。

"那你有没有见过长得和这三个姑娘差不多的？"

中村警长起初有些莫名其妙，他想了片刻忽然发现了什么似的，惊叫道："你指的是里见绢枝吗？"

"当然！是不是很相像？虽然她们没有血缘关系，但却十分相像。她长得相当漂亮，鼻梁不高，人中较短。里见芳枝和里见绢枝是双胞胎，大家几乎分不出她们两人到底谁是谁。被害的里见芳枝和照片中的这三人，五官也长得很像。"

"我不懂您的意思……"

中村警长摸不透黑柳博士的心思，急得有些束手无策。

"这些都还只是我个人的假设！当然，我也不是没有根据就信口开河。我觉得凶手心理不太正常，类似国外所说的'蓝胡子'一类人。

"'蓝胡子'通常会盯住不同的美女，想法杀害她们以求得刺激。此案中的这个变态凶手并不是初犯，他已经杀害了无数人，只是一直逃脱了警方的追捕。"

"那是为何？好像不大可能啊？"

"怎么会不可能？你看啊，他总是在报纸上刊登招聘广告，来应聘的那些漂亮姑娘们，和他既不认识也没有什么矛盾，他杀了她们，并分尸肢解，还假借他人之手抛尸。这样的凶手太狡猾了，不容易被捉住。”

“通过此案，我发现凶手一次比一次残忍。起初他只是通过杀人来消磨时间。可是他渐渐对这种单纯的杀人游戏感到索然无味，因此他就发展到以分尸为乐，最后借助他手将尸体送到东京不同的地方。我这么分析你觉得是否有道理？里见芳枝的被害，足以证明凶手不是头一次杀人了。”

“原来是这样，还可以这么假设啊！”

“我的假设不是空中楼阁，你要相信我。凶手在报纸上刊登招聘信息，引诱女孩们前来应聘，然后伺机杀害她们。对于这些，我做了仔细的分析。凶手之所以要通过报纸进行招聘，无外乎下面几点：第一，他不想留下任何马脚。和被害者素不相识他会更安全。第二，他可以借机物色到自己喜欢的女孩。最后，他选了里见芳枝。我们可以这么理解，这姑娘的脸蛋应该是凶手喜欢的类型。她的脸形很讨人喜欢，并且眼睛的特征很明显，鼻梁不高，人中较短。

“因此，我才想要去看看那些失踪的女孩们的照片。我说这些，你应该懂我的意思了吧？这些女孩的模样都相仿。假如我们能了解到那三个失踪女孩的背景，没准儿能有意外的发现，甚至能找到凶手杀人的真实目的。

“我这种假设也许会被人当成幻想，可是如今根本找不到更好的方法，我们没有任何能够破案的线索。所以我觉得与其去调查凶手坐过的出租车，还不如把精力放在对这些的调查上，没准儿会有收获。”

“我明白你的意思。如今只要能破案，什么方法我都会考虑，就是假设也无妨，我们只需多花一点时间而已。什么也不用说，就照你说的去做！看来我今天来收获不少。你还谦虚说没做多少分析，依我看，你的思路清晰、逻辑缜密。哈哈哈……”

中村警长爽朗一笑，然而在心底，他对黑柳博士的说法并不认同。

# 伪信邀约

第二天当黑柳博士将自己关在浴室里的时候，野崎三郎抽空去了里见绢枝家拜访。

前些天他送里见绢枝回家，闲聊中得知女孩家的情况，对她心生怜悯，因此就下决心尽己所能去帮助她。

几天不见，不知她们母女俩过得怎样？她失去了自己唯一的妹妹里见芳枝，一定非常悲痛，她母亲失去了一个女儿，肯定也哀恸不已。

她们如此悲痛，不会出现什么意外吧？她们的日子一定过得十分辛苦……野崎三郎在心中暗暗告诉自己，如果见面了，一定不能无动于衷，要好好安慰她们一番。

就这么想着，野崎三郎就没告诉黑柳博士，私自离开了别墅。

下午四点以后，他到了里见绢枝家。此时太阳已经西斜，阳光映在明亮的玻璃窗上。

他敲了敲门，里面出来一位气质高雅的女士，看样子年纪不小。

“我是来找里见绢枝的，我是黑柳博士的助手。”

“欢迎光临寒舍！之前里见绢枝去找你们，给你们添麻烦了，很是感谢。哦……您今天是特意来找绢枝的啊？”很显然，这人是里见绢枝的母亲。虽然里见芳枝至今下落不明，她正承受着巨大的打击，可是她还是强颜欢笑。

“不……不是的……”野崎三郎有些手足无措起来。

绢枝的母亲怔住了，她说了一些莫名其妙的话：“哦，那你是从黑柳博士那里直接过来的？方才过来了一个人，带着黑柳先生写的一封信，和绢枝一起坐车去黑柳博士那里了。”

“绢枝小姐去黑柳博士那里了？”

“对啊，就是去那儿了。”

“怪了！什么时候的事？”

“他们出发快一小时了。”

照一小时算来，应该是在野崎三郎出门的时候，而那时黑柳博士刚泡进浴缸。

真是奇怪……野崎三郎的心一下子七上八下的，脸色也变了。

“那信在哪里？能不能拿给我看一下？这事似乎不大对头啊！”

“信还在，我这就去拿。”很快，绢枝的母亲把信取来了。野崎三郎的手都颤抖了，好不容易把信打开：

绢枝小姐：速速坐上接你的车前来我家，有要事！

“糟糕！这信是仿冒的，根本不是黑柳先生写的。”

“仿冒的？那你的意思是，绢枝是被坏人拐走了？”

“有可能。我马上回去确认下情况，一有结果就通知你。我知道现在你的心情很难受，但你得暂时忍耐一下。”

说完安慰的话，野崎三郎就返回了黑柳博士的别墅。

博士还在浴室里没出来。野崎三郎什么也顾不得了，到电话间抓起电话就拨了过去：“我是野崎。先生，请问您可曾派人去接绢枝来这里？”

“没有，根本没有这样的事。”

“噢，我知道了。有人假借你的名字，给绢枝小姐写了一封信，还说让她一起坐着轿车过来。我刚去过她家，她母亲告诉我的。”

听野崎三郎如此一说，博士急得大叫起来：“天哪，天哪，我怎么会这么笨呢！怎么能疏忽那里呢！”

他一边大叫着，一边懊恼着，不过他很快就平静了下来。

“再怎么急也没用！必须保持冷静！野崎君，你马上打电话给中村警长，然后再去里见绢枝家。她妈妈一人在家，还不知吓成什么样了。

你这次到那边去查探一下，看看能不能发现那辆曾拉过里见绢枝的车。我马上穿衣服过去。”黑柳博士对野崎三郎下着命令。

当天晚上，黑柳博士、中村和野崎，齐聚在里见绢枝家中。他们三人分头行动，可是依然没有找到什么新线索。

里见绢枝失踪的第二天，水族馆里发生了一起命案。

有一座桥连着湘南和江岛海岸。过了桥进入江岛，一家水族馆坐落在那儿。因为现在还不到盛夏，因此前来观赏的游客并不多，馆内和岸边都空荡荡的。

水族馆好久都没出现一个游客。在一天上午的十点钟左右，有个看起来像是学生的男子买了票之后，就向寂寥无人的馆内走去，他应该是过来写生的。水族馆内十分昏暗，玻璃水槽整齐地排成两列，分别位于通道两侧。

水槽内的水早就混浊不堪，还发出嗡嗡的轰鸣声，通过那厚厚的玻璃，一直传到通道上。

年轻人的脸贴在厚厚的玻璃上，边走边看，每个水槽都不曾遗漏。

可是不知什么原因，年轻人忽然一动不动地站在一个水槽前，他像是瞬间被电击了一般，脸色惨白。

“人鱼！人鱼！”

他声嘶力竭地喊着，然后拖着无力的身体向大门口跑去。

在那里，看门的大爷正在百无聊赖地抽着烟，借以打发漫长难挨的时光。

“就在那边！那边！”年轻人把老人带到那个水槽前，浑身瑟瑟发抖，边语无伦次地说着，边用手指向那里。老人有些蒙了，呆立着半天不动，只是眼睛看着水槽。像是突然受到了惊吓，他猛地大叫了一声，差点就跳起来。

原来，在水槽中出现了一具漂亮女孩的尸体，趴在水面上，黑色的长发浮荡在水里，如同漂浮的海藻。

## 下一目标

水槽里的这个女子早已死亡。经过调查，正是失踪的里见绢枝。

和里见芳枝被害一案一样，狡猾的凶手没露出任何破绽。中村警长接到报案后，匆匆来到水族馆，确认了死者就是前几天被害者里见芳枝的孪生姐姐。她收到了一封伪造的黑柳博士的邀请信，在晚间出来赴约，却不料在前天半夜被人用匕首刺中心脏，死亡时间大约是晚上十二点。其他的情况，尚不知晓。

有个渔民此时过来汇报了一个情况："昨晚我去朋友家玩，回来得晚了些，深夜两点才回家，在路上却遇到了怪事。在经过片濑和江岛之间的大桥时，看见桥上有两个人正向江岛那边匆匆赶去，行迹非常可疑。因为天还没亮，所以只能看见大体轮廓。依稀能看见两个穿西服的人，前面一个，后面一个，一起扛着一个大袋子。"

得知这个消息后，中村警长马上在那片区域进行调查。可是，那里的居民那晚都没有深夜过桥去江岛。

因此，这两个可疑之人就是嫌犯，而且不是本地居民。情况应该是这样的，凶手把里见绢枝诓骗到空屋后杀死了她，然后装到了大袋子里，运到片濑，伙同另一个人把里见绢枝从车上卸下来，一起扛着过桥。这是不可否认的事实。

黑柳博士随着中村警长来到了水族馆，然而也没有找到任何破案的线索，怅然而归。

就在同一天，各家晚报几乎都对此案做了报道。

东京的市民们了解到这个凶杀案后，十分惊骇，并为此惶惶不安。有年纪差不多大的女孩的家庭，更是时刻担心厄运会找到自己。每家每户，都处于巨大的恐惧之中。

凶手先选择的是里见芳枝，是从众多的应聘者中选出的；接着杀害的是里见绢枝，和里见芳枝是孪生姐妹，而且长得十分相像。

对于那些失踪的年轻女孩，警方正在继续调查，并且从中筛选与里见姐妹面貌相像的那些。所有的这些，都足以说明，凶手选中的都是和里见姐妹面貌相仿的年轻女孩。

凶手的这个特殊癖好，真是荒谬透顶，他的杀人手段也真是惨无人道！

这么可怕的凶手，他的行踪却异常诡秘，连警察都无法察觉。市民们更是不寒而栗，天天都被巨大的阴云笼罩着，生怕凶手对自己下手。

女孩们每次聚会，也会不由自主地提到这个话题：

“你长得真漂亮，和里见姐妹很像啊！”

那个被夸奖的女孩却会胆战心惊，脸色瞬间煞白。

因此，女孩的家长们都严令禁止自己的女儿独自出门。

后来人们开始抱怨警视厅办事不力。“警察都是吃干饭的吗？”质问警视厅的信件纷至沓来。

而在警视厅里，警察们整天忙忙碌碌，聚在一起商讨对策，想快点结案。特别是中村警长，他是此案的组长，承受的压力更大，简直是焦头烂额。

中村警长的处境越来越不妙，破案陷入困境不说，还得接受来自百姓的质问，因此他不得不再次登门求助黑柳博士。

“这些天真是糟透了，博士。我们按照你的建议，把那些和里见姊妹长得相像的失踪女孩都调查过，还是没找到破案的突破口。”

“这些女孩失踪的原因知道了吗？”

“是的，我们查过了，可是没发现什么疑点。有三个女孩是去拜访朋友的，然而出门后就没了消息。她们的家境都很优渥，因此习惯出门就打出租车。”

“出租车？案子似乎都和出租车脱不了干系。首先被害的里见芳枝和凶手在两国桥那边打了出租车，后来人失踪了。接下来里见绢枝也坐了出租车。我听你的介绍，这些失踪的姑娘都坐了汽车。”

“确实如此。真是想不通啊，她们为什么都是坐着出租车失踪的呢？”

“这么说来，凶手有私家车？一般的罪犯经济上比较窘迫。但是从能开得起美术事务所这一点来看，杀害里见姐妹的凶手的经济状况应该还不错。

“凶手自己有车的话，他可能把车伪装成出租车的样子，自己则假扮成司机。如果这两点成立的话，那他就很容易让那些貌似里见姐妹的年轻姑娘们上车。还有，他使用的车牌号一定也经常变换，对警察造成迷惑。”

“只要确定凶手有车，那我们就能缩小范围，制订出几套应对的方案。”

“不，我认为不可行。假如里见芳枝和凶手在两国桥附近乘坐的就是凶手的车子，那我们怎么调查也是白搭。如今这案子在社会上闹得沸沸扬扬，但是至今为止，没有一个出租车司机前来报案，由此可见，车子就是凶手自己的这一点确定无疑。”

中村警长把双臂交叉在胸前，凝眉沉思起来。

“假如事实就是如此，那还有许多疑点值得思考。凶手大费周章地把尸体运到江岛，是何用意？凶手为什么要把尸体放进水族馆里？所以，我觉得这个凶手相当变态。这点，是不可否认的。”

“从这个杀人案来看，我感觉凶手是在对社会进行赤裸裸的挑衅。首先，他想让人们知道，他能把尸体完整地分解，并能制作成相当逼真的石膏模型，是一个艺术家。这一次，他更是脑洞大开，把尸体伪装成美人鱼，供人们观赏。也许在他眼中，最适合做人鱼演出的地方，非江岛水族馆莫属。尽管别的水族馆内也有水槽，但也许因为水槽的尺寸太小或者人群喧嚷所以便放弃了选择。”

从神态和说话的语气来看，黑柳博士毫不掩饰对凶手高明作案手法的钦羡。中村警长感觉相当不舒服，辩驳道：“太荒谬了，一个凶手怎么能被称为艺术家呢？他再高明也是一个杀人犯，怎么能如此夸奖他？真是让人难以忍受！”

“不好意思，也许是我惯有的分析案件的方式引起了你的反感。不过凶手在案发现场没有留下一点蛛丝马迹，的确让我佩服。虽然凶手所有的计划都很周密，但我不会放弃，我会竭尽全力，直到抓住凶手为止。”

“你说到抓住凶手为止，然而迄今为止那凶手就像消失了一样……你曾经说凶手会主动去找你，究竟要等到哪一天？”

中村警长有些急躁，说话也不禁有些嘲讽之意。

“哦，你说这个啊。凶手已经出现了，就在我身边！给你看这个……”话音刚落，黑柳先生从兜里掏出一封信，递到中村警长手中。

“什么东西啊？电影票吗？”

“你好好看看！你知道这电影的女主角是谁吗？”

“是富士洋子啊！有什么奇怪的吗？”

“提到富士洋子，她如今可是大名鼎鼎啊。电影时代杂志社近期进行了一次人气演员的推选活动，她是榜首。”

中村警长听得十分讶异，只是眼睛直直地盯着博士不停翕动着的嘴唇。

“你很惊讶吗？哈哈哈，真是没有想到！说实话，这些我也不知道，是野崎君刚刚汇报给我的情况。”

“什么意思？我不太明白。”

“天哪，看来你还真的不认识这个女演员。野崎君，把杂志拿过来。”

野崎抱着一大本精美的杂志进了屋子。

“你看，这就是富士洋子。”

杂志上有一张彩色照片，上面的人正含笑望着中村警长，这人太漂亮了，简直可以和仙女媲美。

“认识了吧？你看看，如果把这照片换成里见姐妹的照片，是不是也差不多？长得真是很像，我方才也很意外呢。”

“你的意思是说，凶手现在准备对这个女影星下手吗？”

“有这种可能。我隐约有种感觉，凶手下一个目标就是她。”

“但是，长得像就会……”

“你再看看这个。”

黑柳博士又从兜里掏出了一封信，摆在那张电影票旁边。

“你看啊，这是同一个人的笔迹，对吧？我分析得应该没错。这封信就是前几天里见绢枝收到的那封假信。换句话说，今天发来电影试映会邀请函的，应该就是这个凶手。”

“啊？不会吧？你赶紧说下去！”

“其实呢，在此之前，我从来没有收到过什么电影试映会邀请函。今天收到这封邀请函，我很是意外，就做了下调查。结果让我大吃一惊，竟然是凶手发来的挑战书。你觉得呢？我预感到富士洋子这次很可能成为被害的目标。凶手送信过来，无非是想通知我们，他即将下手，警告我们要加强防范，对不对？提前发出杀人的通告，是这个凶手一贯的手段。这封电影试映会邀请函，是今天早饭前被送来的。”

“是这样啊，如此看来，你的那些推论都是成立的。”

“这凶手也真够猖狂的，他怎么如此自信呢？简直难以想象。也许他觉得，他就算是发出了通知，警方也对他束手无策。没准儿他是在威胁我，不想让我插手此案，这样他的犯罪计划就能更顺利地进行。不过他再怎么恐吓我，我也不怕，我是不会逃避的。”

“时间是明天晚上吧？到时我和你一块去。”

中村警长什么也不顾了，和黑柳博士做好约定就离开了。

第二天，黑柳博士又关在浴室中思考，这次比任何一次时间都要长。这中间，有两三个客人想拜会黑柳博士，然而黑柳博士在电话中都拒绝了：“我有要事正在思考，不方便打扰！”

他下了逐客令，毫无商量的余地。

# 咄咄怪事

电影试映会被安排在K大剧场，晚上六点正式开始。这部大片，是富士洋子主演的。为了增加宣传效果，电影界的许多名人、影评家、剧作家等，纷纷被邀请前来，简直是盛况空前。

黑柳博士和助手野崎刚坐下的时候，银幕上正播放着关于此片的新闻纪录片。纪录片一放完，影片开始正式放映。趁着影片开演前的间隙，他们俩的目光巡视着场内，到处寻找中村警长。

剧场内，来了很多这部影片的表演者。不过人们的目光，大多盯着一个方向，有的人看不见，还踮起了脚，有的还凑在一起窃窃私语。

黑柳博士和助手就朝那边走了过去。那边坐着不少人，很是引人注目。而被众星捧月般包围着的，就是如今赫赫有名的女影星富士洋子。

“快看那边！”

野崎三郎凑到黑柳博士耳边，边指着富士洋子四周就座的那些男男女女，边向黑柳博士小声做着介绍。

有N导演，有Y先生，后面的K先生是导演的助手。影院里戒备森严，有五六个全副武装的警察，端着武器站在后边，然而，没有发现中村警长。

“中村警长今天不来了吗？”

黑柳博士自言自语着。他不甘心地继续寻找着，结果发现在座椅外面的走廊上，中村警长和一个十分高大的斯文男子站在一起，好像在等谁的样子。

现在刚好是放映的休息时间，因此座位和走廊之间的门并没有关。中村警长他们就站在富士洋子座椅的后面。见富士洋子后面出现了空座位，他们就坐了下来。从这个座位上，可以清楚地看到富士洋子的背影。

黑柳博士把头转了过来，笑眯眯地瞅了野崎三郎一眼。中村警长是找到了，然而凶手会出现在哪里呢?

“凶手来了吗？”野崎三郎在黑柳博士耳边悄悄问道。

“嗯，并且距离我们很近。”

“你见过那个浑蛋吗？”

黑柳博士瞪大了眼睛，不可思议地望着自己的助手。

“我虽然没见过他，但是想必是戴着圆眼镜，留着山羊胡须……”

“哈哈哈……根据这些你是无法知道他的样子的。眼镜和山羊胡须都只是乔装改扮的手段。这凶手虽然嚣张，可是我想如果他今天出现在这里，肯定不会穿平时的衣服。”

就在他们窃窃私语的时候，放映的铃声响了，场内的灯全熄灭了，变得一片黑暗，银幕上清晰地映出影片的名字。

借助宽大的银幕和鲜亮的色彩，影片内景逐渐拉开。富士洋子在剧中边唱边跳，她打扮得美艳妖娆、闪亮无比。观众们就像被甘醇的美酒醉倒，全都沉浸其中。

后来，镜头切到了后台，只见富士洋子穿着舞台服装，浑身闪闪发光，被粉丝们簇拥着。

她坐在一个大椅子上，脖子上的水晶项链熠熠生辉，炫人夺目。

在她周围的青年们，有弹吉他的，有拿着斟满威士忌酒酒杯的，有的在彼此寒暄，还有的干脆就亮开喉咙，放声歌唱。后台到处充满着欢声笑语，真是热闹至极。

银幕上出现了一个特写镜头，富士洋子动人地微笑着，整个银幕上都是她的笑脸。

她脖子上的项链，随着她的身躯微微地晃动着，五彩斑斓得让人感到眩晕。

但是，突然出现了可怕的场景。

在一直笑靥如花的富士洋子的右眼下面，突然出现了一个红色的小斑点。起初，那斑点很小，但倾刻便如水渍般漾开，并且扩散得很快。

有鲜红的液体从脸颊上接连不断地落下。

那是血！是殷红的血！

观众们都被吓呆了，像被塑住了一样。全场忽然变得寂静无声，每个人的毛孔里都陡生寒意，人们都艰难地吞咽着口水。

而银幕上的富士洋子还在继续微笑着……很快，她的脸上又出现了红色的斑点。这回，红色的血从她洁白的牙齿间慢慢渗出来，很快，她的整个嘴唇变得猩红，接着，那红色的血就沿着她的下巴一滴一滴往下落。

放映员非常惊骇，赶紧停止了影片的播放。

可是，沾满鲜血的富士洋子的脸，并没有随着影片的停止播放而消失，它像噩梦一般被收进观众的眼底。

突然，投向银幕的灯光灭了，剧院变得黑咕隆咚，人们纷纷离座，准备逃出剧院。而与此同时，又响起了女人们的尖叫声，人们更是惴惴不安。

“灯，快开灯！”有人在大叫。照明灯啪地一下亮了起来。

就在人们乱嚷嚷的时候，N 导演把晕倒在地的富士洋子抱了起来，一脸的茫然无措。

而在他们周围，挤满人群，大家都想看个究竟。警察不得不过来维持秩序。中村警长帮助 N 导演，一起把富士洋子搀扶到剧院的办公室。

黑柳博士和助手野崎费尽九牛二虎之力，才挤出拥挤的人群，跟着来到办公室。

黑柳博士焦急地冲着中村警长问道：“发生什么事了？”

“你的预料是对的，凶手准备对富士洋子下手了。好在她现在没有生命危险，被那个镜头吓晕后已经苏醒过来了。”中村警长简洁地回应道。

之后，警方对负责该片的 N 导演还有 K 剧场的经理进行了调查。他们反映说，昨天该片在制片厂试映时一点问题都没有，今天播放的拷贝片是昨晚送来的。

放映室夜间是锁着的，但是锁很容易被撬开，用一根细铁丝就能把锁拧开。估计是凶手趁着拷贝片还放在这里的时候，夜间偷偷溜了进去，动了手脚，不然不会出现今天的这种意外状况。

警察认真查看了拷贝的片子，发现表面上有许多红色染料。

可是，只凭这些，还是无法获知凶手的样子。现场更没发现脚印或指纹等线索。警方把所有的人员都问了一遍，包括昨晚的值班员和清洁工，都没得到什么有用的信息。

半小时后，试映会再次开始。不过中村警长和黑柳博士没有留在剧场内，而是走了出去。

“我会派几个刑警去 K 制片厂保护富士洋子的人身安全。现在已经让警察护送她回家了，这些我已经安排好了。”中村警长对黑柳博士解释着。

“看来你似乎已经摸清了凶手的怪脾气。这个凶手的行为有时像淘气的孩子，简直就是胆大妄为，但是又有自己的行事目的。开始时，他很得意自己的杀人抛尸手段，真够卑鄙。现在他变了玩法，不是把人直接杀死，反倒提前发出预告。

“他不只是恫吓被害人，甚至还公然挑衅我。他好像在嘲讽我：‘笨蛋，我就是要杀死这个女人，你能奈我何？你们再怎么防备，也拿我无可奈何。’这个家伙太可恶了，怎么能这样目空一切呢！”

“既然知道了他的下一步计划，我们就能采取相应的策略了。在富士洋子周围，我部署了一些警察，必要的时候，能组成‘人墙’，不会出现任何纰漏，凶手这回根本伤不到富士洋子。”

“不错！”

听完中村警长的话，黑柳博士心情有些愉悦。

“哦，我倒是想起另外一件事。依你看，那个家伙有没有可能还在 K 影院里？”

中村警长突然停下脚步，担忧地问道。

“依我看，他很可能还在剧院里。这个凶手好像很喜欢欣赏自己导演的剧目，他应该会留下来看闹剧对观众产生的影响。”黑柳博士笃定地说道，语气十分肯定。

## 紧密部署

凶手在剧院里制造的闹剧很快就过去了。

富士洋子生性要强，她只在家躺了一天，便又正式出现在片场，一如既往地进行拍摄。

为了保障她的人身安全，摄制组在所有的正式演员和跑龙套的群演间，挑了几个身强力壮的，时刻守在摄影棚里。富士洋子到哪里，他们就跟随到哪里。

当然，警方也派了几名便衣警察，围守在富士洋子家的四周，监视着凶手的一举一动。这两道防线非常严密，那个杀人狂魔绝无可能接近富士洋子。

但是，凶手对此视若无睹，于是，第二封信又出现在黑柳博士家里。

一个清晨，黑柳博士一进书房，就发现桌上躺着一封书信。助手野崎还没上班，因此他就把书生喊了进来：“是你拿来的信吗？”

“不是我拿的。”

“今天早上有人来过这里吗？”

“没有，我把玄关门打开之后，没有见到有人来。”

“那这信是怎么回事？没人开窗，院门也是我刚打开的。”

黑柳博士有些心神不宁，他拿起信来看。

信写得很流畅，上面是这样的内容：

亲爱的黑柳博士：

我非常欣赏您。因此，七月五日那天，我想邀请您共赏艺术之作“富士洋子”，一定不能失约，特此邀请。

蓝胡子敬上

“七月五日，不就是明天吗？”

黑柳博士读完信，不由得嘀咕了一声，焦躁地在房间里走来走去。

过了一会儿，野崎三郎来了。

“野崎君，你在K制片厂有没有认识的人？”

“我倒是见过N导演两三次……”

“那好吧。你能帮我引荐下，把他的电话给我吗？我有事想和他说……”

“介绍就不必了吧？先生只要报出你的大名即可，你的大名在他们那儿早就如雷贯耳了。为了稳妥，我还是先打个电话招呼一声吧！”

听到野崎给N导演打的电话通了，黑柳博士赶紧接了过来：“明天是七月五日，富士洋子小姐的拍摄行程已经定好了吗？”

“是的。明天她会和五个男演员一道去O町那边的森林中拍外景。其实我们原定的地点要更远，因为最近不安全，只能在近处的O町将就一下。我明天也会去，警察和保安也都在场。”

O町是个小城镇，离K制片厂不算远。

“你们定的时间是几点？”

“天太热，我们得趁着阴凉的时候早点拍，我们准备八点左右从制片厂出发。”

了解到这些情况后，黑柳博士就挂断了电话，只是他根本没提凶手送来的那封信，匆忙地准备出门。

“野崎君，赶紧备车！我要去K制片厂。”

野崎赶紧按照吩咐做好准备，黑柳博士坐车马上出发了，三小时后回来了。他让野崎赶紧打电话给中村警长。

“不好意思，请你马上到黑柳博士这里来一趟！”

下午两点，中村警长才赶到黑柳别墅。

“我的判断没错。你来看看这个！”

黑柳博士把那封信交给中村警长，然而却抑制不住自己的喜悦。

中村警长看完信，脸色变得通红，叫嚷道：“太可恶了！这怎么可能呢？现在怎么还会发生这种事呢？”

“哈哈，这个家伙已经出现了，并且就在我身边，我一定得抓住这个好机会。”

“什么好机会？你到底在说什么？”

“我终于可以直接和那个家伙较量了。七月五日，就是明天，凶手下了通告，他自己肯定不会食言。我刚才也查问过了，富士洋子明天有到O町拍外景的计划。我如果跟着一起去，肯定能将凶手捉拿归案。”

“警方和制片厂都会派人到现场进行保护！这凶手就是有天大的能耐，也不能轻易得手。毕竟，他并不只是为了杀人。”

“没错。不过这个凶手就像是个魔术师，他能把一切的不可能转化成可能。”

“照你这么说，明天的拍摄现场还是危机重重。我觉得要赶紧通知制片厂，停止这次的拍摄任务！”

“你得对我有信心。这一次我会不顾一切，和凶手好好较量一番，不会让他逃走。尽管前面会有未知的危险等着我，但是我如果打退堂鼓的话，那凶手岂不是逍遥法外了？”

“这次绝不是儿戏，黑柳君，保障你和别人的生命安全更为要紧。”

“一定得对我有信心！我从来都是在乎他人的生命胜过自己。”

“那一切就看你的了！我明天也会赶去O町，而且会带上更多刑警去现场保护，以应对不测。”

“中村君，有件事你一定得保证做到。只有收到我发出的信号后，你才能采取行动。哪怕富士洋子会有生命之忧，哪怕凶手逃跑了，你们也不能阻拦或者进行追捕。”

“你的意思是说，明天你要指挥所有的刑警吗？”

“对。我明天会乔装改扮后赶去现场，到时你们谁也不会知道我在何地。因此，当我没有在你们面前显露真身的时候，或者没有通知你们下一步行动计划的时候，你们千万不要轻举妄动，以免打草惊蛇，不要乱了我的计划。”

“这都是些什么要求！不过，一切都听你的，我会配合你行事。但是我觉得要让 K 制片厂的所有人知道凶手的这封预告信！”

“这件事嘛，我方才亲自去了一趟 K 制片厂，已经和他们的领导讲清楚了。不过其他的人和富士洋子，暂时还不知内情。我之所以不告诉他们，完全是为了方便明天的行动。”

中村警长最后接受了黑柳博士的请求。他们达成一致：警方和黑柳博士明天分头行动，赶去 O 町的拍摄现场。

黑柳博士最后又叮嘱了野崎三郎几句：“因为你认识 N 导演，野崎君，因此明天到了拍摄现场后，你要一直守在富士洋子的身边。但是你不是去保护富士洋子的，你有另外的任务。我没有发出行动信号之前，你要时刻注意那边的风吹草动，尽力阻止警方可能提前采取的一切行动。

“如果他们非得采取什么行动不可或者有别的想法，你一定得千方百计阻止他们。懂了吗？明天我会出发得早一点，可能天不亮就走，至于你呢，就先赶去 K 制片厂，然后和他们一道赶到 O 町的拍摄现场。”

在黑柳博士的安排下，所有的准备工作已然就绪。

## 重重迷雾

到了第二天上午的九点前后，在 O 町附近的森林里，K 制片厂来了不少人拍外景。

其中有 N 导演和 S 摄影师，以及他们各自的副手、女主角富士洋子、其他男女演员各五名，再加上刑警六名、司机一名、中村警长和野崎三郎，共来了二十多人。

大多数人是搭乘电车来此的。现场有三辆小汽车，制片厂两辆，警视厅一辆。

沿着O町的建筑群慢慢往里走，就看见郁郁葱葱的森林。这里山峦绵延起伏，还有潺潺流淌的小溪，加上大片大片的松树，简直美如仙境。

在大片的农田旁边，出现了一栋栋农村的草房。如果经过摄像师后期的加工，密林和农村的景色更会同风景油画一样优美。因此，在这里取外景是最合适的了。

中村警长和N导演坐在一片浓荫下，正交谈着什么。

“昨天黑柳博士给我打了电话，说警方今天要来拍摄现场进行保护。我想知道是不是出事了？”N导演的语气中透露着慌乱。

“没什么事，就是在野外拍摄，需要更好地保证富士洋子的安全。”

因为中村警长和黑柳博士之间有过约定，因此也不便过多说什么。

“如果可能，那我们会尽量减少外景的拍摄。可是这剧中有汽车奔驰的场景，这个是不能删掉的……不过只要能有三十秒的镜头就可以了。其他的倒也不需要实景拍摄，可以用布景代替。”

“那富士洋子必须坐在车上吗？”中村警长有些担忧起来。

“是啊，不过只坐五十米左右就行了。我们的安保人员也会在车上，你不要过于担心。”

“好吧，我决定在这段路上安排一些刑警，还是多加小心为妙。”

“没问题，你尽管安排吧！只要警察们别冒出头挡住镜头，让他们守在树荫下就可以了。还有，到时你们别信以为真，镜头里会出现歹徒强抢女子的场面。

“起初，富士洋子所扮演的女孩，正和一位绅士一起在松树下散步。她原本是来这边的温泉疗养的，却被这个绅士的甜言蜜语哄骗，和他成为朋友后，来到了这片山林里。

“那个绅士其实是个流氓头目，他把一辆车隐藏在树丛中，那上面下来一个蒙面的小流氓，窥视着他们分手后，就伺机行动。当绅士离开后，现场就只剩下了富士洋子所扮演的女孩。

“此时，蒙着面的小流氓猛地出现，把女孩按在地上，并用布条塞住她的嘴巴，然后把她抱上车，开车慌忙离开现场。我们的摄像机就架在对面那微微隆起的悬崖上……要拍的镜头就是这辆车转到悬崖后面的部分。

“后面的故事是，后面的车辆拼命追赶。由于是远景拍摄，可以选择用替身代替被绑架的富士洋子坐在车里，不用富士洋子本人出场。”

“原来如此，这样的场面还真是令人心惊肉跳。那这样吧，我派人去那边的悬崖下面进行保护。不过，为了万无一失，我想要先认识一下与洋子小姐搭戏的这两人，好吗？”

“没问题。”

N 导演把那两个男演员招呼了过来，一一介绍给中村警长。

扮演中年绅士的那人，器宇轩昂，另一个人穿着西服，他扮演小流氓。

这两人都是制片厂的老演员了，因此没有什么可担心的。

很快，正式拍摄开始了。中村警长布置的警察们守在取景框外，做好防范。在稍微远点的树林里，K 制片厂准备的一辆汽车隐藏在树丛中，那个扮演小流氓的演员坐在车里随时待命。

“黑柳博士在什么方位？”中村警长轻声询问着野崎三郎。

“似乎没看到他出现在这里。不过他这人行事比较缜密，没准儿藏在了我们不知道的地方。凶手可能也躲在暗处。不过没什么值得担忧的，我们现场有这么多警察。”

拍摄进行得很顺利，很快就拍到了汽车里的小流氓下车的情节。

那个小流氓拄着拐杖，他从埋伏的警察面前经过，然后慢慢地摸向富士洋子身后的树荫，一副贼头贼脑的样子。

此时，导演已经安排中年绅士离场，只剩下了富士洋子独自站在那里。

按照 N 导演预定的计划，小流氓猛地蹿出，扑向富士洋子，两人开始打斗。

镜头中出现了富士洋子和小流氓的大特写镜头。

他们的厮打很快就结束了，两人都在剧烈地喘息着，这个场景表演得十分真实，特别是富士洋子的表演，简直就像真的遭遇了抢劫一样。

突然，富士洋子瘫倒在地，她的嘴巴被歹徒堵住，腿和胳膊都软塌塌的，好像完全没有了意识。

那个小流氓神气十足地盯着地上无力挣扎的富士洋子，过了一会儿，他把她抱了起来，朝着汽车那边走去。

拍摄镜头随着他们的移动而向前移动着。刑警们也慢慢随着镜头的变化向那边移动。

富士洋子被扔到了后座上，小流氓把车门啪地一下关上。

他坐在驾驶座上，按照导演规定的路线向前行驶，摄像机在后面紧紧跟随着。慢慢地，汽车离得越来越远。

路两边都是埋伏着的警察，车子从他们面前的路上驶过，很快就拐过了悬崖，不见踪影了。

“OK！拍摄顺利结束。”N导演对着埋伏在那里的两个警察喊道。

于是，每个人都松弛了下来，气氛也一下子变得轻松起来。

然而，悬崖那边却跑来两个刑警，他们嘴里不知在大声叫嚷着什么。

“怎么了？发生什么情况了？”中村警长顿时慌了起来，大声问着他们。

“那辆车一直没停下来。”

“不仅如此，而且速度还越来越快。”

“可是，方才不是……”N导演对此难以置信，他叫嚷着。

“那人肯定不是我们的演员！”有人提高了嗓门儿。

“怎么会呢？他不是B君吗？”N导演还是坚持着自己的看法。

野崎三郎忽然察觉到了异常，他赶紧向车辆潜伏的地方跑去，在那片茂密的树丛里寻找着。一个男演员真的躺在那里，处于无知觉状态。这个人才应该是扮演小流氓的B演员。

当大家的注意力都在富士洋子身上时，凶手却伺机袭击了扮演小流氓的男演员 B，穿上了他的衣服混进了拍摄现场。

野崎三郎的惊呼声把大家都吸引了过来。

中村警长、N 导演还有警官们，飞身上车，准备追击前面那辆车。野崎三郎赶紧冲过去阻止。

“黑柳博士还没露面。他吩咐过，他不出现的话就不能擅自行动。”

憋着一肚子火的刑警们，全都不客气地回敬道：“浑蛋！都到了这么危险的时刻，还说这种话？司机，赶紧加速，追上前面那辆车！”

警车如离弦之箭，飞速地行驶起来。转过悬崖背后，前面是一条笔直的山路，可根本看不到任何车的影子。

警车又向前走了一阵儿，走到了一个三岔路口。

路旁的农田里有农民正在干活，中村警长赶忙询问：“喂，你好，你刚才有没有看见一辆车跑过去了？您知道朝哪儿跑了吗？”

“看见了，朝右边跑过去了。”

警察们赶紧把车向右拐。

“右边！右边！”大家齐声喊道。

“不用喊了，看到了，就在前面！司机，再快点！你不能再快一点吗？”

在笔直的路前方，有一辆车正在向前跑。

“怪啊，这车怎么跑得这么慢啊？还左摇右晃的。”一个刑警奇怪地自言自语。

两车之间的距离越来越短，警车终于追上了前面的那辆车。

“糟了！凶手逃跑了！快看啊，这车无人驾驶啊！”

车上没有驾驶员，只有后座上躺着昏迷的富士洋子。一个警察跳上车，赶紧把车刹住了。

众人都跳下车，把这辆逃跑的车子包围了起来。

富士洋子被解救了，可她还是不省人事，脑袋无力地垂着。

中村警长使劲叹了一口气，不过好像放心了些。

“幸亏我们追上来了，不然后果不堪设想。尽管凶手逃之夭夭了，但是富士洋子小姐总算是被救了。”

“好奇怪啊，你们看，座椅好像在动啊！”一名警察惊叫道。

“垫子下面肯定藏着什么！”

大家一听，立刻拉开了阵势，虎视眈眈地盯着那里。

只见那靠垫摇晃着被掀了起来，一个可疑的家伙从里面爬了出来。原来这靠垫有夹层，里面可以藏人。

一见此景，两名刑警马上上前揪住了他，把他的脸扳过来一看，是个脏兮兮的家伙，还穿着工人的工作服。

“赶快交代，你是谁？快说！”

中村警长上前一把薅住他的衣领，用指头戳着他。

“浑蛋！”

这个工人模样的男子忽然大吼。中村警长一惊，不由得松了手。

“你太鲁莽了，中村君！看啊，凶手就这么被你们放跑了！”

“你究竟是谁？”

“你仔细看看啊！是我啊！”

“啊，怎么会是你呢，黑柳博士？”

“为什么不能是我？我昨天去了 K 制片厂，从导演那里获知了今天的拍摄内容，因此觉得凶手肯定会盯住这辆车，在这上面大做文章。于是我就和制片厂的厂长共同设计了这样的座椅机关。我就潜伏在座椅的下面。你们知道，我腿有伤，窝在这里头就像被弄折了骨头一样疼。”黑柳博士抚摩起自己的那条假腿。

“我隐藏在坐垫下面的夹层中，只要他开车逃跑，不管去哪里，我都不怕他隐匿踪迹。然而你并没做到我们事先的约定，因此我之前的一切努力全都白费了。好在这家伙应该跑不远。你们来的时候在路上遇到过什么人吗？”

“没有啊。”

“真是奇怪了！我感觉汽车开始摇晃的时候，是从离这里二三十米远的地方开始的。我觉得之前开车的那人应该就是凶手。”

“我们只是在路上向农民问过路。”

“农民吗？他在哪里？”

“就在前面的岔口处。”

“肯定就是他！他应该就是凶手！”

“啊？凶手？”

大家醒过神来忙返身回去找那个他们问过路的农民，然而哪儿还有人影！无奈之下，大家只能小心地照顾着富士洋子，准备返回。

可是，在回来的时候，野崎三郎竟然也没影了。

难道他自己先离开了吗？还是他独自留下了？谁也不知道。然而对于他大家并无过多的担心，大家都全力以赴地照顾着富士洋子，分乘三辆车往回赶。

那野崎三郎究竟去了哪里？

因为发生了一连串的怪事，让野崎三郎的头脑开始激烈地翻腾起来，因此他决定自己沿着农村的田间小路安静地走回去，也好趁此机会，仔细梳理一下纷乱的思绪。

他顶着毒辣的日头，就这么胡思乱想着，一个人慢慢走在田间小路上。

夏季烈阳如火，灼热的日头仿佛随时都能把稻田里的水蒸腾。稻田间的羊肠小道弯弯曲曲的，不见一个人影，就像被晒干的河流。

野崎三郎走着走着，前面出现了一家院落破破烂烂的农户，有低低的围墙，还有一间破败的仓库。他发现仓库的地上蹲着一个男人，于是不再继续前行。好奇怪，这人不就是警察们刚才问过路的农民吗？

野崎三郎大吃一惊，不由得目不转睛地注视着他，奇怪，那人的眼睛也一动不动地盯着野崎三郎。他的眼珠像玻璃似的，直直地盯着野崎三郎。

野崎三郎和他谁也不说话，彼此只是死死地盯着对方。野崎三郎忽然产生了一种错觉，他浑身生出一种可怕的恐惧感，后背不知何时已经冒出了冷汗。而就在此时，那个农民打扮的人却冲他冷冷地笑了起来。

好在前面大约十米远的地方，有一家食品店。野崎三郎什么也不顾就向那里跑过去，冲进店里。

“不好意思，我想向您打听一下，前面带围墙的那个仓库里有个男子，他有些奇怪，您知道他叫什么吗？”

“哦，你说他啊，那个男的啊，我们都叫他阿作。”

一个像是售货员的老太太走出来答道，她上下不住地打量着野崎三郎。

“他一直住在那个仓库里吗？”

“当然啦。那仓库就是他们家的房子，他家祖孙三代都住在那里。只是这个阿作平时脑子反应有些慢。”

老太太的话让野崎三郎有些意外，不过他已经明白了，给警察指路的农民正是这个阿作。不过，如果指路的那人不是他，那他就只能是蓝胡子了……反正不管他是什么身份，都是一个可疑人物。

野崎三郎又问了老太太阿作最近的外出情况，结果很失望，里见绢枝出事的那时，阿作并没有外出，他近一个月内都不曾离开过村庄。

然而他刚才的表现很怪异，仿佛有什么见不得人的事情。

只能问他本人了。老太太招招手，示意阿作过来。

阿作站在那里半天没动，后来，他就走进了仓库里。不一会儿，他慢吞吞地走过来了，怀里还抱着一个黑不溜秋的东西。

“很抱歉，这东西不知是谁扔在地上的。我以为没人要了，就捡回来了，就……”

阿作深深地弯下腰，低头把怀里的东西递给了野崎三郎。野崎定睛一看，原来是拍戏时那个小流氓所穿的西服，上面沾满了泥土，浑身都是褶皱。还有一张非常陈旧的东京地图和歹徒抢劫时蒙着的头套。

“你捡到这些后就找地方藏起来了？”

“嗯。我是个老实人。刚才来了三四个人在找什么，我怕他们是找这个，非常害怕，就带回家藏起来了。”

“是这样啊。这衣服可以给你。可是有一个条件，下面我问你的问题，你一定得想好了再回答我，不能撒谎。你刚才在稻田里干活时来了一辆车，你还记不记得上面是否有司机？赶紧告诉我！”

“肯定有司机啊！没司机的话，谁开车啊？”

“你真的看见上面坐着司机？没骗我？”

“那是自然，我肯定看见了。那车从我跟前经过后又驶出四五米远的时候，车上忽地一下扔出了这些东西。”

“这些真是从车上扔下来的？”

“当然啦。这么好的西服被扔掉，真是糟蹋东西，我就捡起来拿走了。”

“你一直看着那车吗？”

“嗯，一直到看不见我才回家。”

“那你是否看见有人从那辆车上下来过？”

“没有。车上没人下来。”

问过这些问题后，野崎三郎就把西服给了阿作，只是把那张旧的东京地图揣进了兜里。

这西服没什么问题。很明显，凶手袭击了那个扮演小流氓的男演员，并且抢走了他的服装，穿在了自己身上，把男演员绑了起来，自己则假扮演员真的绑架了富士洋子，然后驾车逃窜。后来在半途中，他把西服脱下，随手扔进了稻田里。

他这么做，显然是怕警察从这西服上发现破案的线索。

只是，让野崎三郎迷惑不解的是，阿作并没有看见凶手下车。阿作站着的小路前面有一座小山，车子驶到那里阿作是看不见的，因此他也不知道凶手后来到底做了什么。不过车子经过小山，到最后所停下的位置之间，并没有多远。凶手只要下车，在后面追赶的野崎和刑警们，一定会有所察觉。

因此，在这段时间内，凶手跳车逃跑是不成立的。假设认定阿作是凶手，但他们一家已经在这边住了三代了，而且阿作这一个月之内，根本没离开村庄半步，老太太的话可以证明，因此排除了阿作是凶手或者帮凶的可能性。

“真是咄咄怪事！该怎么解释这一切呢？”

野崎三郎边走边喃喃自语着，他越分析越感觉恐惧，这种恐惧难以名状。

## 挑战纸条

第二天，中村警长来到黑柳博士家中，两人在客厅里进行了关于案情的密谈。

“我的助手野崎昨天汇报说，那个凶手像鬼魂一样无声无息地就没影了。而且，今天这份挑战书，也不知是凶手何时放进来的。在野外的时候，在那么多人严密地监视下，凶手竟然也能逃走，这简直令人匪夷所思！”黑柳博士困惑地说道。

“这凶手来无影去无踪的，我做了这么多年警察，还从没遇见过这种情况！”中村警长随声说道。

“能做出这些行为的，恐怕只有鬼魂了吧。只是发生了这些事后，野崎君似乎被吓坏了。昨晚他向我汇报完情况后，就想辞了在我这里的工作，他说整天担惊受怕，实在是受不了。他今天就没来上班。”

“也是，我能理解他此刻的心情。不瞒你说，这回我也被凶手吓着了。每个毛孔都渗着寒意。”

“哈哈哈……你可不能开这样的玩笑，你想让我怎么办？说实在的，我们和凶手的正式交锋，才刚刚开始呢。这张地图是那个叫阿作的农民捡到的，你也看看。”

黑柳博士在桌上把地图摊开。上面奇怪地标着许多“×”，而且在这些“×”的下面，写有一到四十九这些数字。换而言之，在东京地区，被标明“×”的地方共有四十九处。

“我已经询问过制片厂了，这张地图不是那个扮演小流氓的男演员的。由此可见，很可能是凶手仓皇逃走时不小心遗落的。”

“你说得有道理……如此看来……”

“这张旧地图并非无用，反而有特别的意义。”

“是这样啊……只是，地图上莫名地标着四十九个‘×’，究竟代表什么意思呢？”

“我也没弄明白，不过咱们可以研究。”

“……”

“你仔细看，这些标记好像不是一次性标上去的，似乎是按照时间顺序，隔几天记一次。这些墨水的颜色深的深、浅的浅，还有的数字似乎被擦过。所以我分析，凶手在地图上做标记耗费了很长时间，估计他是有了新发现就会标记一下。

“那凶手究竟发现了什么呢？我猜测应该是他在记录自己发现的被害人名单，这些女子分别住在不同的地方。并且所有的这些标注，都是他在关东大楼招聘过女雇员之后才出现的。

“你看这上面，里见姐妹和富士洋子所住的位置都没有出现，因此她们可能只是意外的受害者。”

“你分析得很有道理。我明白了。”

“这个凶手十分凶残，简直毫无人性，不过就他的作案手法，也不难理解。看如今的情况，他还要继续犯案，并且有四十九个姑娘会受害。”

“你太夸张了，哈哈哈……怎么会呢……”

“不，咱们可不能大意。好好分析一下，你看凶手每次作案，哪一次不是被我们认为毫无可能？可他偏偏就得手了。”

黑柳博士的话，让中村警长哑口无言。

两人都不说话了。过了好久，黑柳博士边思考着，边无意识地拿起中村警长的帽子摆弄起来。这是一顶警帽，上面有金丝镶边。他摆弄着，后来把帽子翻了过来，把里面的帽里掀开了。忽然，从帽里中掉出一张很小的纸条。

“不好意思，我不是故意的，我刚才思考问题太入神了……”黑柳博士感觉十分抱歉，拿起纸条就想把它重新塞回帽里中。

“没关系，让我看看！只是，我不曾在帽子中放过什么纸条啊。”中村警长疑惑地说着，站起来把帽子拿到手中。

“太嚣张了！凶手也太目中无人了，竟然在我的帽子中放挑战书。你赶紧也看看！”

上面的内容如下：

亲爱的黑柳博士：

你高超的破案才能让我佩服不已，尽管昨天我败在你的手下，可是我是个越挫越勇的人，这次失败并没有什么。我已经振作起来，要准备下一次的行动了。我相信只要坚持，我一定不会败给你。失败是成功之母，无论如何，我都不会轻易放弃自己的计划。很快，我们就会再见面的！

明天我们还会相遇，就是这个月的七号，在富士洋子的住处，黑柳博士，我随时恭候着你！

蓝胡子

“简直太可恶了！岂有此理！”中村警长勃然大怒，瞬间就变了脸色。“这个浑蛋是什么时候把这玩意儿塞到我帽子里的？”

“这家伙还真像在变魔术一样。”不知什么原因，黑柳博士竟然笑了起来，小声地嘀咕了一句。

## 酒中投毒

“你的身体没事了吧，洋子小姐？你的表情有些僵硬，我们拍摄中可不能这样。如果你觉得还没有恢复到拍摄状态，那我们的拍摄就挪到明天吧。”尽管对拍摄的进度有些着急，但是N导演还是做出了让步。

富士洋子十分倔强，只是休息了一天，就又赶到片场了。制片人和同事们都劝她再休息一天，她怎么也不听。

“我有足够的思想准备，没问题的。既然凶手一心想置我于死地，那就随他吧！我还想当面和那个家伙聊几句呢。”

富士洋子早已不在乎，甚至还若无其事地在片场开起玩笑，她转身看了看布景那边。有三十多个人正在忙碌地布景，他们在富士洋子眼前走来走去，里边有洋子不认识的男演员，有后台的工作人员，还有一些看起来比较粗笨的帮忙搬运舞台道具的人。

不用问也知道，那些都是化装后的刑警。其中有一个胖胖的勤杂工，那是中村警长乔装的。只见他大步流星地走到一个很大的表演道具后面，和一个貌似导演助理的人低声交谈着什么。

“没想到，你还在黑柳事务所呢，我以为你真的辞职了。”

“没有，只是我现在每天都处于巨大的恐惧当中。”野崎三郎回答道。

“黑柳先生哪儿去了？我们是一起到这里的……”

野崎三郎环顾着四周，用目光搜寻着黑柳博士。

“方才我在大门口那边还看到他了。估计他肯定又在四周晃悠着侦查吧。”

在宽敞的摄影棚里，拍摄正在进行中。

目前拍摄的是宴会时的场景。

在现场摆放着很多桌子，以及桌子周围的椅子。桌上铺着雪白的桌布，在正中的地方摆放着花瓶，里面插着芳香四溢的鲜花。头上是巨大的水晶灯，发出炫目的光彩。而那些绅士和美女们，身着华服，杯觥交错，言笑晏晏。

镜头不断地向前推进，明亮的光圈不停地转换着位置，拍摄正在顺利地进行中。

镜头慢慢切到了富士洋子的特写镜头。一个侍应生模样的男演员站在富士洋子身后，举着一瓶打开的葡萄酒，将酒倒进洋子的酒杯中，紫色的液体泛着泡沫，眼看就要溢出来了。洋子身着一袭白色的晚礼服，一边和身旁的绅士笑眯眯地聊着什么，一边把酒杯慢慢地举到唇边。

中村警长和野崎站在摄影机旁边，静静看着，身旁还有另外两个刑警。看着富士洋子开始移动酒杯，中村警长有些担心起来，不由得问 N 导演：“杯子里的酒真的要喝下去吗？”

“当然，不过镜头中要求只喝到一半就行了。你大可放心，那不是真酒，只是兑了颜色的饮料。”

“可是，还是有点……”

中村警长还想对 N 导演提醒几句，然而富士洋子早就大口地喝下杯中的液体了。

拍摄镜头继续切换，这次的镜头对准了邻桌上的一对男女。拍摄棚里一片静谧，只有摄像机在沙沙地响着。

“别拍了！赶紧停！快停！”不知为何，中村警长忽然大叫起来。

大家吃了一惊，不由得向中村警长那边望过去。

现场的所有人中，只有富士洋子一人似乎没有听到中村警长的警告，好像对现场发生的一切置若罔闻。

只见她双臂撑在桌上，目光呆滞，恍惚地盯着一个地方。慢慢地，她的脸色越来越黄，最后变成了土色，她的眼神似乎也不同寻常。

现场不知是谁惊叫了一声，再看富士洋子，她的眼睛已经闭上了，身体瘫倒在桌子下面，一动不动。

人们惊慌失措，纷纷叫嚷起来。很多人围在富士洋子身边，和她搭档的那个男演员 I，开始晃动富士洋子的肩膀急切地呼唤她。

“快醒醒，洋子小姐！快醒醒！”

然而富士洋子身体软软的，一动不动。

中村警长赶紧快跑到台上，一把揪住刚才斟酒的那个男侍应生。

“赶快说，你的酒是从哪里拿过来的？”

接着，中村警长又把那个把酒递给侍应生的杂务人员查问了一番，带着这两人来到了制作有色饮料的厨房里。

毫无疑问，是有人提前在饮料中下了毒。

N导演只得把瘫倒的富士洋子托付给男演员I照顾，自己赶紧跑去制片厂厂长办公室汇报情况。

“有人下毒！”

得知这一情况的制片厂厂长大惊失色。

“还等着干什么？赶紧打电话给H医院啊！别担心，会救过来的！”

厂长大声喊道。N导演赶紧抓起电话，让总机小姐帮忙转拨：“快接通H医院！片场有人中毒，赶紧派人过来抢救！”

很快，一辆救护车赶到了制片厂门口，从车上下来一位须发皆白的医生。人们一看医生来了，赶紧自觉让道。

从事发至今还不到五分钟，所以没人移动富士洋子，她仍然躺在地上。

老医生也不说话，只是弯腰从工具包中取出各种器械，给洋子小姐做着检查。

“应该是误服了麻醉剂，暂时还没有性命之忧。”

老医生晃着白色的胡须，抬头对厂长和N导演说道，眼睛在老花镜后闪着光。

“病人需要做进一步的治疗，但这里的条件不允许，你们赶紧把她送到医院。”

“一切听您安排，多谢了！”厂长急忙应答。

“好吧，救护车就停在大门口，麻烦你们帮着把病人抬到车上。”

“那好，赶紧过来几个人，把富士洋子抬到救护车上！赶紧点！”

厂长冲着众人大吼了一嗓子，过来了三个男青年，他们一个托肩膀、一个抬身体、一个抬腿，轻轻地将富士洋子抬离了地面。

然而，此时又发生了一件奇怪的事情。

之前一直不见踪影的野崎三郎，此时却突然出现了，他趴在N导演耳边嘀咕起什么。

“什么？真的？”

只见N导演神色骇然，差点蹦了起来。野崎三郎到底和N导演说了什么，竟然让 N 导演如此方寸大乱？

其实，富士洋子意外昏倒后，野崎三郎就心生疑虑。如果说之前的一切都是蓝胡子所为，那么在他没达到目的之前，是不会轻易杀害富士洋子的。

很显然，蓝胡子只是想让富士洋子陷入昏迷，这样就方便他顺利把人带走。但是，他会怎样把洋子小姐从众目睽睽之下带走呢？

想到这些，他就开始警惕地盯着富士洋子周围。

此时，那个须发皆白的老医生，随着救护车来到了拍摄现场。

白胡须白头发，还戴着一副大眼镜，这吸引了野崎三郎。他警觉起来，就找了一个长期在片场工作的男演员询问：“喂，他真的是 H 医院的医生吗？”

“应该是吧。不过我之前从没见过他。”

“你最近不是在那儿住过院吗？”

“我是在那里住过院，可是我没见过他啊！”

听到这些回答，野崎三郎急忙赶到片场办公室，让工作人员打通了 H 医院的电话。

“方才你们片场确实给我们打了急救电话，要求我们派人前去抢救，我们救护车和医护人员都准备好了，可是过了一会儿，你们又打电话说不需要了。怎么了？难道不是这样吗？”

医院的回答让野崎三郎很吃惊，他急忙跑向拍摄现场，上气不接下气地向 N 导演解释这一切。然后，他又要求那名老医生先等一等，先不急着送病人去医院，自己便离开了拍摄现场，到处寻找中村警长和黑柳博士。

N 导演情急之下有些莽撞，他追上了老医生。

“这位医生，我有事想问你一下……”

“你想问什么？”

老医生正走在三个抬着富士洋子的青年前面，一听这话赶紧回头。N 导演不知该如何开口，欲言又止。老医生用冷冷的目光盯着 N 导演。

他们就这么无声地彼此对视着，僵持了好一会儿。看到N导演脸上异样的表情，老医生似乎察觉到了危险。

原本老态龙钟的老人，瞬间变成了健壮的男子，也不弓着腰了，撒腿就跑，速度快得宛如离弦之箭。很快，他便躲进了片场的第三制片室。

警察们这才意识到，这个所谓治病救人的老医生，原来就是杀人狂魔，于是就怒吼着追了上去。

第三制片室里的光线十分昏暗，即使是晴天，这里面也很暗。地上堆着乱七八糟的拍摄器材，因此偌大的房间也显得拥挤不堪。在这些器材中间，是十分狭窄的通道。室内有一个很大的军舰模型，但是船舱中积满了脏兮兮的黑水。

凶手一旦进入这样的房间，想要一下子找到他显然无比艰难。

警察们到了门口都停了下来，很难辨认凶手逃窜的方向。大楼到处漆黑一片，让人感到十分惊恐。大家还在犹豫的时候，中村警长和野崎三郎也来了。

人员众多，大家分组行动，三五成群，慢慢向前摸去。由中村警长统一指挥，每个出口处，都派几名警察监守。

“凶手今天插翅难逃，我们一定要瓮中捉鳖！”

中村警长站在第一个出口处，盯着黑黝黝的大楼信誓旦旦地自言自语道。

## 困兽犹斗

然而，想抓住这个狡猾的家伙并不简单。

越往屋里走，地上杂乱的拍摄道具出现得就越多，眼前根本看不分明，使得搜索也变得十分艰难。

走在最前面的警察忽然停住了脚步，在那些乱七八糟的道具之间，仿佛有两道野兽一般的目光投射过来，使他的双腿不由得打战。

就在此时，一道明亮的灯光扫了过来，人们顺着光线望过去。

“别怕，是我！”

这声音十分熟悉，原来是摄影师的助手。

原来，他看到屋内十分黑暗，想到屋里还有聚光灯，便打开了，淡蓝色的灯光瞬间照亮了整个屋子。

突然有人大叫起来：“看，那边！那边！”

在天花板上有一条轨道，以方便拍摄时可以按照需要上下移动摄像机。刚才那个怪异的老医生，就出现在轨道上。

一名警察赶紧跑到支撑轨道的柱子前，迅速灵巧地往上爬。那个假医生似乎并没打算逃跑，他摆出一副气势汹汹的样子，想要与上来的警察决一死战。

那个往天花板上爬的警察，一见凶手这副誓要鱼死网破的模样，吓得怔了片刻，随后冷不防大喝一声“王八蛋”就尽力向凶手冲去。

凶手节节败退，警察步步紧逼。在场的人抬头看着这两人，大气都不敢喘。

轨道上激烈的搏杀开始了，两人虽然都非常用力，但也十分注意力度，使自己不至于因为用力过猛而掉下去。警察的身手十分灵活，他身体比较柔韧，动作敏捷利落，一直想把凶手踹到地上。但是凶手的身手似乎比这个警察还好，进攻躲闪也十分迅速。

这个家伙做出一副随时就可能坠落的假象，身体悬在半空中，只是把两腿勾在轨道上。警察以为凶手马上就要掉下去了，所以也松开了自己的手脚，只听扑通一声，很不幸，他落到了那艘积满污水的军舰模型的船舱里了。

等他狼狈地爬出来时，凶手早已离开轨道，挂在了天花板的房梁上。

站在地上的中村警长和野崎三郎等人，盯着凶手所在的位置，不住地移动着方向。他们觉得与其在下面追赶凶手，倒不如静静地等着他精疲力竭后自己掉下来。

十分钟，二十分钟……屋顶上的凶手，因为气力不足，终于放开了握住房梁的手，坠落在地。扑通一声，一动不动地躺在了地面上，好像昏过去了。

“赶紧用绳子绑起来！”

中村警长下了命令。一个警察跑上前去，骑在凶手身上，拼尽全力想要绑住他。然而却响起了砰的一声枪响。

那个警察应声倒地，屋内顿时烟雾弥漫，充满硝烟。那个凶手得意地摇晃着他的白发，在烟雾中发出诡异的大笑，他的手中握着一把还在冒烟的手枪。

谁也没料到会发生这些，大家不由自主地往后挪动着脚步。

凶手用黑洞洞的枪口对着大家，慢慢走向角落。

“你们不要轻举妄动，否则别怪我手中的枪不客气！”

他恐吓着大家，得意地一笑。虽然急于把他抓捕归案，但是大家还是对那把枪有些忌惮，只能暂时投降。

趁着众人举起双手的时候，他一溜烟跑到那些堆砌的表演道具中，但枪口却始终对着大家。

“谁胆敢轻举妄动，我就开枪了！”

凶手潜伏在那些道具后面，还不忘继续威胁着人们。

所有的警察都对此束手无策，只得乖乖举手投降。

枪口一直指着大家，丝毫没有改变位置。

就在互相僵持之时，黑柳博士突然从人群后面走了出来。站在最后边的中村警长虽然举着双手，心中却瞬间一亮，他偷偷凑到黑柳博士耳边低语道：

“我们一路追赶，费尽千辛万苦才把凶手逼到此处，眼看就要抓到他时，他却开了枪。你此时看到的，正是我们彼此僵持的场面。我们无法取得主动权，若是轻举妄动，凶手就会开枪。太凶险了！”

“我知道了！”

黑柳博士不动声色地低声回应道。

“本来我想把那辆假救护车车上的司机抓过来，不料这个司机也鬼得很，让他逃了。”

中村警长非常钦佩黑柳博士这个举动，自己竟然没考虑到去抓那个司机。还是黑柳博士考虑问题考虑得全面。

“本来我不会来得这么迟，着了这个家伙的道，竟然把我关到了那边的空屋子里。那门很厚实，我折腾了老半天才把门破坏，得以脱身。”

凶手还躲在前面的道具堆中，黑柳博士却不管不顾，继续说着。

“别的情况先等一等，我们先看看眼前怎么办。怎么能顺利捉住这个凶手？他可是一直在负隅顽抗。你有什么好主意吗？”

“凶手虽然拿着枪，但是他怎能轻易射中我们？我们靠得这么近，全挤在一块了。现在让大家听我的吩咐，全部都往后退！”

黑柳博士有条不紊地吩咐大家，自己却从容不迫地靠近那枪口。他这行为简直是不要命，所有的人都震惊了，不过谁也顾不上劝他，都盯着道具堆那边，盯着枪口处的变化和黑柳博士脸上激愤的表情。

屋内一片死寂，只有喘息声清晰可闻。

然而凶手半天没动。

那个藏在道具堆后面的穷凶极恶的凶手，遇上这么一个不怕死的黑柳博士，他会不会做出更疯狂的举动来？不过奇怪的是凶手没有发出一点声音。现场是一片可怕的死寂。

黑柳博士逼近凶手所在的方向，突然他加快了脚步，不管不顾地扑向凶手所在的位置。

哗哗，前面传来巨大的声响，那些表演道具倒了。真是谢天谢地，凶手的子弹并没有射向黑柳博士！

可是，黑柳博士却突然大叫起来：“糟了！凶手逃脱了！不过现在他应该还没跑出去！”

大家发现在那堆道具后面出现了一个大洞，直径足有一米，凶手完全可以从那里逃脱。大家都以为凶手一直躲在道具后面，没想到这只是他使用的障眼法。

黑柳博士用手拨动那支手枪，发现那手枪上拴着绳子，手枪原来是被绳子系在道具上的。

凶手只是把前面的枪口部分露出来，他自己却趁着人们惊魂未定的时候来了个金蝉脱壳，从洞口那儿逃跑了。

可是各个出入口都有警察把守，因此凶手应该逃不出厂外。于是大家分头行动，进行拉网式的搜索。黑柳博士和中村警长负责搜查刚才凶手待过的地方。

“这个浑蛋竟然化装了，你看这些！”

黑柳博士从角落里拽出了一些东西。有又宽又大的西服，还有伪装成老人所需的白发套、白眉毛、白胡须和一副大眼镜。

黑柳博士和中村警长大眼瞪小眼，半天说不出一句话。

“凶手难道真的逃跑了吗？不过我们还得仔细检查一下，也许他还没逃到外面。”

第一个和第二个出入口处，都有警察把守。警察告诉他俩，没人从这里出去过。他俩又跑到离大门最近的第三个出入口。

“你们这里有可疑人跑出去吗？”

“可疑人倒是没有。不过，有个道具工出去了。”

“那人长什么样子还记得吗？”

“哦，这个我倒是没怎么注意。他跑得太快了……”

“你怎么不拦住他啊？”

“我看是道具工，因此……”

“笨蛋！凶手可能是化装成那样的啊！”

就在他们一问一答的时候，黑柳博士早就拖着不灵便的腿跑向了大门口。

从第三制片厂到大门，大概五十米。虽然刚才制片厂里发生了惊心动魄的事情，但门卫这边却毫不知情。

因此，黑柳博士一询问刚才有没有人经过时，门卫还有些莫名其妙，他只是惊异地说：“是有三两个人出去过，不过那都是来参观制片厂的……”

“那中间有道具工吗？”

“没有啊，来的都是西装革履的绅士……不过，你倒是提醒我了，好像最后出去的那个人有点古怪，他交给我一封信，说让我转交给黑柳博士，他说完这些就走了。黑柳博士在哪里，你知道吗？”

“哦？什么信？我就是黑柳博士，把信拿来吧！”

说是信，所用的纸不过是随手从日记本上撕下的，纸张被叠了三下。黑柳先生把信打开，能看到上面用铅笔歪歪扭扭写着些字，字迹十分潦草。

亲爱的黑柳博士：

既然我们有过约定，就一定要实现啊！七月七日的每一秒钟，都让人向往，提醒你千万要小心哦！

蓝胡子

看来，凶手逃出第三制片室后，在去大门口之前，匆忙换上了道具工的衣服，从门卫眼前光明正大地溜走了。

赶过来的中村警长怒不可遏地挥起拳头，大叫道：

“变态的家伙！还真是善于伪装自己！快告诉我，他是什么时候出的大门口？”

“快十分钟了。只是他跑得特别快，要是追的话……”

但是中村警长还是想奋力一搏，他把手下的那些警察都召集过来，给大家分派了任务，堵住了所有通向车站的出入口，可还是没有凶手的踪迹。

“这个浑蛋太嚣张了，黑柳君！看纸条上的意思，他今天来似乎是为了绑架富士洋子。”

“我也是这么分析的。不过这家伙倒是说话算话，没有食言啊。”

“黑柳君，你怎么能长凶手的志气，灭自己的威风呢？”中村警长露出不悦之色。

“怎么会？哈哈哈……你别当真。”

“唉，不提这个了。反正我觉得，我们一定要加强防备！富士洋子现在怎么样了？”

“这个不必多虑！拍摄的工作人员早把她送回制片厂了，厂长、导演还有那些女演员们，都在认真地照顾她，她说不定已经醒了。今天出现这情况，主要是我们的保护措施还有漏洞，竟然让那个浑蛋瞅准了机会，再主要就是现场人员杂乱。”

“确实是这样，这些情况都有。我们本来想奋力擒凶的，可是现场那么多人，乱嚷嚷的，有点施展不开手脚。”

“那我们探讨一下，以后该如何加强对富士洋子的保护。咱俩都是负责她安全工作的，只要能保证她万无一失就行了，换而言之，只要她不出事就好。我们俩亲自出马，两人对付凶手一人，按理说绰绰有余了，一定不会出现纰漏的。凶手虽然狡猾，可是遇到我们俩的火眼金睛，他也无法浑水摸鱼。”

“你说得有道理。我练过剑术，而且我善于出其不意地战胜敌人。”中村警长有些跃跃欲试了，笑着回应道。

## 奇怪鬼屋

富士洋子恢复意识后，搬到了 K 厂长的别墅去住。这座别墅紧挨着制片厂。

别墅是最近才建好的，属于西洋风格，十分气派。在 K 町这边称得上数一数二的建筑，除了 H 医院，就是 K 厂长的这座别墅了。

楼上原来的客房，现在临时改成富士洋子养病的地方。

K 厂长派了专车接送 H 医院的院长上门诊治。这院长和 K 厂长还有 N 导演他们都非常熟悉，医术更不用提了。随院长而来的护士，也是绝对值得信赖的，专门护理富士洋子。不是每个人都可以进房间探望富士洋子，只有 K 厂长夫妇、N 导演、S 演员、特护，还有黑柳博士和中村警长能进入。

K 厂长别墅的周围是高高的围墙，上面布满了碎玻璃。中村警长和黑柳博士碰头后，选择了三个心腹刑警，和野崎三郎一道，分别守在前门和后门，每处分别有两人值守。

富士洋子安静地躺在床上，正在酣睡，床头柜上放着医院送来的药。对着后院的两扇大窗户，此刻关得严严实实的。

富士洋子的身体正在逐步好转。知道她没有了性命之忧，K 厂长和 N 导演就回到了制片厂。

在休息的时候，中村警长和黑柳博士闲聊了起来："你说你方才被那个家伙骗了，被锁进了空房子里？"

"是啊，他的手法并不高明。那时，我一心想着凶手到底会在制片厂里搞什么鬼，一边到处查看，一边思索，后来发现在技术科外面的墙板上，竟然出现了一个用粉笔画出的小箭头。

"我感到奇怪，于是就仔细查看那一片。果然，这样的小箭头在卫生间的外墙上、电线杆上，还有别的引人注目的地方也出现了，而且箭头下面还有数字，从 1 标到 13。

"我就按照数字的顺序查找起来，惊异地发现所有的箭头都指向同一个方向，因此我断定这些箭头不是随意画上去的。令人奇怪的是，最后应该出现箭头的地方，竟然写着 0。我觉得那里一定是凶手所指示的地方。"

黑柳博士停顿了一下，继续说道："后来我从 N 导演那里得知，原来那里就是出名的鬼屋。听说有个男演员在那屋里自杀了，后来就一直闹鬼。人们都害怕那个地方，都是绕道走。那里也一直关着。"

“啊，你说的是那个房间吗？”女演员S心有余悸地说道。

“我本来并没有在意，只是顺手推开了那个标着数字0的房门。可我刚进去，就听见门在身后自动合上了。好怪啊，我正纳闷，就听到外面有人上锁的声音。

“情况不妙！我得赶紧逃出去。可是窗子前面是一台很大的机器，我凭一己之力根本挪不动。无奈之下，我在屋里找到一根棍子，使劲砸门，真是费了九牛二虎之力，门坏掉后我才得以逃出来。”

“那你除了看见那个假扮的老医生外，有没有发现他的同伙？”

“这还用问吗？他肯定有帮凶。要不，那麻醉药怎么会被混到饮料瓶中呢！”

“哦，你提到麻醉药，这个我还真调查过，可是查不出究竟是谁下的药。”

说到这里，中村警长的眉毛拧了起来。

在谈话间，不知不觉夜就深了，已经到半夜十一点了。

富士洋子正在酣睡，脸冲着墙躺着，守护在一边的护士，坐在椅子上也开始打盹儿。

“嗨，你别在这里睡了，到旁边屋里躺会儿吧！我在这里替你守着，有事再叫你！”

看着护士那疲惫的样子，黑柳博士就叫她到旁边屋里去休息。屋里只剩下黑柳博士和中村警长在守护着。富士洋子能否安全度过今晚，就靠他们俩了。

“我想那个家伙就是有三头六臂，也掀不起风浪了。”中村警长小声地说着，揉着惺忪的睡眼。他站起身伸着懒腰，之后便在窗前望着外面宽阔的院子。

“蓝胡子不可能从外面爬到窗上来，也没有什么着力点可以让他抓住，所以窗户这里不用担心……他要是真来的话，也只能走门了，不过屋里有你和我看着。黑柳君，你说这个蓝胡子会傻到明知不可能还强行闯进来吗？”中村警长拍了拍兜里的手枪，不屑地说道。

“还没到约定的时间，还有一个小时呢！”

黑柳博士答非所问地说了一句，语气十分淡漠。

正如中村警长所说的那样，有他俩守在这里，蓝胡子是不敢贸然进来的。因此他们俩时刻不敢离开房间，一直守在富士洋子身旁。即使要去卫生间，也总会轮流去，至少留下一人。

过了一会儿，中村警长笑着起身：“真不好意思，我还得去方便一下，也顺便去查看一下大门口的状况。”

卫生间在楼下走廊的尽头，沿着走廊来回需要花费一段时间。

中村警长出了卫生间，打开玄关的大门，走了出去。

警察们都隐藏在大门周围的树林里，他们全神贯注地盯着大门口。

“野崎君在不在？”

“他说要去后面的围墙那边，刚走一会儿。”

中村警长从墙角拐过去，来到了后门口。有两个警察站在那里，正忠诚地值守着。

看到自己的手下都如此尽职，中村警长总算放心了。他又回到楼上，和黑柳博士谈了谈自己查岗的状况。

现在已经是十一点五十分了，再过十分钟，就要到半夜十二点了。

“只剩下十分钟了。我就不信十分钟内，凶手能劫走富士洋子！”中村警长打着哈欠说。

“不能小瞧这家伙，中村君。至今为止，那个蓝胡子所说的都做到了，我们不能不当回事，要不……”

“以前之所以出意外，的确是我们警方轻敌了。但是今天晚上，他根本不可能得手。我俩就在富士洋子的床边，只有两米远，而且我们一直全神贯注地看着，这屋里的一切都在我们的监视中。我们这样严阵以待，蓝胡子怎么可能进得来？”

“话可不能这么说，蓝胡子三番两次把挑战书送进被我关得严严实实的书房。至于他今天晚上到底有何打算，我们怎么可能知道呢？”

黑柳博士分明是觉得中村警长低估了蓝胡子的能力，他略带责备地盯着中村警长说。

“那依你看蓝胡子今晚真的会来？”

“这个我可说不准。”

“反正现在只剩五分钟了，究竟如何马上就会知道了。”

“反正十二点钟之前，我们还不能大意！”

听完黑柳博士的话，中村警长不由自主地打量起富士洋子的睡姿来。她安静地躺在铺着雪白床单的床上，盖着白色的棉被，脸依然转向里面，还在酣睡。

一分钟过去了。

中村警长不知为何有些心烦意乱，再也坐不住了，焦躁地走到窗户前面，检查窗户是否插好，还好，窗户锁得很严实。他又来到屋门前，从里面用钥匙把门反锁了。

黑柳博士倒是显得十分平静，他默不作声地看着忍受着煎熬的中村警长。

剩下三分钟了。

只有两分钟了……

中村警长和黑柳博士都十分紧张，鼻尖渗出了晶莹的汗珠，他们目不转睛地盯着床上富士洋子的后脑勺儿。

终于熬到了十二点，总算是一切平安！

“这下终于可以放心了！”中村警长长嘘了一口气，如释重负地慢慢站起身。

“是不是蓝胡子的手表慢了？”他把探寻的目光投向黑柳博士。

可是，让人惊讶的是，黑柳博士的脸上没有一点笑意，表情依然十分严肃。

“你是觉得那个家伙今晚没来吗？”

早就过了半夜十二点了，富士洋子还安静地躺在床上。直到此时，蓝胡子依然没有现身，很明显今天他食言了。不过黑柳先生所说的这番话很是耐人寻味，让中村警长浑身顿生寒意。中村警长心中七上八下，于是再次打量起沉睡中的富士洋子。

“难道床上的富士洋子早已被害了吗？”

“蓝胡子还没有达到自己的目的，是不可能先把人杀死的，不过……”

黑柳博士边说着，边走到床边打量起富士洋子来。

可是，他忽然愤怒地叫嚷道：“浑蛋！”只见他一把揪住洋子小姐的肩膀，把她拉出被窝，然后使劲扔回床上。

中村警长惊讶得脸都变了颜色。这是怎么回事？难道黑柳博士忽然发疯了吗？

他从背后拦腰抱住黑柳博士，十分疑惑地大声质问着：

“怎么了？不要冲动！”

“你看，富士洋子被蓝胡子劫走了！”

黑柳博士用力挣脱中村警长，浑身颤抖着。

中村警长走近富士洋子，再次打量起那个一直沉睡着的姑娘。

“怎么是假人？”

眼前这个假人的头，脖子上还系着一块白布。

“我的天哪，咱们费尽心思一直守着的，难道就只是这个假人吗？”

黑柳博士颓然地瘫倒在椅子上，感觉整个身体都不是自己的了。

中村警长马上拧开门锁，迅速来到屋外的走廊上。

## 新的发现

话说当晚野崎三郎一直在门外值守，然而夜色越沉，他内心越恐慌，觉得自己不能老站在此处。

虽然黑柳博士和中村警长一直都在屋里守着，可蓝胡子这人行事诡秘，来无影去无踪，因此他一定会利用他那魔术般的手段，不顾一切地把富士洋子劫走。

野崎三郎的脑海中不停地想着，蓝胡子若想走出去，必须经过门口！并且他善于乔装改扮。但是不管他把自己变成什么样子，今天只要有人从门口经过，就有可能是蓝胡子。

他反复告诫自己，不但如此，他还让其他三个刑警也注意这些。

白天的时候，大门那里进来了两三个客人来K厂长的别墅拜访，可是不巧的是，K厂长并不在家，所以他们很快又从玄关那里返回了大门口。医院派来给富士洋子送药的护士，回来时也走的是这条路线。有邮递员来送信，他根本没进大门，只是把信塞到了门口的信箱中。这些来往的人，全都被野崎三郎盯在眼里，他观察着他们的神态和举动。

女用人出了两次门，每次后面都跟着一名刑警。后来发现，女用人一次是去采购冰块，另一次是去食品店，每次外出逗留的时间都不长。

晚上的时候，就没有人进出大门了。

“可是，我还是担心！蓝胡子十分狡诈，总喜欢调虎离山，没准儿……”这么想着，野崎三郎准备去查看一下围墙的外面。

出了大门口向右转，就能看到后门。那边有一名刑警在值守，野崎和他打过招呼后，就背对着大门往前走。

这里原来是稻田，后来被填上了土，变成了一大片长满野草的开阔地。富士洋子所在房间的窗户，很可能就对着这里。

围墙外面长着一片茂密的树林，野崎三郎站在那里环顾四周，然后又转了一个弯继续往前走，这回是别墅的正后方了，这边同样长满了杂草。野崎三郎就这样向前走着，突然，前面出现了一个物体，他赶紧收住脚步。

不错，那是一辆汽车，静静地停在那里。车灯没开，里面没有一点动静。

野崎三郎赶紧躲进树林里，眼睛一眨不眨地盯着汽车附近。

离汽车不远的围墙上方，有个黑乎乎的物体，正在缓慢地挪动。

那是人！绝对是人！

野崎三郎迅速趴在了地上。此时围墙上的人一下子利落地跳到地面。

围墙上面还有个大包袱样的东西。那个跳到地上的人，手中不知何时多出了一根棍棒样的东西，使劲在下面捅着那个大包袱，似乎是想把它弄下来。很快，只听扑通一声，那个大包袱闷声落地，掉到了围墙外面的地上。那个人赶紧过去抱起来，十分艰难地走向汽车。

那是一个沙袋，在经过围墙的时候，身下铺着沙袋，那么再怎么尖利的玻璃碴儿也伤不到人。如果直接用手把玻璃弄碎，就会发出尖厉的声响，而且，人也会受伤。带着沙袋爬有碎玻璃的围墙，既安全又实用。

野崎三郎跪在地上，仔细盯着那人的动作，不禁感叹这浑蛋还真是有些小聪明。如此判断，他应该是刚从富士洋子屋内跳出来，眼下正在收拾随身携带的沙袋和绳索等物。

野崎三郎的目光不住地向四周搜索，想找到富士洋子。

就在此时，那个人已经快进入驾驶室了。

要现在上去和他搏斗吗？自己一个人是很难取胜的，若那人手里还有枪……但就算想叫别墅里的人来帮忙，也来不及。

如此一想，野崎三郎紧贴着地面，向汽车所在的方向匍匐前进，一下子跳上后备厢盖子，然后死命地抓住汽车。

车上的大灯亮了，方向盘开始转动。透过后玻璃向里看，可以看到一个姑娘浑身瘫软地靠在靠背上，身上还被绳子绑着。

汽车沿着没有路灯的道路不断向前行驶，一会儿工夫就到了京浜国道。此时正是深夜，路上几乎见不到人，只有偶尔从对面迅速驶过的一两辆汽车。大概半小时之后，汽车穿过了品川。

来到东京的市中心后，车速开始减慢，不过司机显得更加谨慎了。野崎三郎一直趴在后备厢上，他的双手早就麻木，感觉整个身体都不听使唤了。“赶紧有人看见我吧！或者后面的车能看见我也行啊！”他真希望快来一个救星，谢天谢地，有个路人终于发现了这辆汽车上的异样。

“司机，快停车！车后有人！”

那路人和这辆车只有十几米远，他一边大叫着一边向汽车这边跑过来。

听到路人的叫喊声，那司机竟然没有减速，反倒加大了马力。车子拐弯的时候，差点把野崎三郎甩下来。

车子在一条无人的路上停下了，那个司机似乎要下去检查后备厢。他下车后左看看右看看，车子处于一家工厂的围墙外面，另一边是一条流淌的河流。附近的路上没有行人，也没有供人藏身的地方。

此时，野崎三郎早就从后备厢盖上爬了下去，隐身在汽车的下面。

“嗯，怎么没有人？难道是我听错了？”

那人围着车子转了一圈，一边摇头一边自言自语地说道。没有发现人影，那人就回到了驾驶座上。

见车子又开始行驶，野崎三郎赶紧从车下钻了出来，又爬到了后备厢盖上，紧紧抓住车子。

车子走了一会儿，速度慢了下来，似乎是到了目的地。野崎三郎迅速跳下车，藏到对面的屋檐下。

歹徒根本没有察觉到有人尾随他，他把车门打开，一把拽出车上的姑娘，走进前面的楼房中。

“天啊！”野崎三郎不由得惊叫一声，因为车灯没关，他看见那个姑娘正是被劫走的富士洋子。但是这个劫走洋子的男人根本不是蓝胡子，更不是白天在第三制片室里拿枪恐吓大家的那个家伙。

这个人长得十分瘦小，年龄看起来也不大，不过野崎三郎总感觉这人看起来十分熟悉。

不错，自己的确曾见过这个男子。

那人进入楼房好一会儿，野崎三郎还呆立在原地绞尽脑汁地想着。这人究竟是谁呢？会是谁呢？

他不断地追问着自己。忽然，他如同醍醐灌顶，全想起来了。自己怎么这么糊涂呢，那人不正是叫平田东一的浑小子吗？

而此时的K厂长别墅中，一片混乱。富士洋子失踪后，K厂长夫妇闻讯赶来，还有不少用人。大家都慌了阵脚，不知该如何是好。所有人都看到了那个假人的脑袋，它似乎在讥笑眼前这些不知所措的人。

“我已下令让那些在前门和后门值守的警察，赶紧对别墅周围进行搜查。”

中村警长布置完任务，匆匆回到房间，对黑柳博士解释着。

“如今已经于事无补了！看来凶手想要调包的想法也不是一时半刻才有的，他应该早就酝酿好了。说不准，我们以为保护的是洋子小姐，其实从一开始就是一个假人的替身。”

屋内并不热，但是黑柳和中村两人的头上都开始出汗。

“不过解释不通啊，真是纳闷！从富士洋子搬过来后，这里一直有人盯着。你说外面的墙那么高，上面全是碎玻璃，凶手怎么也翻不进来。如果他是从前面的大门或者后门进来的，怎么着也得从走廊上经过，他想把富士洋子从屋里带出去根本就行不通。难道是他还耍了别的花招？黑柳君，你怎么看？”

“医院里曾派医生和护士过来，难道他们有问题吗？”

黑柳博士把质询的眼光投向K厂长夫妇，他俩使劲摇头，证明来的的确是真医生和真护士。

“医生离开别墅的时候，富士洋子是面朝里躺着的。并且之后，屋里一直有人保护着……我和中村警长离开过屋子，不过都是去卫生间，而且我们俩是分开去的。其余时间，我们一直在屋里……中村警长，难道是我离开的时候你也不在屋里吗？”

“没有的事。”中村警长有些愠怒之色。

“反正我一直待在房间里。即使房间中一时半会儿没人，也不该出状况的。因为富士洋子是个活生生的人，她怎么会老老实实地任由凶手摆布呢？她只要醒来，肯定要与凶手对抗的。这一星半点儿的时间，凶手不可能把富士洋子带走。我思来想去，觉得这事还是有些蹊跷。把富士洋子带出去肯定要经过走廊，但只这一点就解释不通。只要打走廊经过，肯定就会被人察觉，他想逃走只能通过窗户。

“假设凶手是从窗户上爬出去的，可是围墙那么高，而且上面满满的都是碎玻璃！何况还得带着一个大活人。思来想去，我总觉得凶手不可能从墙上出去。”

“你说得有道理，凶手也许准备了绳子等物才得以爬过高墙。”

“什么？绳子？开什么玩笑！从地面把绳子挂到窗户这边来，根本办不到。即使可以做到，也会发出很大的动静。再说，屋子里又不是没人看着！”

就在此时，一名刑警进来报告。

“野崎君不见了！他告诉我们他要去围墙后面检查，后来就没了消息。我觉得很奇怪，就打着手电筒在围墙附近寻找，我发现地上有新鲜的车印。”

“什么？车印？”

一听此言，黑柳博士、中村警长还有赶来的K厂长，全都拿着手电筒跟着去了围墙外。刑警所说没错，在那片空地上，确实出现了新鲜的车印。

“看来凶手的确是从围墙出去的！”

“野崎君是我的助手，对于他的安危，我不能坐视不管。如今，我会顺着车印找到他。”

说完，黑柳博士就急忙往外走。今天从早上一直忙到晚上，也许是那条假肢磨损得厉害，只见他一瘸一拐地，走起路来显得十分艰难。

“别为难自己，黑柳君！让我们去找吧，你先回去歇息！”

“没事的，不要为我操心！这种时候，我能坚持的。”黑柳博士十分执拗，他忍着腿疼坚持往前走。

然而，只走了几步，他就摔倒在地，并且啊地惨叫了一声。

中村警长等人连忙跑上前，只见地上的黑柳先生抱住自己的假腿，牙关紧咬。

“你还能坚持吗？”

“没事，问题不大。”

黑柳博士坚强地站了起来，可是很不争气，他只挪了一步便又倒在地上。

人们顾不得去追踪逃跑的凶手了，七手八脚地把黑柳博士扶到K厂长的别墅中。

“还是去医院检查一下才放心！”

K厂长关切地说道，然而黑柳博士拒绝了。

“不去医院也没事！我也是医生，对自己的腿再清楚不过了。只是很抱歉，今晚我还是想先回自己家。K厂长，你能不能派车把我送回去？”

K厂长赶紧把司机叫来，吩咐他把黑柳博士送回家。

坐上车的黑柳博士，还是懊恼不已，然而他不得不先离开K厂长的别墅。这一次他的腿伤得十分严重，从第三天开始便卧床静养了。

## 空屋密谋

野崎三郎发现了千代田区R町这边凶犯的老巢。可怜的里见芳枝小姐，就曾被诱拐到此处。这座建筑荒废已久，从外面看已经很久没人住了。富士洋子还处于昏迷中，劫匪把她抱到楼里后，就驾车离开了。

见凶犯离开了，野崎三郎就开始认真琢磨起来。

看样子，蓝胡子的大本营就在此地！他肯定早就蹲守在这里，等着平田东一得手后，把猎物给他送到这里。

楼房中一片死寂，静得让人心生寒意。

野崎三郎觉得里面有埋伏，因此他不敢以身犯险。

下一步该怎么做？他踌躇不决。平田东一刚才应该是出去把汽车藏起来了，这会儿又迅速返了回来。他拉开玄关的拉门，闪身进了楼内。

野崎三郎觉得自己不能继续等下去了，没准儿富士洋子已经遭遇不测。所以他什么也不管了，尾随平田东一进了楼。

楼里面黑乎乎的，估计是凶手怕暴露行踪，因此故意关着所有的灯。

平田东一从玄关处进去后，用手电照着继续往里走，野崎三郎蹑手蹑脚地跟在他后面。

走廊很长，两边是一个挨着一个的房间，有的好像是日式的榻榻米房间，和平常两层别墅的内部构造不同。

很快，平田东一向十分逼仄的楼梯下面走去。

这楼里好像还有地下室。

野崎三郎环视四周的时候，平田东一早就离开了楼梯，他走到一扇很沉重的门前，似乎准备进去。野崎三郎觉得自己必须赶紧跟上，就加快了步伐。

可是，平田东一进入地下室后，手电光一下子消失不见了。

难道是他把手电关了？还是他故意躲起来了？

野崎三郎只得慢慢摸索着向前走，他也想进入地下室。

他走了五六步时，身后忽然蹿出一个人影，从他的身边嗖地一下过去了。

紧接着，他身后传来咔嗒咔嗒的声音，门不知被何人锁上了。

“蠢货，你以为我不知道你在跟踪我吗？现在你就待在里面吧，好好休息一下！反正在这里你不会寂寞，会有不少朋友的……”

这是平田东一的怪腔怪调，接着大门咔嗒一声被锁上了。

被骗了！野崎三郎狠狠地咬住嘴唇。

楼里面似乎只有这一间地下室，而且门十分坚固。野崎三郎有些傻了，呆呆地站在黑暗中好久都没缓过神。

过了一会儿，他把手伸进了口袋里，然而他趴在汽车后备厢盖上时把手电弄丢了，身上也没有什么可以擦出光亮的东西了，因为他不吸烟，身边没有火柴、打火机之类的物品。

实在没办法了，他只能用手摸着墙边行走。墙体又厚又坚固，手在上面敲击根本无济于事。感觉墙面似乎抹着水泥。这不像普通的房间，不是方方正正的那种，因为出现了许多墙角。

“怪了！谁的别墅里会有这样的地下室啊？”

野崎三郎使劲控制着自己的恐慌，脑子里却浮想联翩。

“难道是我的幻觉？”一个在黑暗中看不清物体的人，往往会把方形的房间分割成多个，误以为出现七个或八个角落。这是他在一本书上看到的。

可见，这个地下室也并没有什么奇特的，应该是常见的那种。

可是，平田东一刚才说那些是什么意思呢？他越想越害怕，平田东一说野崎会在这里遇到不少朋友，真是很奇怪啊。这里除了他还有别人吗？还是他一个劲儿地在屋里行走，把别人都吓跑了，躲到其他墙角那里了？

野崎三郎不禁浑身冒冷汗。

他不再行走，大气不敢出，认真地听着四周的动静。真是令人纳闷，周围还是一片死寂。

野崎三郎回想起盲人走路的样子，就往前伸出两臂，一点一点地向屋子中间摸过去。

他忽然摸到了一个硬硬的东西，原来是大木箱。一个、两个、三个，一共有三个。能摸到箱子表层还黏糊糊的。

他反应了过来，这应该是放腌菜的仓库，怪不得刚才觉得有异味呢！

腌菜勉强可以充饥，看来暂时不会饿死了。如此一想，野崎三郎的心稍稍放松了一下。

野崎三郎被关了大约半小时后，在别墅最里面的日式房间里，传来两个人低声的交谈。

这两人一个是平田东一，另一个应该是蓝胡子。

“情况如何？刚才那小子还老实吗？”

蓝胡子戴着一副大眼镜，把他脸上的胡子都遮住了一大截。看样子，这人应该就是稻垣平造了。

“随便他怎么闹腾，他是绝对出不来的。”平田东一回应着。

“不过，我感觉把他关在地下室里不是个好主意，在他正上方就是富士洋子。他们一上一下的，如果他们互相交流起来，会很麻烦。”

“没事！富士洋子还在熟睡中呢。在她醒来前，我把她抱到浴室里，不就没有这忧虑了吗？”

“但是，地下室里有腌菜桶！”

“哦，你说这个啊？不必多虑。那个家伙饿得抵不住的时候，会饥不择食的，估计什么都会吃吧。”

“嗯。如今咱们把富士洋子也弄来了。接下来我们的大戏就该开演了。”

“咱们的目标是再绑架四十九个姑娘。”

“不错！不过你的那些小伙伴们能完成任务吗？”

“这个你大可放心。以前我就是他们的头儿，而且这些人我认真挑选过，每个都有两下子。”

“你还真是厉害！厉害！”

“你不用担心！你的身份，他们不会揣测，他们只是一帮拿钱干活的家伙。而且你给他们每人一万日元，怎么会不好好配合你呢？”

根据这两人的密谋，可以初步判断，蓝胡子和平田东一那帮小混混儿沆瀣一气，应该真的是打算去社会上绑架四十九个无辜的姑娘。

这两个人一直在密谋着下一步该如何行动。

## 生死之搏

富士洋子醒后。她打量周遭的环境，却只看见黑漆漆的一片。这一觉究竟睡了多久，自己到了哪里？

她觉得身底下硬邦邦的，一摸原来不是床，而是地板。地板上有一层厚厚的灰，屋子里充满着类似腐烂了的味道。

难道我被人绑架了？富士洋子躺在地上，脑子里胡思乱想着。

“躺在上面的是谁？你不会……不会真的是富士洋子小姐吧？”

突然，从黑暗中传来低低的声音。富士洋子以为是自己的错觉，侧耳细听，才确认是人发出的声音，而且是和自己在说话。这声音听着很熟悉，究竟是谁在说话呢？她一时想不起来。她觉得自己要是还不出声的话，那人肯定还会叫自己的。

这声音怎么好像是从自己下面传来的？没准儿这人是凶手的帮手。如果不清楚对方是敌是友就搭话的话，怕会招致意外的危险。

“你是谁？”富士洋子胆战心惊地问道。

“哦，果然和我猜测的一样！我是黑柳博士的助手，名叫野崎。”

富士洋子被关在上面的仓库里，野崎被关在仓库下面的地下室里。方才，富士洋子醒来后的自言自语，正好落到野崎的耳朵里。他听到是女子的声音后，猜测可能是富士洋子，因此就询问起来。

“我们这是在哪里？”

“蓝胡子的贼窝。我发现他绑架了你，跟随其后，没想到竟然被这狡猾的家伙关了起来。我在你正下方的地下室里。”

“那就是说我也被关进贼窝了？”

富士洋子腾地站了起来，站稳后像一只无头苍蝇似的，在黑乎乎的房间里到处寻找着出口。可是，房间根本没有出口。

“要命！哪儿也出不去啊！”

“别泄气！我们一起想办法，肯定能出去的！”

野崎三郎不断给富士洋子打气。

过了少许，屋子里的灯忽然大亮。原来这房间根本没有装修过，墙体很结实，有一面墙是木板墙，在墙体中间的位置上有一扇门。从木板墙的颜色上看，应该是新加的。这面木板墙的作用，就是把原来比较空阔的大屋子隔成了两个房间。

在木板墙上，竟然诡异地出现了一张美女海报。富士洋子打量着海报上的美女，不可思议的是，那个美女也直直地盯着她。真是咄咄怪事！这个美女的眼睛像是活的一样，这让富士洋子浑身颤抖。她不由自主地举起双手，准备进行反击，却忽然触到了自己的胸前，发现自己胸前有硬物。

那是她一直随身携带的一把匕首！从自己被蓝胡子盯上后，为了防身，她一直就把它带在身边。

她一下子有了勇气，把匕首从胸前掏了出来，拔开鞘，举起寒光闪闪的匕首，使劲注视着那双海报上的眼睛。

此时那海报上美女的眼睛一下子没了精神，没了那种咄咄逼人之态。

门锁却在此时咔嗒咔嗒地响了起来。

富士洋子连忙把匕首压在膝盖下，拉开阵势，随时准备同歹徒搏斗。

门悄无声息地开了，有两个男子走进了房间。

“把你手里的东西交上来！”

岁数大点的男人走到富士洋子身边，把手伸到她面前。

“你是谁？”

“一个你认识的男人。赶快把东西拿出来！”

“我没有你说的什么东西！”

“你是想藏起来吗？快把匕首拿出来！”

那个男人一步一步地向富士洋子靠近。“这人是何时发现我身上携带着匕首的呢？真是伤脑筋。”富士洋子脑子不停地转着，忽然间明白了。一定就是这样！那张美女海报上的眼睛，原来就是真人的眼睛。歹徒把眼睛放在那里，从墙上就能看清这个屋中的一切。

“这位小姐真有脾气！”蓝胡子转身对着身边的平田东一笑了笑，“既然你不配合，那我就不客气了！”

话音刚落，蓝胡子就张开了双臂，向富士洋子飞扑过来。

富士洋子也不含糊，她手里握紧匕首，迅速地往旁边一闪。

一个弱女子要抵挡这个猛虎般男子的进攻，谈何容易！那个蓝胡子仿佛在做猫捉老鼠的游戏一样，轻佻地一步一步往前移动着，而平田东一似乎不想参战，只是在一边嬉皮笑脸地看着他们。

正在此时，忽然哐当一声巨响，似乎有什么重物掉到地上了。紧接着就传来一声大喊。

一听声音，两个歹徒和富士洋子全都愣住了，不由得停了下来。

野崎三郎在地下室里和上面房间中的富士洋子聊了一会儿后，就见地下室里的灯亮了起来，原来这上下两个房间共用一个开关。

意识到有人进了富士洋子的房间后，野崎三郎就侧耳细听，就听到了歹徒们恫吓富士洋子的那些话，紧接着，他们就搏斗了起来，他们的脚步声清晰地传到地下室。

富士洋子恐怕有生命危险！要怎样助她一臂之力？

野崎三郎计上心来，认为自己若能上去就好了。他看到了屋内的那些腌菜桶，于是就慢慢地爬了上去，手伸向上一层的地板。桶盖关得并不严实，他小心地从桶上面站起来。他的身体根本无法保持平衡，猛然间一只脚滑到了桶中。

野崎三郎奋力挣扎着站起来，却一下子把桶给弄倒了。他跌到了地上，发现桶里掉出了圆形的物体，就用手抓了过去。可是，猛然意识到那是什么东西的他惨叫了起来。太恐怖了，他看到的是人的一条胳膊！

而那些桶里装着的，全是人的残肢！

原来此前平田东一说在这里野崎会遇到不少朋友，竟然是这个意思！

上面的仓库中，他们的打斗声更加激烈。

有人扑通一声跌倒在地，有人受伤后发出哀号，后来传来人逃跑的声音。

过了一会儿，什么声音也没有了，一片死寂。

蔓延下来的，是死一般的寂静……

野崎三郎一直静静地听着上面的声音，忽然间从上面的地板上滴落下什么液体，落到他的脸上，他用手一擦，感到黏稠发腥。

会是什么东西呢？他把手伸到眼前，定睛一看，原来自己手指上沾满了鲜血。

他仰头再看，天花板的木缝里，还有鲜血正滴答滴答地往下滴。

糟糕，肯定是富士洋子小姐被害了！他突然疯狂地大叫："洋——子——小——姐！"

## 半夜来电

那晚半夜三点左右。

中村警长结束了在K厂长别墅中的调查，准备返回自己家中。

时间太晚了，K厂长劝中村警长留宿在自己别墅。因为不想拂了厂长的好意，中村警长就留了下来。

忽然，电话铃声丁零零不断。

是个女人打过来的。

"快找K厂长，我有急事！"

一听对方焦急的声音，K厂长赶紧把话筒从女佣手里接过来。

"K厂长吗？我是富士洋子。"

"哦？你是洋子小姐吗？我一直关心你的安危。你没事吧？你从哪里打来的电话？"K厂长有些喜出望外。

听到他的叫喊声，中村警长也来了。

富士洋子着重介绍了自己被关押的那座建筑，然后又补充说：

"地下室里传出喊声后，那两个浑蛋都怔住了，我趁此机会，拔出匕首，奋力刺向蓝胡子，也不知扎到对方哪里了，反正是刺中了。他大叫一声，就瘫倒了。

"他的同伙那时慌得不知所措，我就赶紧从打开的门里逃了出去。外面黑乎乎的，我只是没命地往前跑。不过还好，我总算到了大门口，再跑几步就跑到门外的路上，我知道自己暂时安全了。那个没受伤的家伙本来跟在后面追着我，听我在没命地大声叫嚷着，他就又缩回别墅里了。

“我现在在千代田区的R町，用的是公用电话，距离那别墅只有三百米的距离。你们最好赶紧过来，被我刺中的那浑蛋还在别墅里。还有，野崎君也被抓起来了，现在被关在地下室里。我马上去东京饭店那边等你们，你们一定快点啊！”

中村警长立刻上报警视厅，请求派警察包围那座可疑的别墅。

他自己搭乘K厂长的汽车，火速奔向出事现场。半夜时分的京浜国道上，只有这辆汽车箭一般地向前奔驰。午夜的凉风带着寒意，让中村警长浑身一凛。

今天能将蓝胡子捉拿归案了！真是上天有眼，让这个家伙身受重伤。

这个浑蛋一直躲在暗处，将黑柳博士、中村警长他们玩弄于股掌之中，简直罪大恶极。没想到，一个文弱的姑娘竟然能把他刺中，让他跌个跟头，他应该不能继续为所欲为了。

如果蓝胡子已经离开别墅的话，估计他首先会找医生包扎伤口。那时候，蓝胡子就会被警察重重包围住，插翅难飞了。

终于能揭开这个浑蛋的面纱了，想想还真是令人兴奋啊，侦破工作看来很快就会告一段落。

这么一想，中村警长的心就怦怦怦地激动起来。他们是从K町出发的，即使车速很快，但因为离得很远，等到达时也用了五十分钟左右。

从车上向外望，早就有警察守在大门口了。

“抓到他们了吗？”

车还没有完全停稳，中村警长就跳了下去，焦急地询问警察。

“这家伙溜了。大家还在里面寻找……”

“他怎么可能溜走了呢？他伤那么重，应该走不远的。”

中村警长赶紧从门口向别墅里跑，一到玄关那里，就碰到了警视厅的M警长。

“中村君来了啊，真是难以置信，那个家伙流了不少血，竟然还是让他溜了。他怎么可能逃走呢？”

“是吗，现场流了不少血？那你们有没有到周围的医院去看看？”

“我早就派警察问过了。千代田区的所有医院，都不曾收留过一个被刺伤的病人。我估计肯定是那个年轻的凶犯把他转移出去了，不在东京这边诊治。”

此时，从别墅里面东倒西歪地出来一个青年，如同一个精神病患者。

“前面那不是野崎君吗？”中村警长惊叫道，“富士洋子小姐给我打了电话，这边发生的事我基本了解了。让你也受了这么大的罪。”

“我不该私自行动。我本来想偷偷跟着他们进别墅，却不想被察觉，还把我锁起来了。我原本打算把这儿的情况摸清楚了再告诉你们，把他们一锅端了，没料想……”

野崎三郎一脸的懊恼，他简单地把自己来这里的经过讲了一遍。

“一看到血，我就以为是他们杀了富士洋子。所以我找到了一根木棍，疯了一样开始砸门。正在砸门时，赶来的警察听到声音，过来把我救了。”

野崎三郎所说的每一句话，中村警长都很认真地听着。特别是当他听到地下室里有三个木桶里装着尸块时，他面如土色，大叫一声。

“那两个家伙留下什么线索了吗？”中村警长急切地问着 M 警长。

“他们逃跑前清理了现场，我们没有找到任何线索。你还是去现场看一下吧！”

于是，中村警长就和 M 警长一道，把每个房间都仔细地查看了一遍，但是，不管是在仓库里还是地下室中，都没有找到任何利于破案的线索。

## 侦探上场

一个星期风平浪静地过去了。

在这一周里，警视厅的刑警们虽然竭尽全力，努力想抓获蓝胡子，却始终连蓝胡子的踪迹都不见。

警方调查了东京市内所有医院，以及那所空别墅的所有者，依旧毫无收获。

那些木桶中腌着的尸块，早已高度腐烂，只能根据牙齿形状和头上的发卡等物，确认被害的是女子。

黑柳博士由于腿伤复发，一直卧床不起，谢绝外人打扰。

有一天，在黑柳博士的别墅外，突然出现了一个行为怪异的男子，他在门口不停地转悠。

他瘦高个，身穿白色夏装，头上戴着白色的太阳帽，手上拄着一根十分罕见的拐杖，乍一看，像是来自国外的绅士。

“黑柳博士是住在这里吗？”他向路人们打听着。

不过他似乎并不想登门拜访，只是多次看看门牌，不时向门里面张望几眼。他一直在门口来来回回踱着步子，也许只是在等谁吧。

很快，从别墅大门里面走出一个书生。

“你好，想跟你打听一下。”绅士赶紧上前主动问话。

“野崎三郎是住在这里吗？我是他的朋友，想见他一面，你能不能帮忙叫一下他？”

书生感到十分意外，但还是不由自主地走进别墅，把野崎三郎叫了出来。

“你是不是找错人了？我就是野崎三郎。”

起初，野崎三郎真以为是自己的朋友来了，然而出门一看，自己根本就不认识这个男人，他感到很惊奇。

“不好意思打扰了。但是我并没找错人。我是……”

绅士走到野崎三郎身边，用只有两人能听到的声音说着什么。

“哦？你是，哎呀……你不是没在日本吗？”

“我刚回来，今天早上才到东京。我有件重要的事想麻烦你。”绅士在他耳边小声说道。

野崎三郎的表情慢慢变得十分愕然，他不由得瞪大了眼睛。

过了一会儿，绅士从身上掏出一个小药瓶，递到野崎三郎手中。

“你一定不能让人发现。知道吗？”

叮嘱完这些，绅士就快步走向停在街对面的汽车。

此时，警视厅里正在开会研究如何捉住蓝胡子。

蓝胡子来去无踪，所有的案子都是精心布置后才行动的，就像织好网等着猎物上钩的蜘蛛一样。所以大家给他起了个绰号“蜘蛛人”。

“昨晚我去了警视厅，厅长见了我。他对蜘蛛人也很重视，希望我能早点将他捉拿归案。我是警视厅科长，必须早日侦破此案。我决定，所有的警力都要集中在这个案子上，争取快点抓到凶手。”

警视厅科长说完，拍了拍桌子，他充满期待地望了望大家。在蓝胡子的案件中，中村警长是侦破行动组的组长。

最近因为一直疲于破案，中村警长的睡眠严重不足，眼里布满血丝。他眨着红红的眼睛，向在场的警官们详细介绍了所有的案情。

“对于此案，我一直是恪尽职守，尽心竭力。但是我不管如何行动，却总是晚一步，那个蜘蛛人仿佛未卜先知，总是快我一步。”

警视厅厅长听了这些，皱起了眉头，他说：“警视厅这次要克服所有困难，要求你们务必把凶手捉拿归案。把失败的原因归咎为凶手的行动太快，这全都是借口！”

中村警沉默了，整个会场一下子变得剑拔弩张。

侦查部部长这时插了一句：“我们这个案子，能不能找他帮一下忙？你应该也认识他吧，科长？那个私人侦探明智小五郎……”

“哦，我当然认识，有名的私家侦探。”中村警长听到这名字，一下子来了精神，说话声也愉悦了起来。

“他的确能帮上我们的忙。我们警方破案一般不依赖私家侦探，不过遇到这样前所未有的奇案和狡猾的凶手，请他帮忙是对的。说不准就轻轻松松地将凶手缉拿归案了。但是，我听说他出国了，好像是去了印度那边。”

在场的不少人都认识小五郎先生，他们一下子都回忆起和小五郎并肩作战的那些时光。

就在此时，门卫递来了一张来访客人的名片："报告，有位先生请求拜访中村警长，他正在客厅里。"

中村警长正有些烦恼，看到名片，忽然精神抖擞，他迅速从椅子上站了起来。

"人还真是不能念叨，说着说着就来了。"

"谁来了？"侦查部部长十分纳闷。

"太神奇了！我们刚才提到的明智小五郎来访！"

中村警长把那张名片推到警视厅科长面前。只见上面用铅笔写着一行小字：

中村警长，我特为蓝胡子一案而来，冒昧拜访！

"那不如这样吧，我们把小五郎先生请到这里来……"

中村警长说完，就一脸期待地望着科长。

"无妨，大家都很信任他，我也想听听他关于此案的见解。我觉得他若过来，对我们都能有所帮助呢！"

"赶紧请小五郎先生到这里！"中村警长迅速催着门卫。

很快，身材魁梧的明智小五郎，穿着一身白色的夏装，跟在门卫后面进来了。

"好久不见，老朋友！你什么时候回来的？"

中村警长一边说着，一边亲切地拍着明智小五郎的肩膀。

"今早才到的东京。"

明智小五郎先向科长致意，然后微笑着面对着大家，算是打过招呼了。

"对于此案，你是不是早已胸有成竹了？我们正一筹莫展呢，你就来了，你可真是我们的救星。"

"哪里的话，虽然我的想法还不成熟，但没准儿能帮上你们的忙。因为我是从媒体上间接了解的案情，因此我的判断未必完全准确。请给我一点时间陈述一下我的看法。此外，我还需要了解几个情况……对了，我还在等一个人的电话。我早就和他打过招呼了，电话打到中村警长这里，然后我接听。”

明智小五郎这奇特的破案方式，一下子吸引了警视厅科长的注意力。

中村警长向小五郎详细介绍了案情，还有目前侦探工作的具体状况。小五郎就自己不明白的地方进行了询问，从中村那里得到了解答。

“这个案子从一开始就显得十分古怪，所以我们采取正常的破案手段是很难侦破的。”

过了一会儿，小五郎说出了自己的看法。

“你们想想，平田东一一个大活人，在黑柳博士的别墅里怎么一下子就消失了呢？别墅的门窗都关得严严实实的，蓝胡子，哦，你们现在叫他‘蜘蛛人’，他的犯罪通告怎么就放进屋里了呢？更不可理解的是，纸条竟然出现在中村警长的帽子里。O町拍摄的那次，凶手没有下车，怎么就无缘无故地消失了？

“那个冒充的老医生，他怎么就能顺利地溜出制片厂了？富士洋子所在的K厂长的别墅里，门窗未曾开过，为什么后来的床上躺着的会变成了一个假人？

“蜘蛛人身负重伤，为什么还是逃脱了？这所有的一切错综复杂，只要我们按照正常思维去推理，都无法得到答案。”

说到这里，小五郎脸上现出微笑，那是对蜘蛛人不屑一顾的神情。

“我们并不相信人们所传说的蓝胡子有变魔术的本领。蜘蛛人是在故意设置疑阵，可我们警察真的陷了进去，因此处处被牵制。不过还好我们吃亏的都是一些小陷阱，没有造成大的损伤。但是假如我们掉进蜘蛛人设置的更大的陷阱里，到时后悔也晚了！我假设的这番话，在场的也许会有人认为我是在危言耸听。假如你真的这么认为的话，那真是错上加错。打个比方，有人说我们的警视厅科长就是蜘蛛人乔装改扮的，你们信不信？你们肯定认为太荒谬！”

听到小五郎的这个比喻，警视厅科长目瞪口呆。

“嗨，小五郎先生，你想说什么就直说好了。”

“我的意思很明显，就是蜘蛛人有另外一个身份，就是让人尊崇的名侦探。”

“啊？你的意思是……”

“对，你猜得没错。你大可如此想象，只不过我还不敢百分之百确定。等一会儿会有电话打过来。”

小五郎话音刚落，电话铃就急促地响起来了。科长一把抓起电话。

“哦，你找中村警长吗？不是啊，你要找小五郎先生听电话？”

“大家清楚了吗？这就是我一直在等待的电话。”

明智小五郎把话筒从科长手里接了过来。

“是野崎君吗？对呀，我是小五郎。我让你查的事有结果了吗？是吗，你说是腹部啊……那，还有呢……腿怎么样……你说没事啊……他知道你在调查他吗？没有察觉啊！嗯，顺利就好，我一会儿就去你那里！不过我现在还不能过去，你得看住他不要让他溜了！若有什么意外的话，你赶紧打电话过来！”

明智小五郎把电话啪地挂了。他对大家说道：“诸位，我的判断没有错，现在我已经找到了证据！”

## 真相大白

看了一眼大家，小五郎接着说道：“我觉得不必解释太多大家也能清楚。在拍外景的时候，蜘蛛人假扮演员开车拉着富士洋子就跑。中村警长察觉后，立刻带领手下追赶，奇怪的是蜘蛛人竟然莫名其妙地消失了。这根本不合常理。

“所以我判断，当时在车上的，除了蜘蛛人和富士洋子，还有第三个人。在K厂长的别墅里，把富士洋子换成假人，也是如此。那时候，中村警长和黑柳博士一直守在屋里，他们只是上卫生间时外出，而且一次只出去一个人。

“换而言之，他们其中有一个人必须上卫生间时，屋子里就只剩下了另一个人，不是黑柳博士就是中村警长。可疑之处就在这里。当屋里只有一人值守的时候，他只要打开窗户，把绳子的一端系在窗棱上，另一端甩到屋外去，就能让同伙来把富士洋子劫走。

“但我分析，中村警长绝对不可能这样做，因此另外那个人就值得怀疑了。我还想到的一点是，蜘蛛人每次下手前的通知，为什么会出现在密室中？

“可能性只有一种，那信就是写信人自己放的。每当这样的情形出现时，现场总会出现一个人。这个人是哪位呢？就是那个所谓的大侦探黑柳博士。”

“如此看来，难道蜘蛛人是故作迷阵，一边自己犯案，一边假装积极破案？”

侦查部O部长提出了自己的疑虑。现场的人都觉得这十分荒谬，因此全都哄堂大笑。他们的想法和O部长一样，觉得明智小五郎的推理滑稽无比。

“蜘蛛人已经走投无路了，他设下这些陷阱，你们竟然还笑得出来！”

明智小五郎制止大家继续发笑。

“小五郎先生，还有几处我不明白。”现场只有中村警长没笑，他说道，“大家都知道，黑柳博士是个残疾人，他有一条假腿。可是这个蜘蛛人的腿完全正常，而且行走的速度比常人还快。”

“嗯，这点其实就是他迷惑大家的地方。平时他和别人交谈时，总是习惯用那条所谓的假腿敲击地面，发出咚咚咚的声音。他之所以这么做，就是想掩人耳目，好让大家对他那条腿是假的深信不疑。这一切都是障眼法。”

“哦，是这样的？不好意思，我还想请教另外一个问题。”中村警长继续说道，“平时破这个案子的时候，黑柳博士几乎都是与我同行，他在家的时候，也总是关在书房里。他的助手野崎君还有他家的用人们对此都很了解。然而，蜘蛛人几乎无处不在。我举个例子，野崎君告诉我，蜘蛛人把里见绢枝的尸体移到江岛时，黑柳博士根本就没出门，他一直在浴室中思考问题。这种矛盾你该做何解释？”

“关于黑柳博士喜欢待在浴室里思考问题的习惯，我看了报纸上的新闻才晓得。我正是从这里发现疑点的。这就是他营造出来的假象。根据是他总是喜欢待在浴室中，而且一进去就把门锁上，不允许外人进入。这样，他的腿没有毛病自然就不会被人发现，而且，这也利于他实施他的犯罪计划。”

说着，小五郎走到一面挂有地图的墙壁前。

“这是一张比较详细的东京市市内地图。现在大家都认真听我讲，请看图上的这两个位置。一边位于千代田区G町，这是黑柳博士的别墅。另一边就是富士洋子被绑架后待的那所空别墅，位于千代田区R町。

“大家看到地图上的这两个位置是不是都明白了？G町和R町都属于千代田区，我是从新闻中了解到这些的。其实我起初只是这么猜测过，后来事实证明我的猜测是正确的。

“于是，我把地图拿来了。G町和R町隔得不远，中间只横着一个N町，两条街道是背靠背平行的。只要从N町绕过去，就能从G町到达R町，估计有六七百米。但是，平时人们都误以为这两个町之间相去甚远。

“然而，连接地图上这两个地方，计算后，发现两点之间的直线距离不到三十米。哦不，仅有十米左右，两点几乎紧挨着。喏，你们看！”

小五郎伸手指向地图，大家都把目光投过去。只见黑柳博士别墅所在的位置，正好位于G町和R町之间，把这两点紧密地连在一起。G町凸出一块，多出的部分正好连在R町上。

“而N町处于它们之间，在G町与R町的连接点处中断了。这个位置，正好是黑柳博士所在的别墅，别墅后面有一块凸起，比别的宅院凸出的部分大很多，而且凸起部分就把中断的G町和R町连上了。

“因此，G町的形状就很怪异了。换而言之，黑柳博士后面凸出的后院，就与R町的某座别墅相连了。可是，这个R町别墅的确切位置，究竟在哪里?

“我带着这个疑问，离开东京车站后就在那片查找。功夫不负有心人，原来和黑柳别墅后院背对背相连的别墅，就是出事的那座空别墅。”

听到这里，在场的人都惊呼起来，也更加崇拜明智了。

“如果黑柳博士从自己的别墅中修一条暗道，就能神不知鬼不觉地与那座空别墅连通了。黑柳博士平时总是伪装成不出门的样子，其实他早就通过暗道到了R町那边的空别墅，进行犯罪行动。

“自然，他也怕自己的行踪被人察觉，于是他煞费苦心又修了一个浴室，以自己在浴室里思考案件做掩护。他还在浴室里安了电话，这根电话线的另一头极有可能通到了那边的空别墅里。

“因为有这电话线，所以他可以在空别墅那边做伤天害理之事时，也能伪装出随时接听电话的假象。他离开黑柳别墅时，也会用录音机录下自己的声音，然后插到录音机上，进行反复的播放。

“至于平田东一为什么会在黑柳博士家瞬间消失，也可以得到解释了。他到黑柳博士家后，无意中看见了这条暗道，因此惊讶地大喊大叫。黑柳博士察觉有人闯进暗道，就把平田东一秘密地关了起来。

“失去人身自由的平田东一，他原本就是个不良青年，架不住黑柳博士的软硬兼施，因此就沦为黑柳博士的帮凶。我确认这两座别墅之间存有暗道之后，就急忙去黑柳博士的别墅找野崎三郎帮忙。

“我给了他一小瓶麻醉药，让他偷偷地混到黑柳博士的饮料里。很快，黑柳博士昏睡了，野崎三郎赶紧查看他的腿是否完好，顺便看他身上有没有刀伤。

“倘若黑柳博士就是蓝胡子，那他的假腿就是在骗人。富士洋子把蓝胡子刺伤了，所以他的腹部一定有伤口。我刚才在大厅里接的电话，就是野崎确认了这些后打来的。

“因此，我可以判断黑柳博士是一个健康的人！腿根本没伤。他的假肢，只是在真腿上套了一个东西，让人一看就会误以为他那条腿是装了义肢。他的腹部，也确实有一个被匕首所刺的伤口。

“所以，那个让大家闻之色变的蓝胡子，就是大名鼎鼎的黑柳博士！”

## 撩开面纱

“明智君真是了不起！”警视厅科长一激动，砰的一声拍响了桌子。

“既然已经知道了凶手是谁，那我们赶快将他绳之以法。中村警长，下面就该你大显身手了。”

明智小五郎十分冷静地说：“大家不必太着急。我给他服用了麻醉剂，能睡上几个小时的。即便他提前醒过来，也是浑身无力，根本不可能迅速逃跑。以前，黑柳博士可以利用自己别墅里的暗道逃跑，如今暗道已经被我们发现了，他不可能再从那里逃脱了。”

很快，中村警长集合了十几名警察，大家分别坐着摩托车和警车，浩浩荡荡地去黑柳博士的别墅。明智小五郎也参加了此次对蓝胡子的抓捕行动。

“那个平田东一，没事时就躲在暗道里，这一回可不能便宜他，一定得让他陪着黑柳博士一起归案！”中村警长显得异常兴奋，甚至说话都有些颤抖。

见中村警长如此激动，明智小五郎十分意外地转头说道：“哦，你说平田东一……中村警长，黑柳博士家的电话在哪一间你清楚吗？”

“当然啦，就放在书房的桌上……”

“那书房和卧室是并排着的吗？”

“对啊！”

“难道野崎君给我打的电话是在书房里打的？糟了……司机，赶紧加速！现在情况很危急，请一定要以最快的速度！快！快！”

警车风驰电掣般向前开去。

按照明智小五郎的部署，一些警察在R町的空别墅周围埋伏起来，以防他狗急跳墙从此处逃跑。而中村警长则带领着一些擅长搏击的警察，直接去黑柳博士的别墅。

令人意外的是，别墅中没有一点声音，书生和女佣都不见踪影。

“赶快去他的卧室！卧室！”明智小五郎大叫着。

于是，大家转了方向，向黑柳博士的卧室奔过去。

黑柳博士躺在铺着白色床单的床上，正在熟睡着。

明智小五郎从人群中挤过去，一把掀掉了盖在他身上的被子。

“糟了！”明智小五郎惊叫一声。

那里躺着的哪是黑柳博士，警方全力搜捕的黑柳博士早就逃之夭夭。野崎三郎不知为何，被捆成粽子似的躺在那里。他的头软绵绵地垂下来，胸前还有一张纸条。

尊敬的警官们：

我留野崎三郎一命，完全是手下开恩。这份大礼你们可不能不谢我。我天不怕地不怕，还会怕你们耍什么花样吗？实话讲，不管你们用了什么手段，我也会兑现自己的诺言！看谁能笑到最后！

黑柳博士

这回书写的笔迹还有表达的口吻，和之前的那些纸条都完全不同。

明智小五郎担心的事情发生了。野崎三郎给他打电话的时候，躲在暗道里的平田东一听到了他们的通话内容，因此迅速带走了黑柳博士，并且模仿黑柳博士的口吻，写下了这张纸条。

野崎三郎被松开身上的绳索后，慢慢清醒了。

“我刚给你打完电话，话筒刚刚放下时，突然有人从背后抱住我并袭击了我。因为事出突然，我根本没有防备，也无还手之力。后来我发现那人是平田东一。他把我绑得紧紧的，看我不能动弹了，就赶紧抱起昏睡的黑柳博士跑了。”

警察们在房间发现了那些用人，有人故意把他们锁在里面。

“平田东一告诉我们，博士让我们都来这个房间，因此我们就来了。没想到我们进来后，他却在外面锁上了门。”

惊魂未定的书生讲述着自己的遭遇。他们只知道这些，对其他的事情一无所知。

明智小五郎很快就找到了暗道的入口，那条暗道的另一端果然通向R町的那座空别墅。

因此，黑柳博士和平田东一早就逃窜了，根本不可能在暗道和别墅中找到他们。

“唉，都怨我没提醒野崎君，打电话时一定得小心，别被平田东一察觉。这一疏忽，造成了不可挽回的局面，竟然放跑了那两个浑蛋……”

“哦，我想起来了，书生在不在？”明智小五郎忽然意识到一个问题，冲警察大喊道。

书生急匆匆地过来了。明智小五郎赶紧问道：“我问你个事，你以前有没有和黑柳先生一块去过银行？他在哪里开户你知道吗？”

“我没去过，不过我知道先生一直以来用的支票都是M银行C町支行的。”

“赶紧联系那家银行行长，快！”

书生很快找到了那家银行的电话，电话打出去了，不过里面一直是占线的提示音。无论拨多少次，里面永远是单调的嘟嘟嘟声。

“这家银行远不远？”

“不远，就在附近。”

“那我们直接坐车过去，这样快。”

明智小五郎问过C町支行的位置后，就急忙冲到了门外。中村警长也赶紧带着几个警察，和他一起坐着警车前去银行。

不久之前，平田东一把野崎三郎绑了起来，又把别墅里的用人们关到了一间屋子里，然后抱起昏迷的黑柳博士，来到了那座空别墅，在空别墅的车库中开走了他们平时作案时常用的那辆轿车，逃命去了。

“浑蛋，竟然发现了我们的秘密！”平田东一边开车边咒骂着。

眼下能逃到哪里呢？平时有事还可以找博士商量，可如今他昏迷不醒，真是束手无策了！唉，还是先离开这边再说吧，没准儿先生等会儿就醒了。但是……逃命首先得有足够的钱啊。

在生死攸关的时候，只有钱最重要。如果没有钱的话，到哪里都会很麻烦。他发现M银行出现在前面，就赶紧停车走了进去。

这个坏小子思维还挺缜密，没忘记在离开别墅前，打开黑柳博士的保险箱，拿出了黑柳博士的存折和印章。

因为黑柳博士把钱基本都用来投资了，所以账面上只有两百万日元。于是，平田东一就填写了两百万的取款单，想一下子全取出来，写好单子后递到了柜员面前。

银行里人不多，取钱不用等太久。可就是这短短的十几分钟，却让平田东一焦躁不堪，急得走来走去，他站在窗户前，俯视着外面人行道上的情况，怕随时会有危险。

而且，只要银行中的电话铃响，他就会浑身发抖，心简直就要跳出来了。

猛然间，他发现银行的安保人员，正从门口投过目光来。

千万不能露出马脚！他告诫自己得沉住气。

柜员把两百万日元放到了柜台上。他连数都不数，几下子就塞到兜里，转身走出大门。

轿车里的黑柳博士还没有醒，仍在酣睡。

平田东一向四周张望，发现停车场上只有原来的两辆车，并无异常。

然而，此时一辆大型警车向这边驶来，一到银行门口就停了下来。

只见几个便衣男子从车上跳了下来，迅速跑向银行门口。

中村警长和明智小五郎，平田东一自然都不认得。但是这些人虽然穿着便服，却是从警车上下来的，因此他敢断定这些人都是警察。

真悬啊，就差了一步！看来，黑柳博士，不，应该说是蓝胡子，运气还真不是一般地好啊！他边感叹，边赶紧上车，猛踩油门奔了出去。

他回头一看，那些警察还站在门口，正和银行的保安说着什么。

“好吧，咱们就赌一回吧！我还真不信自己的车技不如警察，在这一箱子油用光之前我们就比试一下吧。”平田东一紧张地控制着方向盘，说道。

## 伪装之术

原本昏睡的黑柳博士这时醒了。

车咣当咣当的，他的身体不停地左右摇晃着。窗外的景物，瞬间出现，又瞬间消失在身后。

他再看旁边，只见平田东一正坐在驾驶座上，使劲弓着腰，正全神贯注地盯着前方。

难道我们被人追赶了吗？黑柳博士思忖着，很快他的猜测就被验证是正确的了，因为他在反光镜中看见后面的一辆车正紧紧地追着这辆车。

“平田君，怎么了？是不是出事了？”

“我们被人发现了！唉，我都慌得不知怎么办了。听说明智小五郎从国外回来了，应该是他发现了我们的秘密。”

平田东一的手紧紧握住方向盘，大声回应着。

“那他在后面的车上吗？”

“应该是吧。你看，他们疯了一样地追着我们。”

“那我喝的饮料里的麻药是谁放的？”

“是你那宝贝助手野崎干的。”

“他怎么可能出卖我呢？肯定是明智小五郎搞的鬼，这个浑蛋！”

黑柳博士嫌平田东一开得太慢，一把揪过方向盘，他要自己驾驶。

“你以为你驾驶就能逃过警察的追捕吗？”

黑柳博士这意外的举动，让平田东一十分意外，他大声叫嚷着。事情走到如今这一步，平田东一早就不抱任何希望了，他只是凭借本能做着垂死挣扎而已。

“胡说什么呢？我计划好的大事还没开始做呢！而且既然明智小五郎上场了，我还真想好好会一会他！”

车子失控般地一个劲儿地向前冲着。只要拐一个弯，后面的车子就会被甩下一截。慢慢地，两辆车之间相隔得越来越远。

“平田，你来开车！一定得小心啊！”

看着把后面的车子甩远了，黑柳博士爬到了后座上，让平田东一开车。他自己从坐垫下拿出一个大箱子，里面全是化装用的东西，有假发套、假胡子和衣服。黑柳博士脱下身上的睡衣，贴上胡子，戴上眼镜，换上了一身工人穿的工作服。

“天啊，车胎没气了！”

平田东一吓得脸色煞白，他慌乱地叫着黑柳博士。在离他们两百米左右远的后方，警车正快速地驶来。

“没事！先拐过前面那个弯就行！等警车看不到我们后就赶紧跳车！”黑柳博士大声指挥着。

车子发出一阵刺耳的刹车声，嘎！嘎！车停了下来。他们迅速跳出车子，跑进了一条偏僻的小巷子。

小巷里很僻静，他们跑了很远也没看见人。就这样，他们不断地从一条小巷穿向另一条小巷。

“先生，我从银行里把你的钱取出来了，给我稍微留一点就好，其余你拿着。我们还是分头逃命吧！总这样绑在一起，很容易引起警察的注意。”

“混蛋！你敢保证你能逃出去吗？你必须跟着我。”

“那我们要去哪里？”

“就那儿。我们只能硬着头皮往前冲了，因为已经没有退路了。”

走到小巷尽头，转个弯就能看见大路，有两个警察守在那里。

“不能冒这个险，那边是警务处！”

“怕什么？咱们就去一趟警务处。你别叽叽歪歪的，听我指挥就好。”

看着平田东一还在犹豫，黑柳博士拉起他的手，就进了警务处。

一进警务处的门，黑柳博士就把大门一关，手里举着手枪对着里面的警察大声喊道：“都举起手来，我就是让你们闻风丧胆的黑柳博士！谁要是敢轻举妄动，就别怪我不客气！”

过了一会儿，后面追赶着的警察们追上来了，他们跟着中村和明智小五郎来到了派出所门前。

只见门口有一个留着胡子的警察在路上巡查，他十分认真地盯着过往的车辆和路人。而在派出所里面的桌后，有一个年轻点的警察坐在那里，低头翻看着什么资料。

“我是警视厅的中村警长，你们刚才看到两个可疑的人过去了吗？”

“看到了，一个四十来岁，穿着工作服，还有个二十岁左右的，穿着西服。”

“嗯，就是他们！你看见他们朝哪个方向跑了？”

“就在前面拐了个弯过去了！这两个人看起来慌里慌张的。”

“糟糕，他们向另一面逃跑了。我跟你们说啊，那个岁数大点的就是黑柳博士。如果他们再返回来，一定赶紧通知我们。”

“啊？你说的就是那个混蛋吗？”

屋里的那个警察显然吃了一惊，他准备出门帮助中村警长一起去追赶。

“别出来了，你就守好这里吧！”

中村警长带着众人，朝着派出所警察指引的方向迅速追过去。

“我真是佩服你，连他们都没发觉是你黑柳博士！”

年轻点的警察此时走到屋外，一边看着那些跑远的警察，一边不住地赞叹着。

“现在我们可以出去了，不过我们走的方向要和他们相反。”

原来，门口的那个警察是黑柳博士化装而成的，里面的年轻点的是平田东一扮成的。一听黑柳博士如此下令，平田东一赶紧跟在后面。他们穿着警服，将警棍十分威风地握在手中……

## 真假骸骨

转眼又过了几天。

这一天，眼看着即将天黑了，本乡的S博物标本商店里，来了一名男子。打眼一看，这人的打扮有点像乡下私人诊所里的医生。

“哦，情况是这样的，我准备把自己的诊所重新布置一下，想让病人一进门，就能看到人体骨骼！我计划着使用真人的骸骨……不管性别，只要是真的人骨，我都不会计较。”

“哦，你来巧了，我这里还真有一副人的骸骨，你随我来。”

那个男子自报名号为“大场道夫”，他随着店主走进展示间。

展示间里一片沉暗，屋的角落里放着一副人体骨架。店外面电车经过时震得地面轰轰作响，震得骸骨不停地颤动着。

看到这副骨架，大场道夫当场就要买下。

“我的车子就等在门外，因为我急着回去布置诊所，因此请你帮我快点打包吧！”

很快，骸骨被装进一个狭长的白木箱中，被搬到了大场医生的车上。

接着，大场医生把汽车迅速开走了。

就在同一天晚上，快接近半夜十二点时，这个大白天去买骸骨的诊所医生，手里提着一个大包裹，竟然出现在郊外的一个偏僻的火葬场。

“博士来了吗？”

随着话音，从里面走出来一个青年。这年轻人正是平田东一。因此，那个自诩为大场道夫的医生，自然就是黑柳博士了。

“没遇到麻烦吧？”黑柳博士小声地问道。

“你要相信我。值夜班的那个老头喝了掺入麻醉剂的饮料，这会儿正呼呼睡着。我想没四五个小时，他是绝对不会醒的。”

“这样最好……那具尸体怎么处理的？已经火化了？”

“那个家伙看到钱眼睛就开始放光，我可是给了五万日元。嗨，你到这边来，眼前这位就是我跟你提到的先生！”

平田口中所说的“那个家伙”，鬼头鬼脑地从暗影里走了出来。

“你这就怕了？有什么值得紧张的？肯定没事的。我们就是搬走了尸体，也会给你留下骸骨代替的。你就放心吧！只要烧完了谁也不会察觉到的。先生，咱们准备的骸骨呢？”

黑柳先生一言不发，只是晃了晃自己肩膀上的大包裹。那里面肯定盛着他白天去博物标本商店买来的那副骸骨。

“真是人的骨头吗？”

“那个家伙”还有些不放心，紧接着问了一句。

黑柳博士还是一声不吭，他麻利地把包裹散开。男子从里面拿出白色的骸骨看了一眼，确定是真的后就不再言语了，又无声地放了回去。

“那就行动吧！”

于是，他把大门关上了。因为值夜班的老头还在昏睡着，因此也不必害怕什么了。骸骨被放进了火化炉，很快就成了一堆灰烬。

在火葬场后面是一片茂密的树林，那里停着一辆车。

有两个人在那边，正是黑柳博士和平田东一，他们正面对着地上的一个狭长的白木箱，嘀咕着什么。

“这具尸体，先生是准备怎么用呢？先生只管吩咐，我自会按照你的要求去做。”

“怎么，至今你还不清楚吗？这是我给黑柳博士找的替死鬼而已。我可有着远大理想，还有多少有趣的杀人魔法我没去研究呢。只是现在被警察盯上了，不得不出此下策。其实能碰到明智小五郎这个聪明的对手，我觉得还挺有意思的。我并没有感觉他能对我构成什么威胁。所以，我得演这么一出戏，让他们误以为我已经自杀了，从而对我放松警惕。”

“我觉得这是件很冒险的事，先生。你能不能把这木箱打开给我看看？”

“没问题啊，反正我正准备把它打开呢。”

平田东一拿来修理汽车的器械，撬开了木箱，他打着手电筒向里观望着。

“还不错，整体看起来和先生相差无几，不过他的脸和你的不大一样。遇到明智小五郎和中村那样的聪明人，一眼就会被识破的。”

“因此我得再加工加工，在警察到来之前，把这脸弄得模糊不清最好。”

“你的意思是？”

“把脸的形状改变一下就行了。还有啊，我受过伤，所以他的腹部必须也得有道刀伤，还得是在同样的位置上。这事就让你来做。”

“又找我！我是和先生不一样的人，做这种事有些下不了手。”

平田东一的嘴巴都不听使唤了，话音也开始颤抖起来。

黑柳博士却不顾他的感受，径直打着手电筒在黑暗中寻找着什么。很快，他从地上找到了一块大石头。

黑柳博士站在黑暗的夜里，挥舞着石头，使劲向下摔了三四回，他可是把浑身的力气都用上了，大石头狠狠地砸向那具尸体的面部。

# 正面交锋

位于奥多摩线上的青梅公路旁，有一个风光秀美的 H 村。从山村去新宿十分方便，只用不到两小时就到了。在东京这座喧嚣的城市中，这里可算得上是一个修身养性的幽静去处了。在这儿，多摩川上游秀美的溪谷风光大可尽收眼底。

在 H 村的村口处，建有一座茅草屋，四周的围墙也是用植物的秸秆堵成的。屋里住着一对老夫妇，男的是户主，女的操持家务。

几天之前，有一个漂亮姑娘住进了这里，和老夫妇一起生活。在偏僻的小山村里，突然从东京来了一个天仙般的大美女，于是村民就津津乐道起来。

“这个姑娘长得和富士洋子也太相像了吧，会不会就是她？”

“据说洋子小姐被蜘蛛人一路追杀。”

“哦，是这样啊，那她肯定是来咱们这里逃难的吧？”

村民们众说纷纭。

后来的事实证明，村民们议论得没错。这个漂亮姑娘正是富士洋子，是 K 厂长找了自己在 H 村的亲戚之后，才得以把她安顿在这里生活，也好躲开那个疯狂的黑柳博士。

不过只这样还不行，还须对外躲过黑柳博士他们的耳目才行。不过，富士洋子年轻活泼，因此她不可能一直老老实实地待在屋子里。每天只要推开窗户，感受到窗外的鸟语花香，她就不由自主地引吭高歌。这天早上，老头儿早起坐在院子里，满怀愉悦地望着自己种下的牵牛花迎着晨露开放。

“我说你这花侍弄得不错啊，开得真好！”忽然，有人在篱笆墙外夸赞道。

还有夸牵牛花好看的，没准儿是同村人吧。不过看着眼生，没准儿是平时不大出门的老邻居。只见他的裤子洗得发了白，还拄着一根拐杖。头发大半都白了，腰也弓了。

“嗯，每天早上啊，我起床看着这满院子盛开的花儿，心情真是好啊。”这户的男主人笑着说。他也上了年纪了，满头白发，下巴上的白胡子长长的，都垂到了胸前。和外面搭话的老人相比，他更显得神采奕奕。

“看来你也是爱花之人啊，真是有缘，赶紧进院子看吧！”

“嗯，我岁数大了，有些老眼昏花的……既然你这么热情地邀请，那我就进院子看看吧。”那个弓着腰的老人毫不客气，转身就进了院子。

“快过来坐！我这就去给你沏杯茶！”

两位老人对着满院子的牵牛花热烈地谈论着，看来两人还真是牵牛花的知音啊。也许他们觉得这样还不尽兴，就都站在花墙前仔细观察牵牛花的花蕾。

“先生，这东西是你的吧？你看，掉在院子里了。”户主边说着，边从地上捡起一样东西，原来是一个很大的老式钱包，已经过时了。

“你说这个，这……”那个驼背老人一见，神色忽然大变，赶紧跑了过来。

“会是什么宝贝，哈哈哈……看你这心急火燎的。这东西对你很重要吗？我怎么掂量着还有点分量呢？”

“怎么说呢，不是很重要，又不是装着什么金银财宝。哈哈哈……”驼背老人有些尴尬。

“你家里的人呢？”

“就我自己在家。这两天来了个临时借住的姑娘，她是从东京来的，是我亲戚的闺女。年轻人一睡就睡好久，哎呀，又没法说她。你坐啊，我去沏茶。我夫人昨晚回娘家了，要不怎么也用不着我一个老头子干这活儿。可是我要是不生火做饭的话，就只能喝西北风了。”

“那就不麻烦了，我也该回去了。”

“别急呀，坐下喝点茶水再走。若没事的话，咱们就再聊会儿。”

于是，驼背老人又坐下了。一看他不走了，户主就去厨房里忙活了。

一看户主不见身影了，这个驼背老人的眼睛一下子变得贼溜溜的，到处东张西望起来。最后，他蹑手蹑脚地向最里面的房间走去。

那屋里挂着蚊帐，里面的富士洋子睡得正香。

因为怕弄出动静，这个驼背老头就一步一步地往那边挪移着，他的脖子伸得老长，不住地往蚊帐里看。虽然被人窥视着，但是富士洋子依然睡得很香，丝毫没有察觉到什么。

“真是不幸！你终于上钩了！”驼背老人身后忽然传来这样的声音。

他陡然一惊，转头一看，这才发觉，刚才去烧水泡茶的户主不知何时已经站在自己背后了。

“啊，你说什么？”

驼背老头赶紧往廊檐下跑，想趁机逃脱。

“别白费力气了，哈哈哈……已经来不及了，我怎么能让上钩的鱼逃脱了呢？”

“我不懂你在说什么，我只是刚刚……”

“你应该是刚刚看过富士洋子的那张脸吧？哈哈哈……别狡辩了，我一直在这里恭候着你，我可等了很久了！至于富士洋子，只是为引你上钩而准备的诱饵。感觉如何啊，黑柳博士？”

户主话音刚落，手掌就扬在半空中，一把把驼背老人的假发套揪了下来。接着，又猛地撕下他的假胡子……眼前竟然真的是黑柳博士的脸。

“感觉如何啊？黑柳博士，被我识破你也会惊慌吧？一想到你这狡猾的恶魔竟也能掉进我的圈套，我真是开心极了！”

“你的意思……难道你是……”

“这不很清楚了嘛。”

“天啊，你是明智小五郎！这个世上，敢与我为敌的，也只有你了！”

尽管处于劣势，但黑柳博士毕竟是老谋深算之人，他没有显出丝毫的惊慌来。

“还真被你说对了！”户主紧接着就把自己身上装扮着的东西摘了，恢复了明智小五郎原本的模样。可是，他没有料到黑柳博士会下手那么快。

“哈哈，现在如何？我可是抢先一步。”

趁着明智小五郎卸下装扮的时候，黑柳博士从地上捡起了那个大钱包，从里面掏出一把枪。

“你这回可得看仔细了！我这枪可不是摆设。要知道，我天生就酷爱杀人，没准儿我就真的开枪了。所以，我奉劝你一句，不要妄想搞什么小动作。你如果要从兜里掏枪的话，我的子弹早就会飞出去了。”

黑柳博士出其不意的举动，让明智小五郎一下子呆住了，他只能恨恨地盯着对方，不敢有任何动作。三分钟过去了，两人就这么彼此对峙着。

## 两具尸体

明智小五郎此时真是喊天天不应，周围没有住户，更何况天还没有大亮。

突然间，明智小五郎竟然开口大笑了起来：“哈哈哈……你不就是有把枪吗，我这里也有。”

黑柳博士刚才的那些威胁似乎并没有吓到他，他装模作样地伸手要掏枪。

“别动！你再动一下的话，我可不敢保证枪会不会走火。只要你把手枪掏出来，我就会用枪在你头上打一个窟窿。咱们俩谁的子弹会更快些，你应该很清楚。如果你还轻举妄动，我就让你尝尝子弹的滋味！”

“你想开枪尽管开吧！你再怎么威胁，我也是会掏枪的。”

说话之间，只见明智小五郎手上银光一闪，手中瞬间多了一把枪口黑亮的手枪。

黑柳博士气急败坏，他一下子扣了扳机。可是怪事发生了，枪并没有响，只有扳机发出的咔嗒咔嗒的声音。而明智小五郎的枪口已经对准了黑柳博士，他看笑话一般地盯着黑柳博士手足无措的样子。

黑柳博士很着急，他的手不停地扣动扳机，然而手枪依然没有丝毫反应，原来枪膛是空的，弹匣中没有子弹。

“你懂了没有？还是我的速度更快些吧。”

“浑蛋！我的钱包掉到地上时，你动了手脚……”

“哈哈，你终于变聪明了！对，就是那时，我把你枪里的子弹拿走了。”

明智小五郎用右手持枪，左手从兜里把黑柳博士的子弹拿了出来，故意放在手上，随意滚动着，意图进一步激怒黑柳博士。

“你究竟想怎么样？”

“你只要老老实实听话就好！我要去走廊那边拿绳子，你如果胆敢逃跑的话，先问问我手里的枪答不答应。”

“痴心妄想！你想要过去拿绳子绑我，我就会趁机打掉你手中的枪。”

因此，明智小五郎只要向走廊那边移动一步，黑柳博士就会跟着移动一步，他不会甘心束手就擒。就在他们僵持着的时候，富士洋子醒来了。

“赶快把绳子递给我，洋子小姐！”

明智小五郎眼前一亮，赶紧吩咐富士洋子帮忙。富士洋子被这喊声吓了一大跳。不过她很快就看清了眼前的形式，赶紧跑过去把绳子拿了过来，想递到小五郎手里。可是，她显然太害怕了，不由得手一抖，绳子一下掉在地上。

明智小五郎赶紧弯腰去捡绳子。就在这个间隙里，黑柳博士抬起右脚，猛地向空中一蹬，小五郎右手中的枪砰地一下飞出去了至少三四米远。

“啊！”

两人全都向枪那边扑过去，他们猛地撞在一起，都摔倒在地。

黑柳博士很狡猾，他在落地的时候一下子就骑在明智小五郎的身上，用右手狠狠地勒住他的脖子。看着明智小五郎的脸慢慢涨得发紫，富士洋子光着脚跳到了院子里，捡起地上的那把手枪，毫不迟疑地扣下了扳机。

砰！

随着一束火花闪现，枪响了。黑柳博士应声倒地，不过这一枪只打中了他的腿。

终于分出输赢了！黑柳博士被绑得像个粽子，躺倒在院子里。富士洋子这会儿却惊魂未定，望着还在不住呻吟着的黑柳博士，她恍如进入了一场噩梦。

明智小五郎在廊檐下坐下，看着眼前地上狼狈不堪的黑柳博士说道：

“黑柳先生，通常我只参与破案，并不擒拿罪犯，但前提是罪犯还没有足够的能力危害社会。但对你这样杀人无数的恶魔，如果由着你胡来，不知还有多少无辜的人会命丧你手。

“所以，今天尽管脏了我自己的手，但是只要你还没有被警察投入大狱，我有责任让你停手，阻止你继续为非作歹。”

“别废话了，你赶紧去叫警察来吧。”

由于身上有伤，黑柳博士疼得拧着眉头，无力地说道。

“洋子小姐，你能去派出所一趟吗？赶紧打电话给中村警长，就说黑柳博士已经被我抓到了。”

还木然地站在那里的富士洋子，像是突然间被惊醒，大声说：“好的，好的，我这就去！”

她马上飞跑起来。

可是，明智小五郎对于让她去报案充满不安。

“先等等，洋子小姐。”他把富士洋子喊住，然后目光逼视着黑柳博士。

“嗨，老实交代，你的同伙平田东一哪儿去了？快说！”

“他去东京了。”

“你胡说，他怎么可能去东京了呢？你至今还在撒谎！如今你被我亲手捉住，想必他会代你继续进行你的绑架计划吧？我猜你们肯定早就这么密谋好了的。”

让富士洋子前去报案确实危险，然而必须有个人前去通报警察。

“还是这样吧，洋子小姐。我把枪给你，你就用枪对准他的头，不要害怕……等会儿，若真有人来救他，你感觉危险时，就只管直接朝他脑门上开枪。你听懂了吗？”

富士洋子一直处于恐惧中，她不相信自己会开枪打伤黑柳博士的腿。而且如今看到他趴在那里不住地哀号，心里有些恻隐与不安。

明智小五郎对富士洋子交代完就快步跑开了。

可是，小五郎只离开了十五分钟，现场就发生了让人意想不到的事情。

富士洋子看到在黑柳博士的腿伤处，血正汩汩地流出来，终于忍受不了了就决定先帮他包扎伤口止住血。于是她把手枪别在腰上，把自己洁白的大手绢掏了出来。她来到黑柳博士身旁，快速地帮他包扎起来。

富士洋子的举动，让黑柳博士充满感激。

“我憎恨你！你赶紧逃走吧！赶紧逃到别处吧！”

很意外，这话竟然意外地从富士洋子口中吐出。

“不，我已经不打算逃跑了。”

这个杀人如麻的恶徒，此时静静地躺在富士洋子脚下的地上，慢慢地回应着。

见黑柳博士垂头丧气的样子，富士洋子忽然动起手来，开始解起捆住他的绳子。

“怎么回事？你是发疯了吧？”

黑柳博士听凭她解着绳子，嘴里却违心地大叫着。

“现在警察还没过来，你赶紧逃！一定得快点！你不管去哪里都行，只要不让我再见到你！”

黑柳博士身上的绳子全都解开了，富士洋子见他还不着急逃跑，就焦急地跺着脚催促着。

“那就听你的逃走吧。只是我怎么能一个人逃呢？我要把你也带走！”

黑柳博士从地上轻松地站了起来。

这时，富士洋子才幡然醒悟。然而她后悔已晚，黑柳博士一把夺过她腰上的手枪，猛地攥住她的手腕，拖着她就顺着田间小路跌跌撞撞地向前跑去。

再往前走就没路了，前方五十米左右，就能看到多摩川湍急的水流。他们站在一处悬崖之上，前面已经是深深的沟壑。

“你仔细听着！我们来这里，全在我的计划之内。只是没想到遇到了麻烦，害我无端浪费了时间。如今，我可以实施我的计划了。我们现在就跳下悬崖去，你赶紧到我身边来！”

黑柳博士拉着富士洋子，又走过一段灌木丛，来到悬崖前地势略低的一处，往下看是深不见底的深沟壑谷。这里十分陡峭，上下几乎呈九十度角。

富士洋子一眼看到地上有一怪物，惊得她不由得连连后退，可是她的手被黑柳博士死死钳住，无论如何也动不了。

地上躺着一具男尸，奇怪的是，这尸体脸部血肉模糊，看不出真面目，而且尸体所穿的服装，和黑柳博士身上的完全一样。这具死尸，就是之前平田东一和黑柳博士一起在火葬场里偷出来的。

“对你实话实说吧，这具死尸马上就要代替我和你同归于尽了。你是不是觉得他和我还不大一样？没事，他的脸被我弄得谁也分辨不出。

在他的腹部，也有和我一模一样的刀疤，那疤可是你留给我的。不过你方才还开枪打伤了我的腿，我只要如此就可以……”

黑柳博士举起那把从富士洋子那里抢来的手枪，对着死尸的腿就是啪地一枪。

“看吧，他和我完全一样了。至于你呢，就和他一起赴死吧！”黑柳博士猛地一用力，把富士洋子拽到了自己面前。

后来过了十几天，有人在悬崖下的石缝中发现了一男一女两具尸体。

发现尸体的是这边的一个村民，平时他喜欢垂钓。经法医鉴定，死者男的是黑柳博士，女的是富士洋子。并且，在男尸的怀中，警察发现了一封遗书。

诸位：

我慷慨赴死，并不是因为惧于小五郎的淫威。我已经成功地完成了我的使命。我赢得了一切，能亲手抓到富士洋子，是我最大的欣慰。如今，我选择在这个山清水秀的地方，与富士洋子一起长眠。

黑柳博士

人们得知臭名昭著的黑柳博士已经自杀的消息后，都不由得松了口气，多日以来，一直挂在人们头顶上的吊桶落下来了。警察们更是松了一口气。

不过，明智小五郎先生得知这个消息，会做何感想呢？说这具男尸就是黑柳博士，不过……他会相信吗？

在发现这两具尸体后的第三天，中村警长和明智小五郎打过照面。此后，明智小五郎不知何故就消失了。

一直找不到明智小五郎，这让中村警长大惑不解，他怎么也接受不了这个事实。不过他还清清楚楚地记得，他们最后见面那次，小五郎曾经拿出一张纸条让他看。上面的字中村警长还记得，是“地址：台东区

S町10号，姓名：福山鹤松”。

“这些名字和地址都不是我杜撰的，是在黑柳博士的本子上抄下来的。我做过调查，这个叫福山鹤松的人，是个工艺师，专门做人偶的。”

# 绑架事件

自从人们发现黑柳博士的尸体，已经过去一个多月了。

忽然有一天，在台东区S町的人偶店中，福山鹤松接待了一位男顾客。这人四十多岁，一身演员的装扮。

他的脸似乎受过烧伤，上面缠满了绷带，看不清面目。他的门牙高高地凸起，能清楚地看见他镶着金牙。反正他的模样看起来让人十分恐惧。

他把自己的名片递到福山鹤松手里，只见上面写着：

鹤见游园巴诺拉马馆馆长：园眣造

一见到鹤松师傅，这个园眣造就开口说：

“鹤见游园是一座全景画展览馆，如今已经建成，剩下的就是内部的具体布置了。现在内部装饰需要一些人偶，所以冒昧前来打扰。只要在本月月底前交货就可以，即使里面夹杂了一些旧的人偶也没事。我已经把设计的稿纸画好了，请你们按照我画的人数和模样准备就好。”

在设计稿纸上，共有四十九个姿态各异的姑娘，全都是裸体。

“你要四十九个啊？要得太急了，想本月交货估计不大好办。”

“我觉得应该可以。你可以用旧人偶的手脚，只要把躯体部分做出来就可以了，没人会在乎这些。只要到时能凑出四十九个人偶就行。做工不必太精细，稍微有点小毛病不碍事。就这么说定了！因为赶时间，人偶的连接部位稍微有些空隙也没关系。哦，我看到你们后面的车间里有人正在加工人偶，能带我去看看吗？”

园畎造对鹤松师傅请求道。

“那其实也算不上什么车间，你尽管看！”

这是用木板暂时搭起的屋子，里面到处都是尘土，脏兮兮的，有几个人正在干活。地上全是半成品的人偶的手和脚，园畎造插空走着，津津有味地看着。这时，在屋子的一个角落里，有一个工人正在全神贯注地搅拌涂料，见园畎造走过来，就一直盯着他那被遮住的脸看，眼睛瞪得大大的。

园畎造就要走到他面前时，他却忽然把头低下去，搅拌得更出力了，目光似乎在躲闪着园畎造。

园畎造看到工人们认真干活的样子，非常满意，他十分放心地走了。

“刚才这人来干什么？”

看见园畎造彻底离开后，这名搅拌涂料的工人问鹤松老板。

“你说刚才来参观的这人吗？那可是我们的客户啊。他是鹤见游园全景画展览馆的老板，来咱们这儿一下子就订了四十九个人偶，月底前交货。”

很奇怪，鹤松老板对这个工人模样的人，竟然有问必答，而且语气也十分恭敬。

这名工人又继续问了一些问题，并且还递给老板一张支票。

“很感谢，可能是我想多了，谢谢。”

看来这名工人并不是工人，一个工人是不能对自己的老板说这么多“谢谢”的。

鹤松老板一脸的莫名其妙。工人来这里干活，本应该由他支付薪水才对，这名工人却给了他比薪水多得多的支票。因此，他明白，这名工人之所以来这里，并不是真的想学什么制作人偶的技术，一定别有目的，只是他暂时不清楚。

很快，又一个月过去了。

不知不觉到了十月。

一个傍晚，和田登志子走在神宫外苑的大路上，她是E中高三的学生，长得十分秀美。大家都很喜欢她。

今天，她刚刚来青年会馆听了一场优美的音乐会，正往家走。在两个月前，她绝对不敢在夜晚外出。可是听说黑柳博士自杀了，她觉得安全多了，这才敢出来。

音乐会结束的时候，天色已晚。散场后，她又与同学就音乐会的感受做了交流，等她往家赶的时候，路上几乎看不到人了。

路灯亮了起来，照着空寂的马路，夜色十分幽深。

和田登志子不由得加快了脚步，甚至小跑了起来。

很快，能看到电车车站就在前面不远处。那边的灯光越来越明亮了，然而路边黑魆魆的树林却让她感到莫名的恐惧。

突然，她感觉身后跟着什么人，于是故意向右边走去，可是那人也随着向右走，她赶忙又向左走，那人也跟着向左移动。她害怕极了，偷偷地向后瞟了一眼，原来身后跟着一个个子很高的男青年。天哪，那个青年竟然逐渐靠了过来。

“停下！”青年人说话了。

“你别不说话！我找你没别的事，就是想和你交个朋友。”

青年人的嗓音很低，语气却十分凶狠。

和田登志子被吓得浑身战栗。

“我家里有事，必须早点回去！”

“这可不成！你难道是想逃跑吗？”青年人一下子就抓住了和田登志子的手臂。

“你想做什么？救命！”和田登志子吓得连声大叫。

“臭流氓！”此时，传来一声男人的怒吼，紧接着，那个坏小子被摔到了地上。

来的是一个穿着一身黑色学生服的青年，他骑到原先那个年轻人身上，冲着他就是一顿拳打脚踢。

那个小流氓一声不敢吭，只能乖乖地被揍。

“这一次算便宜了你。下一回再让我碰到的话，有你好受的！”

穿黑学生服的青年终于停了手，那个小流氓赶紧从地上爬起来，像兔子一样很快就没影了。

“吓着你了吧？这附近小流氓不少，不太平。你自己走不安全，我送送你吧。你是准备去坐国营电车吗？”这个学生模样的黑衣青年望着和田登志子，十分开朗地说道。

对于这个刚刚把自己从危难中解救出来的青年，和田登志子赶紧表示了感激之情，他们两人并排往车站方向走去。

“你是刚去听音乐会了吧？”

“嗯。”

“我也刚从那里出来。我最喜欢听 S 先生的小提琴演奏了，美妙得无法形容。”

两人一边向前走着，一边交流着彼此对音乐的感受，就这样，因为共同的爱好，两人彼此了解了。两个小时之后，有两个青年来到了目黑车站附近的咖啡馆，他们凑到一起开始交头接耳。

“事情办得很顺利！”

一个高高瘦瘦的青年说，这人就是刚才在路上对和田登志子意图不轨的那个年轻人。

“不错嘛，你今天又挣到了五万日元。如今你应该已经赚了十五万日元了吧？这买卖是不是很划算？”

回话的是刚送和田登志子回来的黑衣青年。

“别说，虽然是老套了些，不过那些小姑娘还真容易相信。今天在路上，那个小姑娘是不是很开心？”

“那是自然，不过若没我的配合怎么会有这结果？”

“得了，又开始炫耀！你得多买点营养品慰劳我。今天被拳打脚踢的可是我，如今听人炫耀的也是我，无聊！”

“嗨，你怎么能这样说呢？这只是在做买卖而已。”

“好吧，不过你下一步准备怎么做？”

“我看了日历，十一月三日正好是周末，到时我在家里准备一场音乐会。我和那个姑娘说好了，我到时去目黑车站把她接过来一起参加。”

“你鬼点子真多！”

“我可是在那姑娘面前把自己吹嘘成了原伯爵家的贵公子。还真是令人开心！我得赶紧把这个消息告诉平田大哥去。”

青年人站起来去打电话了。

这个年轻人所说的平田大哥是哪位？自然是平田东一了。和田登志子长得很漂亮，成了黑柳博士的目标。

因此，这两个坏坯子之前上演的只是一场“英雄救美”的戏码，黑柳博士指定了要下手的姑娘，平田东一唆使他们去实施计划。

与此同时，在东京市内的不少地方，都发生了类似的“英雄救美”场景。这些青年人都是平田东一的手下，因为有金钱的驱动，因此他们才会铤而走险，抓这些无辜美丽的姑娘，去帮助黑柳博士完成他那个杀害四十九名少女的计划。

这些姑娘们都怀着对“救命恩人”的感激之情，接受了来自他们的邀请。

十一月三日那天，姑娘们纷纷赴约，有和“救命恩人”去听音乐会的，有和“救命恩人”一起去影院的，还有和“救命恩人”一起在郊外散步的。

尽管这些坏小子们挖空心思引诱姑娘们上当，但是想要在这么短的时间内凑够四十九个姑娘，谈何容易！到十一月二日那天，离展览还剩一天，可还有将近二十名姑娘没有得手。

黑柳博士早就预料到了这一点，因此他制订了特殊计划，保证青年们能顺利地俘获姑娘们。

黑柳博士一下令，平田东一就开始指挥这帮坏小子，告诉他们行动的方案。这些年轻人立刻分开行动，在全市的二十个不同地方，准备进行绑架。

十一月二日的晚上，在东京市内的二十个不同的地方，同时发生了年轻姑娘被劫走的事件。因为无法一一详叙，只能选择新宿区 H 町的为例，进行讲述。

当时的情形是这样的：伸手不见五指的黑夜里，在 H 町的一个角落里，有几个人影在晃动，一个、两个、三个……他们时而聚在一起窃窃私语，时而四散开，然后再次聚到一起。

到了半夜两点的时候，有一个黑影溜到一堵围墙边的一个垃圾桶后面，他全身上下都是黑色的，和夜色融为一体。他从围墙的缝隙中向里望去，随时查探里面的动静。

围墙里面有一座高高耸起的主楼。墙面是木板的，墙角处能看到装着木炭的袋子。

青年人向里鬼鬼祟祟地张望着。过了小会儿，大门口传来一声哨响。接下来，别的方向也发出了这样的哨声。这种哨声是青年们之间的联络暗号。

他赶紧划亮一根火柴，点燃了一小团棉花，使劲扔出去，扔到木板墙边装煤炭的袋子上。

他扔完后，就又趴到围墙的缝隙上，向里张望着。那团棉花的火星越来越弱，眼看着就要熄灭了。忽然间，火苗刺啦一下子升腾起来，火焰红红的。很快，火苗就把那袋子煤炭引着了。顿时，火苗就像蛇芯子一样越伸越长、越来越高，最后开始舔舐着楼房的木板墙。

半小时不到，那栋楼里就有了三处着火点，楼里面蹿起红红的火苗，烟雾弥漫起来。此时，有人开始狂呼：“起火啦！”

放火的青年们都在门口处集合。大门被打开了，女人们在尖叫着，有人在屋里使劲撞门。不久，屋里跌跌撞撞地出来了四个人，有男有女，全都惊慌失措地跑到外面的马路上。

这时，周围的邻居们也都打开屋门，把东西往外抬，发出一片杂乱的声音。红色的火舌照耀着黑色的夜空，只见人们一片慌乱，胡乱逃窜。而起火的那座楼前，更是一下子被人挤得水泄不通。

受惊的人们只顾着逃命，有不少家人跑散了。和父母失散的美丽女孩，孤零零地站在街上，如同孤儿，一个劲儿地发抖，脸上毫无血色。

那三个纵火的坏青年，绕到这个孤独的姑娘身后大喊一声："别站在这里，危险！你看你父亲在那边呢，快去！"

他们乱叫着，拉着姑娘的手，一路向街角跑去。路边有一辆汽车。有两个坏小子先跳上了车，坐在驾驶和副驾驶的座位上。

姑娘被拽着坐在车的后面，车子飞一样地离去了。大约开出一公里时，姑娘已经被绑了起来，嘴巴也被堵住了。

就这样，黑柳博士要抓到的四十九个漂亮姑娘，终于一个不少地都抓到手了。

## 幻觉世界

到十一月一日的晚上为止，鹤见全景画展览馆的所有布置都已经结束，所有的人偶和装饰全都到位。接下来只等着十一月三日那天，举行规模盛大的开馆仪式了。那天，会有不少的画家、评论家、文学家、新闻记者到场，将有几百位文化人参加活动。

十一月三日那天一早，园畎造独自来到展览馆内，欣赏着自己精心设计的劳动成果。

展厅是圆形的，直径有三十米，大幅的油画贴在墙上，丝毫看不出拼接的痕迹。地面上仿造野外的情景，堆着不少土堆。屋顶向外高高挑起，天花板上面点缀着人工控制的照明灯，人们恍如来到了一片碧野之上。

头顶上的灯光散发着蓝色和红色的光芒，交织在一起，让这片旷野显得如同梦幻一般。

再往里走，就能领略传说中的地狱场景。

血池中的血水还冒着热气，池中矗立着剑山，如同喷发的火山，那些闪烁的鬼火，让这里变得阴森恐怖。在鬼火的蓝光映衬下，有不少少女裸着身体在那里蠕动着、挣扎着。

在前面的，是四十九个栩栩如生的人偶，而后面的巨幅油画中则画着不计其数的裸体少女。那些人偶和油画中的少女似乎毫无差别。在这样的气氛中，所有的景物完美地构成了一幅地狱的图景。

这样血腥的地狱场景，真的是令人十分惊悚！而作为背景的佛像，金光闪闪，让人叹为观止。

而设计出这个地狱场景的园畎造正是黑柳博士。

“有人说这里怎么也看不够。”

不知何时，园畎造的心腹平田东一站在了他的身后。

“哦，那些姑娘怎么样？”

“她们被捆住了手脚，嘴巴也被堵上了，是逃不掉的，我们也不怕她们会大喊大叫。她们都被关在黑屋子里，就如同一堆货物。只要到我们需要的时候，把她们拽到这边就好。”

“把姑娘们拉到这边，你的工作就结束了。”

“知道了。我的那些小伙伴，我早把钱给了他们，还剩了足有五十万日元！这剩下的钱就由我支配吧，我想好好享受一下，游山玩水是个不错的主意。等半个月之后，我再追随你，还陪伴你左右，到时就地狱见了。”

“你怎么能说这样的丧气话呢？你赶紧逃跑，还来得及！你可以坐飞机随便去什么地方。”

“好吧，如果我哪天有了这样的念头自会去做。”

“实在不行，你也可以像我用硫酸销毁自己的脸，也能安然活命。”

“好的，不过还没走到那一步呢。假如哪天我乐意了，还真没准儿……”

他们开始把人偶搬下去。两人都累得浑身大汗，很快就把现场的人偶搬到仓库里了。由于赶时间，在他们的搬运过程中，很多人偶不是手脚掉下来，就是身体的零部件之间发生了松动。在所有的人偶当中，有一个十分肥胖，还穿着又宽又大的白衣服。

“怪了！我记着那边还有一个……是先生提前搬走了吗？”

“不清楚。之前我就没有碰过这些人偶。”

“真是蹊跷！人偶又不会真的行走。好吓人！”

平田东一一边胆怯地打量着四周，一边狐疑地絮叨起来。

“你是不是产生幻觉了，哈哈哈……我早就点过数的，不多不少，正好四十九个。应该是你数错数了吧？”

“你说得有道理，兴许是我弄错了。不过，这种大规模的全景画展览，真的有些吓人啊。”

“行了，我们马上要大干一场了！我们得用那些漂亮的姑娘们换掉这些人偶。只要明天下午一点一到，就将会有几百名贵客光临这里。”

园眛造说着就咧开了嘴，他那口大金牙格外醒目，他如同一个魔鬼般狞笑着。

全景画展览馆虽然只是游乐场的一个娱乐项目，但是为了迎接这次活动，游乐场特地为展览馆设置了一条专用通道，即使不想逛游乐场，也可以单独进展览馆这边参观。

方才，平田东一和园眛造分别的时候，就走的这条专用通道，因此他不需要经过游乐场，直接就从入口处翻出去了，随后消失在茫茫的夜色中。

看着平田东一走得没影了，园眛造赶紧关了入口处沉重的门，咣当一声上了锁。

如今，全景画展览馆内四处紧闭，里面只剩下了园眛造和那四十九个可怜的姑娘了。园眛造手持皮鞭，凶神一般地走进了那间关押女孩们的仓库。

不一会儿，园畋造给这些女孩们松了绑。他挥舞着皮鞭，无情地把她们赶了出去。这些姑娘的模样看起来都十分相似。

姑娘们即使齐心协力，也得屈服于园畋造手里的皮鞭和手枪。她们一个个被吓得失魂落魄，大声哭喊着。

“你们就哭吧喊吧，在这个地方，没有人能听到你们的声音。即使你们的声音传了出去，外面也没人来救你们。”园畋造的嗓门儿更高，他挥舞着皮鞭，无情地抽打在姑娘们身上，驱赶着这些可怜的女孩，赶到他设想好的地方。

就在这时，刚才关押姑娘们的那间黑乎乎的仓库里，发生了怪事。

有一个人偶此时却晃悠悠地走动了起来。他身上的白衣服又宽又大，肩膀上还安着一颗女人的头。这个人偶站起来后，就飞快地沿着墙边跑了起来，悄无声息地来到了全景画展览馆中。

这个胖人偶飞速地摸到园畋造身后。

突然，他伸出还粘着白色棉絮的手，一下子就把园畋造的嘴和鼻子给捂住了。五秒钟、十秒钟……随着时间的消逝，只见园畋造的身体越来越软，最后竟然无力地倒在了那个胖人偶身上。

“不能倒下去！得振作……”

园畋造在迷迷糊糊之中，不停地提醒着自己。

他只感觉到那四十九个被他驱赶着的姑娘们，有的在他眼前大哭，有的拼命逃窜，这多么像地狱中才有的场景。这些场景一直浮现在他眼前，时间似乎瞬间凝滞了一样。

“也许我是被巨大的成功冲昏头了？一切还没开始呢，这样的场景肯定只是自己的幻觉。”

园畋造冒出这些念头的时候，他以为时间只是过了几分钟而已，却不知道他已经被麻药刺激得昏睡了一个多小时了。

在这段时间里，这四十九个漂亮的姑娘们也没闲着，她们在胖人偶的指挥下，迅速地行动了起来，周密地完成了胖人偶的计划。

对于这些事情，园畋造毫不知情，他醒来后晃晃悠悠地站了起来，想再次挥舞着皮鞭，驱赶可怜的姑娘们。

“听清楚了！姑娘们，最后时刻终于到来了！你们就尽情狂欢吧！”园畎造扔下这些话后，就像疯子一样向那条专用通道跑过去，然后在门外咣当一声把门锁上了。他从展览馆外面绕到了全景画布景的后面。

在那边，有个四平方米左右的小屋子，墙上方有一个圆形的玻璃窗，他就从那里向展览馆里面窥视着。在这里，园畎造可以把展览馆的场景一览无余，只见里面灯光十分明亮，蓝光和红光交替辉映在姑娘们的身上。

园畎造满面通红地狂笑着，他浑身抽搐了一般，兴奋地要去按墙上的一个小按钮。这个小按钮与馆内观众席下面一个反应装置相连，只要按动按钮，馆内就会有几种不同的药水发生化学反应，从而产生瓦斯气体。

就这么看着，在观众席下面，不断地有黄色的烟雾像蛇一样爬上来，那些烟雾逐渐地向四周扩散，最后整个馆内如同充斥着黄色波浪，紧紧地裹住那些姑娘们。

园畎造兴奋得简直无法自抑。这些黄色烟雾涌得越来越多、越来越浓，把整个背景画面都遮得看不见了，连天花板也没逃过一劫。园畎造所在的玻璃窗户处，也被烟雾弥漫着，看不清里面的情形了。只见那些姑娘们，失魂落魄地在里面到处狂奔，她们在经过园畎造眼前时，身影显得格外巨大。

后来，烟雾也涌进了小房间。园畎造用手绢堵住口鼻，失魂落魄地逃出了小房间。

他生怕那些毒气会跟上来，于是飞快地跑到展览馆旁边的树林中，松了一口气，一屁股瘫坐在地上。

他感到十分亢奋。然而，他体内的麻药劲还没有完全消失，他的神经再次被麻木，就像醉汉一样，身体瘫软地倒在那里呼呼大睡了起来。

# 命丧剑山

第二天中午快到了，全景画展览馆的工作人员来上班了，售票员和检票员在树林里发现了还在熟睡着的园畎造。意识到开馆的时间快到了，被叫醒的园畎造匆忙打开展览馆的大门。

此时，昨晚升腾起的黄色烟雾早已散去。园畎造还是不大放心，不让检票员进去，先自己进去把所有的门窗都打开，然后坐在展览馆外面看着进馆的人，直到所有的工作人员都进去为止。

园畎造所雇用的工作人员还不熟悉流程，他就向他们详细地讲解了接待参观的流程，把注意的事项也讲了讲。很快，开馆的正式时间到了。

观众一拥而入。园畎造看见K制片厂的厂长和中村警长也来了，不由得心花怒放，脸上现出抑制不住的喜悦。各界名人也纷至沓来。

园畎造穿上早就准备好的礼服，带着客人们进入展厅。一进展厅，就能见到呈弧形的观众席。展厅内布置得阴森可怕，灯光十分晦暗，像萤火虫似的鬼火在各处不停地闪烁。

园畎造按次序打开了所有的开关，于是厅内开始慢慢地明亮起来。先是出现了灰色，慢慢地变成了蓝色，然后是一片猩红的血色，最后是紫色的烟雾飘浮在空中。

在烟雾中，端坐着金色的大佛塑像。

屏息细看，就能看到刀山火海，充满沸腾的血水的血池，眼前的地狱场景，显得浩渺无边。而在地狱中，到处都是姑娘们，多得简直不可胜数。

观众们都为这逼真的场景所叹服。不过，被放置在最前面的那些人偶，姿态扭曲得十分怪异，让一些观众感到恐惧，把脸转了过来。

园畎造对着观众说着欢迎词。接着，他走到围栏里面的一片泥地上，走到一个人偶跟前。

“大家请注意，我设计最为辛苦、最为烦琐的地方，就是这些人偶的身体。你们看，被地狱之火炙烤着的这些美丽姑娘们的姿势多么优美。我想让大家亲自感受一下，这些人偶的肉体是多么富有弹性。”

说着说着，他就狰狞地笑了起来，他使劲抓起一个人偶的手臂，高高举到空中，然后突然松开手。

完全没料到，人偶的胳膊碰到身体，咔咔作响，然后啪的一声掉在地上，如同一盘散沙。

园畎造惊慌失措，他赶紧抓住旁边另一个人偶的头部，猛地往上一拔。没想到人偶的脑袋掉下来了。这些根本不是那些在瓦斯气体中疯狂舞蹈着的女孩，都是真正的人偶。怪了！那些姑娘们的尸体都去了哪里？

园畎造情绪十分激动，他把所有的人偶都彻底检查了一遍。最后，他发现一个胖人偶的胳膊暖暖的，一下子冲到他面前。

这个胖人偶，就是那个让园畎造昏睡不醒的人。

“你是谁？你究竟是谁？”园畎造声嘶力竭地大吼着。

胖人偶淡定地反问道：“你听不出来吗？我的声音你也不记得了？”

“天啊，是你！明智小五郎，你是明智小五郎？”

两人四目对视，好像燃起熊熊的怒火。

假扮成胖人偶的小五郎终于开口了：“你真不知道我在这里？哈哈哈……你怎么会如此粗心大意呢？你曾在记录本上写下了“福山鹤松”几个字，难道你忘了吗？之前我曾化装成人偶工厂的工人在车间干活，这个你也没察觉到吗？就是在那个工厂里，你订购了四十九个裸体的女人偶。”

“是吗？照这么说来，那些女孩的尸体都是你搬走了，然后换成人偶的？”

“尸体……哈哈哈，你说什么尸体？”

“就是我毒死的那些姑娘啊！”

“哦，你是说这回事啊。原来你还不知道啊，这次你并没有杀人。就在你刚要动手时，你自己却睡过去了。你是不是觉得自己只睡了一小会儿？其实足有一个多钟头。你是睡着了，可我做了好几件大事呢。

“我把观众席下面的那些有毒的瓦斯气体全换成了无害的气体，那四十九个姑娘虽然没有中毒，但还是在我的示意下装出一副痛苦不堪的样子，是不是挺有意思……我改了气体装置，还带着姑娘们陪你上演了一场以假乱真的表演。”

“你的意思是，那些姑娘们在演戏？”

“正是如此，这些姑娘们表演得还真不错。现在，她们应该都回到了自己家里，也许正向自己的父母讲述昨晚的可怕情景吧。”

园畎造一动不动地待在那里，好长时间没再说一句话。

观众们得知了事情的真相，也都惊讶到极点，他们全都静悄悄的，整个全景画展览馆内顿时一片死寂。

园畎造恶狠狠地盯着明智小五郎，凶相毕露，他叉开双腿站着，右手却悄悄地伸向自己的口袋，那里面有一支手枪。

明智小五郎似乎并没有察觉到这一幕。

看到此景的中村警长，忽然闯进围栏，他想扑到园畎造身上。然而还是慢了一步，枪瞬间就出现在园畎造的手中。

“啊！”观众们盯着这边，全都吓得发出惊叫声。

“大家不要恐慌，我不会向你们开枪。我这次彻底栽在明智小五郎手里。其实我是能逃出此地的，但是我想在这里结束我耻辱的生命。”

说完，园畎造的枪口就对准了自己。

“住手！”

中村警长想拉住园畎造开枪的那只手，可是速度慢了点，园畎造已经把扳机扣响了。在场的人全都紧张起来，然而，令人吃惊的是，只听到了扳机被扣响的声音，枪没冒烟，也没有子弹飞出来。园畎造自己也愣住了，呆立在那里，惊愕无比。

“手枪里没子弹了，早被我拿出来了！”明智小五郎笑吟吟地揭示着谜底。

“浑蛋。”

园畎造恼羞成怒，他狂躁地大叫着，猛地扑向小五郎。明智小五郎往一边躲闪着，也做好了应战的准备。中村警长带着几个便衣警察，也都一起过来对付园畎造。

见此情景，园畎造忽然向着十几米远处的剑山跑去。

剑山上插着几十把明晃晃的尖刀，全都尖刃向上，对准天空。

园畎造借着奔跑的惯性，然后，张开双臂，纵身一跃，扑向那些刀尖。

等中村警长带着警察跑过去的时候，园畎造早就没了最后一口气。这个恶贯满盈的杀人恶魔，插在刀尖上，有一把刀正好刺破了他的心脏。

园畎造，传说中的蜘蛛人，就这样命丧在自己精心设计的全景画展览馆内，他充满罪恶的一生，终于结束了。